CW01494388

Павел Костин
ВРЕМЯ ПРИШЛО

IT'S TIME
by Pavel Kostin

Russian Language Edition

www.urban-romantics.com
London

IT'S TIME
by Pavel Kostin

Russian Language Edition

Published by Urban Romantics
An imprint of Max Bollinger
27 Old Gloucester St,
London WC1N 3AX

info@urban-romantics.com
www.urban-romantics.com

Author: Pavel Kostin
Editor: Max Bollinger

First published in London,
United Kingdom in 2011

Copyright in Text © Pavel Kostin 2011
Pavel Kostin has asserted his right under
the Copyright, Designs and Patents Act, 1988,
to be identified as Author of this Work

© Urban Romantics 2011
All Rights Reserved. Without limiting the rights under copyright reserved above no part
of this publication may be reproduced, stored in or introduced into a retrieval system
or transmitted, in any form or by any means (electronic, mechanical, photocopying,
recording or otherwise), without the prior written permission of the above publisher.

The greatest care has been taken in compiling this book. However, no responsibility can
be accepted by the publishers or compilers for the accuracy of the information presented.

This book:
ISBN: 9781907832215 (pbk) Russian

Other Editions:
ISBN: 9781907832178 (ebk) Russian
ISBN: 9781907832185 (pbk) English
ISBN: 9781907832192 (ebk) English

СОДЕРЖАНИЕ

От Издательства 4
От Автора 5

1. Крылья Моего Ангела 9
2. Далёкая Красная Башня 56
3. Волшебство и Обезьяны 95
4. Обратная Сторона 142
5. Обретение 163
6. До Самого Дна 204
7. Тайна Моего Города 229

8. Моя Стена 257

От Издательства

Перед вами книга одного из самых молодых современных русских писателей. Как она появилась в Лондоне в двух словах описать сложно. Павел приехал в этом году на лондонскую книжную ярмарку. Удивил свежестью, нестандартностью и романтикой своих идей. В этот же день, абсолютно случайно попал в руки черновик этой книги, и в этот же день нашелся и переводчик, Джеймс, такой же замечательный как и Павел. После прочтения книги, она просто вдохновила на издание. Все остальные технические проблемы, которых было не мало, просто исчезали одна за другой сами.

Надеемся, что эта книга приоткроет и вам дверь в загадочный мир творчества, мир молодого поколения с новым взглядом и новыми идеями. Сможем ли мы понять эти идеи и этих героев? В любом случае, желаем вам интересного чтения и море новых ощущений. А может вам захочется испытать себя в роли стрит-арт художника? Восьмая глава зарезервирована для вас. Это ваша стена.

Max Bollinger
Urban Romantics
London

От Автора

Эта книга о том, как много нового и волшебного может открыться человеку, если он осмелится разорвать скучную жизненную рутину и взглянуть на окружающий мир новым взглядом. О городской романтике, в которой есть и тайны, и опасность, и необычные герои, и конечно о городе. О том самом городе, в котором живёт большинство из нас, и, одновременно, совсем о другом. Об обратной стороне города; о секретах, которые могут таиться в знакомых, сто раз виденных вещах.

Герои этой книги – художники. Не совсем обычные – городские художники. Они рисуют граффити и увлекаются стрит-артом, а значит – нарушают закон (а художественное граффити, как это ни печально, практически во всех странах считается нелегальным занятием). Они не всегда ведут себя хорошо. Уж простите. Но такие они есть. И многие из них очень похожи на моих друзей. Так уж сложилось.

Эта книга – не «ужастик». И не «мистический триллер», как это любят называть. Я не хочу вас пугать. Но путь, которым художник становится художником – у каждого свой. Порой он бывает трудным. Часто – неприятным. Иногда – страшным. И уж точно каждый художник скажет вам, что без магии тут не обошлось.

А ещё эта история о любви. О страстной, бескорыстной любви. Это может показаться смешным и наивным в современном мире... да и пусть. Эта книга о том, что какие бы испытания не уготовила нам жизнь, если в сердце своём ты романтик, если ты умеешь любить, то всё получится. Ты справишься. Верь.

Понимаю, что вам не терпится уже перейти к чтению, но отниму ещё одну минутку. Важную минутку. Конечно же, такая книга не могла появиться на свет без помощи многих, очень многих людей. Если бы я мог отблагодарить всех и рассказать о вкладе каждого в эту книгу, получилась бы ещё одна глава. Жаль, у меня нет такой возможности! Так что... благодарю всех, без чьей помощи эта книга не появилась бы! Отдельное спасибо хочу сказать моему английскому издательству Urban Romantics и редактору Максу. Также я должен отблагодарить моего доброго друга, русскую писательницу Ольгу Славникову за помощь и поддержку во всех моих начинаниях. Именно благодаря ей и русской литературной премии «Дебют» у меня появилась возможность опубликовать свои первые книги на русском и английском языках, и возможность встретиться с Максом на Лондонской книжной ярмарке 2011. Спасибо, Ольга! Отдельной благодарности заслуживает и Джеймс Ранн, переводчик, с помощью которого мои персонажи смогут в ближайшем будущем заговорить по-английски.

Павел Костин
Калининград

Посвящается А. В.
Светлая тебе память

Стена 1

Крылья Моего Ангела

– Маааакс! – кричала она, надрываясь, – ААаа Маааакс!

Звонкое эхо билось о стены домов. Реверберация. Красивое слово, если подумать.

– Маааакс! – в голосе слышалось отчаяние, – Макс, милый, стой, пожалуйста, спускайся!

И в самом деле? Зачем я это делаю? Нет, ну зачем я это делаю? Ведь если посмотреть со стороны, это очень похоже на... Бред. Может, я рехнулся? Я ведь ничего не помню. Странно, я совсем ничего не помню. Это важно? Если абстрагироваться. И посмотреть со стороны. Отец всегда учил меня смотреть со стороны. Учил, учил. А толку? Вот он я, сижу на крыше здания, болтаю ногами, смотрю вниз, не знаю, что тут делаю. Ла-ла-ла.

– Макс. Пожааалууйстааа! Пожалуйста, не надо. Что бы таааам ни... Онооо... – у мамы остановилось дыхание.

Я не мог разглядеть её лица, но думал, что она беззвучно плачет. Чудовище. Что ты делаешь с матерью, а? Что ты вообще делаешь.

В конце улицы заорали сирены. О, ну замечательно. Только этого тут не хватало.

Я сидел на краю крыши панельной десятиэтажки, болтал ногами и смотрел вниз, бессмысленно улыбаясь. Жаркое городское лето натопило воздух, налило солнечного тепла, а теперь пряталось в ночь, и я с интересом наблюдал за собирающимся случиться закатом.

– Привет, – сказали мне из-за спины.

– Привет, – ответил я. – Ты спасатель?

– Неа, – ответили мне и голос был явно женский, даже девичий.

– А кто? – спросил я, не оборачиваясь. Что-то как-то неинтересно мне было, кого они прислали.

– Леди Ф.

– Леди Ф?... – ответ несколько секунд пытался уложиться в моё сознание, устраиваясь то так, то эдак, и не смог. Пришлось обернуться.

За моей спиной стояла прекрасная юная девушка, и, улыбаясь, смотрела на меня. Младше меня, кажется (а мне двадцать пять, если что). Я смотрел на неё и ничего не мог придумать.

– Тебе не нравится имя? – Улыбаясь, спросила она.

– В таком случае, какое имя ты бы мне дал?

– «Красота!», – выпалил я, и она засмеялась.

– Спасибо!

– Ты странно одета, – сказал я, и это было правдой.

На ней было что-то вроде белой тоги. Белая такая накидка. Золотые сандалии на босу ногу и золотой поясок. И вроде всё. Ещё у нее были рыжие волосы и ослепительные зелёные глаза. Девушка внимательно и весело наблюдала за мной.

– Отчего же? – ответила она. – Одежда, как одежда.

– Да, правда. – Согласился я.

На краю сознания мелькнула мысль, что я очень по-дурацки себя веду, но сейчас мне было уже не до этого. По-дурацки и по-дурацки. Всем плевать, если подумать. И мне плевать.

– Тебя правда так зовут? – спросил я.

– Ага. Правда, – сказала она. – Если это важно.

Я пожал плечами.

– Любишь закаты? – спросила она.

– Люблю, – сразу согласился я.

– И я люблю. Мне идут закаты.

Я засмеялся.

– А я их просто люблю ... Тебя сюда кто-то прислал? – прямо спрашиваю.

– Нет, – просто ответила она. – Никто специальный. Если ты об этом.

– А зачем ты тут тогда?

Она поморщилась.

– Не люблю я причины, Макс. Я тебе мешаю?

Я подумал.

– Нет. Не мешаешь. Мне даже приятно с тобой разговаривать.

– Вот и славно ...

Она подошла ближе.

– Мне вообще, Макс, не нравится вопрос «зачем». Глупый, ненужный вопрос. Все самые замечательные вещи делаются не «зачем», а «почему».

– Разве?.. Как же, – неожиданно для себя возразил я,

– Вот инженер строит плотину. ГЭС. Зачем он её строит? Чтобы был свет.

Она мягко улыбнулась.

– Я не буду спорить, Макс. Это ты сейчас так думаешь. А потом будешь думать по-другому. Это тоже из серии «почему», между прочим.

– Между прочим, – механически повторил я вслед за ней.

После этого рука моя соскользнула с бетонной каемки на краю крыши, я резко качнулся, и сердце замерло.

Она схватила меня за руку и удержала. Я смотрел вниз. Все вдруг стало очень реальным. Теплый бетон. Закат. Крики моей мамы внизу. Мне стало немного страшно.

– Спасибо, – сказал я.

– Пожалуйста, – ответила она и улыбнулась.

Очень у неё была светлая, солнечная улыбка. Потрясающая прямо. Глаз не оторвать.

Я осторожно встал с бетонной каемки и пошёл спускаться. Уже на дне, закрывая глаза от поцелуев матери по всему лицу, я вспомнил, что попрощаться забыл. Ну в шоке я был, что вы хотите. Тут любой забудет.

• • •

Солнечный луч полз по стене кабинета. Движение было невидимым, неуловимым, потому что очень медленным, но если приметиться к отражению света на стекле диплома, то можно было углядеть, как за десять минут засветка сдвигалась немного к краю. А ещё через десять минут – ещё немного.

– Саш, ты же умный парень.

– Макс.

– Да, извини... Макс, ты же умный парень – Мягко говорил Дмитрий Александрович, – Вот представь себя со стороны...

Я посмотрел на него.

– Это вам кто такое говорил? – поинтересовался я.

– Какое «такое»?

– «Посмотреть на себя со стороны».

– Ну это же обычное дело... – мягко продолжил Дмитрий Александрович.

Он мог говорить мягко часами. Профессиональное.

– Посуди сам, Максим. Хороший, умный, нормальный!.. – он многозначительно подчеркнул слово «нормальный», – парень вдруг ни с того ни с сего делает непонятные глупости. В туннели лазит. На крышу забирается непонятно зачем.

Я молчал, механически кивая. Просто соглашаясь. Дмитрий Александрович немного выждал.

– Хорошо, – сказал он. – Представь так. Вот у тебя есть друг. Миша. Представил?

– Представил, – ответил я.

– Ага. И вот тут этот твой Миша вдруг неожиданно забирается на крышу и садится на край. И чуть ли не спрыгивает с этой крыши. Вот скажи, что ты подумаешь?

– Что он свихнулся, – ответил я.

Дмитрий Александрович поджал губы.

– Нет, ты представь, что он твой друг. Миша. Толковый, нормальный, славный парень. Вот такой, как ты. И вдруг он выкидывает эдакую кулебяку. И что? Ты его знаешь столько лет, а он вот тут – на тебе. Вот серьезно, подумай. Что такое могло у Миши произойти?

Я честно подумал.

– Ну, стряслось у него, наверное, что-нибудь. Наркотики. Или девушка. Или постыдное что-то про него выяснилось.

– Правильно. Очень логично, – закивал Дмитрий Александрович, – и вот твоя мать так же думает. Наркотики, девушка...

– А вы что думаете? С профессиональной точки зрения.

– А я вот, Максим, выяснить пытаюсь. Почему вот это с тобой такое происходит. Или вот выпущу я тебя отсюда, а ты завтра опять на крышу заберешься. И уже не спустишься потом сам. А я тут не увидел. Не выяснил и не досмотрел. Ну, наркотики, положим, я сразу отметаю. Симптоматики не наблюдается, да и не такой ты человек, чтобы с этим дерьмом связываться. Так?

– Так.

– Насчет девушки – пока сказать не могу. Тебе ведь тоже уже не девятнадцать. Двадцать пять. Какой-никакой возраст. Университет позади, работаешь. У тебя, кстати, проблем не будет на работе?

– Не будет. – ответил я. – Я типа в отпуске.

– Хорошо... Так что насчет девушки. Мучает тебя кто-нибудь?

– Не мучает, – сказал я, и сразу вспомнил про Леди Ф.

Где она сейчас? Зачем говорила со мной?

– Точно? А то ведь такое дело, что, бывает, мучает, а ты сам про это и не догадываешься. Вот кто тебе вообще нравится из девушек знакомых. Назовешь кого?

– Да не особо. Да нет, Дмитрий Александрович, не припомню. Я вообще мало что помню. Почти ничего. И точно ничего, о чём хотел бы говорить.

Дмитрий Александрович помолчал, затем снял очки и потер переносицу.

– Ну что ж, Максим, понимаю. Может быть и такое, что человек не уверен насчет своей сексуальности. Очень распространенная ситуация, между прочим. То есть, он сам не уверен...

– Не, Дмитрий Александрович. Все окей, – сказал я. – У меня и девушка была. Мы встречались долго.

– Всё-всё, умолкаю!.. – Дмитрий Александрович оживился и надел очки. – А давно вы расстались? Нравится она тебе?

– Неа, – сказал я. – Это было сто лет назад. Не помню. И думать об этом не хочу.

– Ну а что тебе нравится, Максим? – пытливо спросил Дмитрий Александрович.

Я перевёл взгляд на него.

– Нравится мне, Дмитрий Александрович, когда асфальт тёплый. Когда солнце так нагреет за день, что дотронешься ладонью – и горячо. И маленькие трещинки в асфальте, и солнечный день с ясным небом, когда никуда не надо спешить, и можно забраться куда-нибудь, где никого вообще нет, но тепло и ясно, и кормить голубей и размышлять ни о чём. Нравится мне, когда солнце тонет в дальних силуэтах зданий, и весь город становится оранжевым, как апельсин, и хочется раствориться в этом цвете так, чтобы насовсем, и еще нравится смотреть на небо, на высокие прозрачные облака, и ощущать, на самом деле ощущать, что можно взлететь прямо туда. Что так действительно бывает. Не в фантазиях, не понарошку, не в мечтах, а физически можно туда взлететь, на самом деле, и это хоть сейчас, но забыл как. Нравится когда простор, и далеко видно, когда равнина или далекая дорога, и очень много неба, и чувствовать, что реальность – вот она рядом, до нее дотронуться можно, и нужно с ней что-то сделать, что-то для чего ты сам предназначен, что ты умел когда-то давно, и будешь уметь в будущем, но пока – забыл напрочь, и мучаешься от невозможности сделать это что-то, и хорошо очень от того, что это такое вообще есть. Нравится ехать куда-то, без конца и без начала, когда новая дорога появляется за горизонтом, и чтобы с тобой был кто-нибудь ещё, а лучше – двое, и чтобы они трепались между собой о чем-то смешном, а ты мог слушать и улыбаться, и смотреть себе на дорогу, и любоваться бесконечным небом. И нравится, когда большие, огромные деревья громко шумят листвой, неспешно качаясь, и ты прямо видишь, какие они огромные и под ними свой собственный целый мир. И мороженое нравится ещё.

Дмитрий Александрович снова снял очки и потёр переносицу.

• • •

Виктор странный. Кое в чем. То есть, я тоже странный, но я вообще странный, неконкретно, а Виктор – вполне конкретно. Во вполне специальных вещах. Виктор любит фотографировать очень странные штуки. А потом делает из этого особые фотографии. То есть, точнее, дело даже не в том, что он фотографирует какие-то странные, необычные штуки, а в том, что он их не фотографирует. А вместо этого фотографирует самые обычные места. Кусок дороги, например. Или автомобильную шину. Не какой-нибудь достопамятный кусок дороги, и не какую-нибудь шину из аварии, а натурально самый что ни на есть обычный, рандомный кусок дороги и абсолютно ничем не примечательную шину ничем не примечательного автомобиля.

Обычно это выглядит так. Мы идем, беседуя о чем беседуется. Кино там, или девушки, ну о каких-то никак не связанных с будущей фотографией вещах. И вдруг Виктор видит этот самый обычный кусок дороги, у него переклинивает, и он бросает все и мчится фотографировать этот кусок, даже не договорив. Пример.

Идем мы сегодня утром, трепемся.

– ... и после этого они тебя выпустили?

– Ага. Таблетки назначили пить.

– Пьешь?

– Неа. Попробовал из любопытства – неа. Голова тяжелая, делать ничего не хочется. Хотя не беспокоит ничего.

– А заставили обещать что?

– Ну, формально заставили. Что тут обещать. Я ж и не сделал...

Виктор срывается с места и идет к примыкающей пешеходной дорожке, на ходу судорожно расстегивая футляр камеры.

Я замолкаю, и терпеливо жду. Я привык.

Виктор фотает кусок тротуара. Ничего, решительно ничего необычного на этом куске тротуара – нет. Камешки, травка, трещины. Всё. Прохожие озираются. Наверное, со стороны это похоже на работу криминалистов. Типа, здесь убили кого-то, а теперь улики собирают. А меня, наверное, за следователя принимают. Я на секунду представил это, и вдруг меня позабавил тот факт, что будь я на самом деле следователем, а Виктор – криминалистом, то в эту самую секунду мы занимались бы абсолютно тем же и ничем, вообще ничем не отличались бы от нынешних себя. То есть, мы в этой реальности и мы в реальности, в которой я являюсь следователем, а Виктор – криминалистом, на какой-то отрезок времени бы безусловно совпали. Странная мысль.

Камера у Виктора хорошая, дорогая. Ей можно было бы фотографировать свадьбы или щенят. За деньги. Но вместо этого он фотает куски дороги и кору деревьев. А потом он еще и печатает все эти куски дороги, и выбирает «удачные». А работает он вообще... барабанная дробь... дизайнером промтоваров. И не каких-нибудь дизайнерских кресел или автомобилей. Обычных таких, повседневных, негламурных промтоваров. Например, он проектирует мангалы. Или садовые столики со стульями. А что вы хотели? Мангалы тоже надо проектировать. Чтобы они от жары не гнулись, чтобы ножки держались крепко, чтобы дырочки для вентиляции располагались в нужном месте. И чтобы это все еще разбиралось и собиралось. Серьезная работа. Большой завод. Цеха и офисы с инженерами. Специальная программа, офис, кабинет, кресло. И Виктор.

На самом деле, благодаря ему меня и взяли туда же. Правда, на дизайнера мангалов я не тяну. Я работаю охранником. Глупо звучит, конечно, но официально именно так. Вернее, сам завод охраняет специальная фирма с крутыми ребятами, а я так: слежу, чтобы все цеха были закрыты, отгоняю автокары, куда надо, и хожу по пустым коридорам, закрывая форточки и двери, чтобы можно было поставить офис на сигнализацию. Сторож, короче. Но я всем говорю, что охранник. Хотя охранник звучит не намного лучше. Но вообще платят ничего, нормально так. Завод большой, работы много. Хоть и устаёшь иногда.

По асфальту шаркнули. Я обернулся и увидел Леди Ф. Она опять была в своей тоге и сандалиях. Я даже не удивился, только обрадовался.

– Привет! – сказал я.

– Привет! – сказала она. – Как ты?

– Очень хорошо, – ответил я, – А ты как?

– А я – всегда хорошо, – и она улыбнулась.

– У тебя красивая улыбка, – сказал я.

Она кивнула и посмотрела на Виктора. Я тоже на него посмотрел. Виктор фотографировал свой кусок дорожки и больше ничего по сторонам не видел.

– Он странный, – сказал я. – Но хороший. И умный.

– Это бывает, – согласилась она. – Я вообще тебе кое-что передать пришла.

– От кого? – спросил я.

– Да ни от кого... Так. От меня. – Она тряхнула своими рыжими волосами.

– Ого. Круто! И что же?

– А вот что: следи за лучом света.

– Следить за лучом света? Мне?

– Да. Тебе. Будешь?

– Буду. Обязательно!..

– Хорошо! – Она подмигнула мне. – Увидимся?

– Увидимся!

Она повернулась и пошла прочь. Я смотрел ей вслед, наблюдая за её легкой походкой, когда ко мне подошел Виктор, укладывая камеру.

– И что ты обещал?

Я недоуменно посмотрел на него.

– Ну, что обещал, чтобы выпустили?

– А... Да так, ничего. На крыши больше не лазить.

– Резонно. Хорошая просьба, хорошее обещание. Не придерёшься. Нарушаешь?

Я усмехнулся и похлопал его по плечу. И мы пошли дальше.

•••

Я резко затормозил и встал у обочины. Посмотрел в зеркало. Да, это была она, сомневаться не приходилось. Ксюха. Оксана, в общем. Мы учились вместе, и немного приятельствовали. А теперь она голосует на обочине в забытом поселке далеко от города. Я сдал задним ходом, подъехав ближе к ней.

Она неуверенно всмотрелась в меня, улыбнулась и прыгнула в машину.

– Привет, Макс! Поехали!

– Куда?

– Не куда, а откуда! Вот ты куда едешь?

– Я к бабушке с дедушкой еду, на восток области.

– Вот и прекрасно! Жми!

Я нажал. Машина быстро набрала скорость и посёлок остался позади.

– А ты что тут делаешь-то? – спросил я, поглядывая в зеркало.

– Ой, да там... – Ксюха махнула рукой. – История тоже.

– Гуляла?

– Типа того. Гуляла. Вчера в «Манго» с девчонками.

– А девчонки где?

– Девчонки в «Манго» остались. А я познакомилась с одним. Нормальный вроде парень. Угощал, танцевал, зажигали, в общем. А потом поехали кататься.

– Кататься, значит.

– Ну типа. Сам знаешь. Обнимашки-обжимашки. Ничего такого, да и протрезвела я слегка. Приехали в итоге сюда. Поздно уже, часа три. Ну и он начал приставать. А я что-то как-то не хотела. Ну и он говорит, иди-ка ты тогда на улицу ночевать.

– А ты?

– Ну, пришлось переспать. А сейчас встала, и уехать захотелось. Вот, вышла на обочину.

– Что, прямо так и переспала?

– В смысле, прямо так? Ну, да – переспала. А что мне, в поле ночевать? Да и выпила я.

Мне почему-то стало смертельно обидно, хотя еще пять минут назад я и думать не думал ни о какой Ксюхе, ехал себе по своим делам, и ничего к ней никогда особенного не питал. Ну все равно просто свинство какое-то. Ну зачем спать с такими сволочами? Она может мурыжить человеку мозги месяц, а потом переспать с каким-то заведомым придурком, потому что так фишка легла. Свинство...

– Леди Ф никогда бы так не сделала!

– Кто?

– Неважно... И что ты теперь будешь делать?

– С чем?

– С этим. Встречаться, что ли, будешь?

– Ты с ума сошёл?! Да как можно встречаться с таким уродом?!

– А как с ним можно спать?..

– Слушай, ну ты сейчас прям как моя мама... Всё! Это в прошлом, я не хочу говорить об этом! Ну переспала и переспала!

– Сколько за тобой Виктор ухаживал? Два месяца, три?

– Бляха-муха! Ну ухаживал и ухаживал! Ну не нравится он мне!

– А этот нравится?

– Нравится?! Да я его ненавижу!

– Зачем же было...

– Так! Стой! Останови машину!

– Я довезу до автобусной остановки, – сказал я.

Я довез её до остановки. Мы молчали. Красивый закат был тогда, облака малиновым окрасились.

• • •

Тишина, одиночество, я на крыше цеха. На заводе выходной, никого нет. Я несу свою одинокую вахту, гуляя по большой пустынной территории. Вот, забрался на крышу. Цех высокий, с восьмиэтажный дом. Увеличьте железный гараж в десять раз и поймете, как он выглядит. Большая зелёная металлическая коробка с пятнами ржавчины.

Вид с высоты – потрясающий. Метрах в двухстах – река и порт. Корабли даже отсюда кажутся огромными и это очень красиво: большие корабли на синей глади реки. Река и вправду синяя, но не потому, что вода чистая, а просто под этим углом отражается небо, а небо сегодня без единого облачка.

Все это вместе кажется очень реальным, настоящим. Значительным! Чистые краски, большие формы. Вот когда смотришь на это, кажется, что реальность можно потрогать. Не объект, как реальность, а реальность, как объект.

– Трудно объяснить! – говорю я вслух.

– Что именно?.. – спрашивает Леди Ф.

Я молчу некоторое время.

– Я сумасшедший? – спрашиваю я.

– Буквально или метафорически? – осторожно интересуется Леди Ф.

– Буквально. Я сошёл с ума, там, на крыше? Ты воображаемая?

– Нет, – уверенно отвечает она.

Я оборачиваюсь. Она по-прежнему в белых одеждах и сандалиях. Свежий ветер здесь, наверху, слегка шевелит её рыжие волосы.

– Я очень даже себе настоящая, – улыбаясь, продолжает она. – Почему ты спрашиваешь?

– Ну. Понятно же. Ты вполне могла встретиться мне и там на крыше и в городе, но здесь... Ты не могла попасть на территорию, не говоря уже о том, чтобы незаметно подняться сюда наверх.

– Это почему же?.. – уперев руки в бёдра, спрашивает она. – У меня легкий шаг!

– Снежок бы залаял! – отвечаю я.

Мы с Леди Ф смотрим вниз, туда, где черной точкой посредине асфальтовой равнины спит на солнышке собака Снежок.

– Да и вообще, ведь было бы странно, – уже увереннее говорю я. – Чтобы так появляться, тебе бы надо было преследовать меня постоянно! Вот почему я и решил, что я тебя придумал.

– Ты себе льстишь! – Обижается она. – Поверь, я очень даже реальна. И от твоего воображения, и вообще от тебя никак не завишу!

– Ну извини, – я пожимаю плечами. – А что я должен думать?..

– А ты не думай, – отрезает она. – Я здесь не просто так, поверь. Я не создание чьего-то разума! Не твоего уж точно. Ты про луч света помнишь?

– Помню...

– Вот и не забывай! А вот тебе ещё кое-что. Запомни это для меня, ладно?

– Ладно...

– Красные пятерки – шаг вправо.

– Что?! – изумился я.

— Красные пятерки — шаг вправо, — терпеливо повторяет она, будто объясняя очевиднейшую вещь.

— Я... я не понимаю.

— А ты и не понимай. Ты запомни. Не надо думать пока, повторяю. Отвлекись от этого пока, ладно? Лучше расскажи, что тебе так трудно объяснить.

Я медлю, собираясь с мыслями.

— Ну, это же трудно объяснить!.. Я лишь попробую.

Она ждёт, с улыбкой глядя на меня. Я, периодически запинаясь, начинаю объяснять.

— Я очень странно воспринимаю окружающий мир. Я не сразу это понял. Очень трудно понять, что ты иначе воспринимаешь мир, потому что тебе не с чем сравнивать. Это как если бы ты видел одним глазом зелёный, как красный. Откуда бы ты знал, что ты видишь цвет ошибочно? То есть, как определить эталон, если никаких источников, кроме твоих собственных глаз, у тебя нет? Да и вообще. Откуда знать, что твой зелёный совпадает с зелёным окружающих? Вдруг то, что ты видишь зелёным, на самом деле все другие видят красным. Что такое для тебя зелёный? Цвет листвы. Ты его запоминаешь, и всю жизнь думаешь, что это — зелёный. А если она на самом деле красная для всех других? Этого никак не определить, никак...

— Интересно, — сказала Леди Ф.

Она и в самом деле слушала с интересом.

— Вот. А зелёный — это просто маленький пример всего. Ведь всё, что ты знаешь и чувствуешь, ты вынес только из личного опыта. От звучания скрипки до ощущения пробуждения ото сна. И вот недавно я понял, что воспринимаю реальность не так, как все остальные. Наверное, на той крыше, где мы с тобой встретились. Я это по косвенным признакам понял. Я давно подозревал, что тут что-то не так, но раньше думал, будто просто заморачиваюсь. Будто я просто думаю об этом больше, чем нужно. А недавно понял — нет, это на самом деле я вижу по-другому. Восприятие по другому работает. У меня примерно такое было с кожей. Понимаешь, мне раздражают кожу шерстяные вещи. И вообще все такие же, ворсистые. Не могу носить просто, дискомфорт страшный. Прям хочется разорвать и сбросить, ну не могу. И так далее. Мне всё детство мама, и бабушка, и тёти твердили, что это всё глупости, что это я сам себе придумал. «Все носят, а тебе кажется». И я верил. Мучался, носил. Потом, как вырос, носить перестал, но по-прежнему считал, что это я себе придумал заморочку такую. На психологическом уровне. А потом – бац, во взрослом уже возрасте узнал, что у меня у отца – та же самая проблема. То же самое. И всё сразу стало понятно, что это на самом деле у меня кожа такая. И ничего я себе не придумал! А просто вот так. Вот все так ощущают, и могут носить шерстяное, а я – иначе. Я не могу. На самом деле, без психологических заморочек.

– Мило, – засмеялась Леди Ф, – с кожей мило! А с реальностью что?

– А с реальностью то же, что и с кожей. Я её ощущаю иначе. И точно так же думал, что это у меня просто заморочки такие. И что ощущаю я то же самое, что и все, только придумал себе чёрт знает что.

– А теперь?

– А теперь – нет. Понимаю, что у меня на самом деле иначе. Ну, может, не я один такой, но у меня восприятие отличается. И вот это тоже очень трудно объяснить.

– А ты попробуй. – Сказала Леди Ф, – Мне интересно.

– Попробую... Понимаешь, вот глядя вот на это все, – я обвёл рукой порт и реку, – я вижу всё это по отдельности. Не как пейзаж или картинку. А по отдельности. И корабль, и реку, и волны, и чаек. И слышу тоже. И чувствую. Очень буквально, будто внутри себя. Безо всяких физических законов, связывающих это всё. Как будто у меня зум на фотоаппарате направлен сразу на всё одновременно, и это всё сразу в моё сознание одновременно врывается. Вот даже то дерево.

Я указал рукой на иву вдали, и Леди Ф посмотрела на неё.

– Поэтому я не люблю, когда тесное пространство, например, густой лес, и очень люблю, когда равнина и много неба. Потому что мало всего лишнего, а то что есть – оно большое и значительное. И когда я один, и много этого свободного пространства, то всё кругом в моем восприятии словно зависает...

Замирает! Будто капля воды, готовая сорваться, и я всё это очень чувствую внутри себя. Я могу так три часа просидеть. Вот как здесь сейчас. А вот людей я не чувствую. Не чувствую связей между ними, их отношения. Не чувствую социум и социальные отношения, как дополнительный слой реальности...

— И тебе нравится то, что ты так видишь? – серьезно спросила Леди Ф.

Я подумал.

— Не знаю. Это просто так есть. Мне нравится чувствовать окружающий мир в такие моменты, как сейчас. Это так...

Мы помолчали с ней, глядя на корабли. Большие пухлые облака плыли над гладью реки, отражаясь в воде, и эта синхронность завораживала меня. Облака отражались в воде, а корабли в небе – нет. Магия.

— Волшебно... – сказал я.

• • •

Мы сидели с Ксюхой на скамейке у озера и ругались. Непонятно, как вообще мы оказывались вместе. Мы не встречались, и я бы не сказал, что особо дружили. Просто мы как-то периодически случались рядом и общались. Лирического подтекста я при этом не чувствовал, а это очень замечательно, когда есть приятельница, с которой не чувствуешь лирического подтекста. Полезно очень.

В данный момент я Ксюху распекал.

— Ну и как вот так можно выбирать мужиков?.. – спрашивал я. – Зачем вот вы, женщины, выбираете черт знает кого?..

— Да не выбираем мы! – вяло отбивалась Ксюха, – Это оно само как-то всё происходит. С кем-то происходит, а с кем-то – нет, вот и все...

— Ну это ведь неправильно, ты же сама понимаешь!

— Слушай, Макс, завязывай! Такого я за свою жизнь знаешь сколько наслушалась! Советчик нашёлся. Тоже мне, отец семейства – сам-то холостой уже сколько! И вообще, чего ты ко мне прицепился? Влюбился, что ли?

— Не говорите ерунды, милейшая, – сказал я. – Обидно просто всё это. Свинство. Чем сильнее вытираешь о женщин ноги, тем сильнее они на тебя ведутся. А если начинаешь относиться по-человечески, так сразу теряют интерес. Вот зачем ты, лично ты так поступаешь, а?

– Да не поступаю я никуда, – грустно сказала Ксюха, – Я ж говорю, оно само так получается. Я даже не знаю, как вот рассказать это по-нормальному. Тебе вот кажется, что я плохая и всё делаю неправильно. А ведь у меня нет выбора, какой быть. Я такая, какая есть. И я вовсе не пытаюсь делать всё плохо и неправильно. Наоборот, я очень пытаюсь быть хорошей и замечательной. И ещё немного счастливой. А получается, как получается.

– А по уму делать не пробовала?

– Пробовала, – кивает Ксюха, – Глупости выходят. Тут у меня какая вечно дилемма. Если по уму – то не получается быть счастливой. То есть, всё хорошо, но интереса к происходящему – нуль целых, нуль десятых. А если не по уму, то... все равно как-то, конечно, плохо всё заканчивается, но так хоть счастливой иногда получается побыть.

Я отворачиваюсь. Возразить мне нечего. Это её жизнь.

• • •

Как рождается город? Есть теории, да. И легенды. Бывает даже точная информация, как появился тот или иной город. Например, его основал древний король. Или город родился в результате слияния нескольких древних поселений. Или разросся из небольшой крепости. Или наоборот – пришли варвары, один город разграбили и смели, а следующий построили прямо поверх руин.

Но у меня не получается верить во все эти теории. Хотя, в общем, я допускаю, что их придумали умные люди и не просто так.

Я вижу город похожим на живой организм. И он растёт сам. Возникает и тянется чуткими линиями, разрастается сеткой дорог. Набирает клетки домов и кварталов. Город сам зарождается из мёртвой материи, оживая. Вчера еще – это кучка несвязанных домов, а завтра – это уже город. И едва он возник, как он начинает дышать самостоятельно, и всё, что появится внутри и снаружи города, будет его частью. Даже ты сам.

Поэтому все города живут по единому закону. Да, у каждого своё неповторимое лицо, душа, тело. Города различны, как различны меж собой люди. Но нарисуй карту любого города, вглядись в него, и сразу уже станут заметны общие черты, части, узоры, как одинаковы человеческие органы в анатомическом атласе. Организмы городов живут и дышат по единым законам, как живут и дышат по единым законам человеческие организмы.

И что интересно: насколько этим городским законам подчиняюсь я сам? Я – клетка города. Вольный или невольный участник его внутреннего метаболизма. Моя жизнь в той или иной степени определена потребностями и интересами города. В какой?

Рыбка в коралловом рифе не задумывается о своей роли в многотысячном мирке подводного царства, но пытливый ум учёного давно определил: не будь рифа, не было бы ни корма для рыбки, ни её самой, а назначение этой рыбки – быть, скажем, «санитаром рифа» и служить кормом для мурен. Рыбка, разумеется, может взять и уплыть из рифа, чтобы умереть с голоду в одиночестве или, напротив, попасть в аквариум коллекционера и прожить безбедную рыбью жизнь в неге и роскоши, но изменит ли это общий закон существования рифа? Нет.

• • •

Мы сидим с Виктором на бетонном парапете над тротуаром, пьём пиво и болтаем ногами. Невысоко, метра два, но люди, проходящие внизу, кажутся маленькими, и недовольно глядят на нас снизу вверх.

Между нами стоит открытая банка солёного арахиса, а пиво в руках немного тепловато. Погода – хорошая. Облака, но не дождь; не слишком жарко, но и не холодно, а впереди выходной, и, как ни крути, а в целом – хорошо.

– Не люблю я людей, – вдруг ни к селу ни к городу замечаю я.

– А они тебя?.. – резонно спрашивает Виктор.

– А они меня – не знаю. Они ж не вместе. Они по отдельности. По отдельности – кто как.

– И за что ты их не любишь? – Спрашивает Виктор.

Чувствуется, что ему не прям уж так интересно, но знаем мы друг друга давно и общаться в целом можем, так что – Виктор поддерживает разговор.

– Да ни за что конкретно, – отвечаю, – Я не то, чтобы испытываю к людям какую-то неприязнь, а просто – дикий я. Некомфортно мне с незнакомыми.

– Ну, хоть это замечательно. А то я уж думал, тебе и со мной...

– Не, с тобой все окей. А вот так с другими – некомфортно. Окажусь я в незнакомой компании – ни разу не комфортно. При этом каких-то конкретных претензий у меня ни к кому из людей нет вообще. Я вполне допускаю и даже уверен, что все окружающие – добрые, славные, хорошие люди. А я, может быть, даже наоборот – не очень-то славный и не слишком хороший. Но мне рядом с ними – неудобно. Повторюсь, претензий нет никаких. Просто биологическое такое ощущение дискомфорта.

– Плохо тебе... – лениво замечает Виктор.

– Плохо, – соглашаюсь я. – А одному – хорошо. И с друзьями – хорошо. А вообще с людьми – плохо.

– Вообще, это ненормально, знаешь ли!.. – с удовольствием констатирует Виктор. – Как тебе плохо-то? Тошнит, что ли?

– Нет, не тошнит... Да просто так не очень. Скучно, что ли. Будто в очереди стоишь, вот такое же ощущение.

– Ну в очереди ты же за чем-то стоишь? Терпишь ради чего-то?

– Терплю, – опять покорно соглашаюсь. – А ради чего – не знаю...

• • •

Я потом много раз вспоминал, как это произошло. И в первые дни после, и когда учился управляться со своим новым талантом. Всё впустую. Сколько бы я ни анализировал, ни ловил закономерности и предчувствия, случившееся оставалось тайной, волшебным всплеском среди серой воды бытия, магией.

Лучше всего я запомнил, безусловно, упавшее мороженое. Оно было белым и очень сладким на вид даже тогда, когда шлёпнулось на чистый асфальт, распластавшись у моих ног. Секунд пять я глядел на белый комочек, на опустевшую палочку эскимо в моих руках и неприятнее всего вдруг оказалась сладость на липких пальцах, про которую вполне можно было забыть, пока ты ел мороженое, но вызывающую дикое раздражение теперь.

Я подумал, стоит ли выругаться, и не стал. Поглядел на белую кляксу под ногами, похожую на Австралию (и даже островок на юго-востоке имеется!) Поднял глаза к небу и немного поглазел на шумящую листву. Очень сильно бесили липкие пальцы, как магнитики, пристающие друг к другу. А если насильно раздвинуть, так еще, кажется, хуже.

Потом появился запах озона. Он всегда приходит ко мне, когда это начинается. Теперь-то я уже знаю, но тогда ещё не знал. Запах был очень сильным, свежим и ярким; таким же, какой бывает в сильную грозу. Я его обожаю. Всегда стараюсь вдохнуть полной грудью, надышаться. Этот запах – одно из самых чудных, чистых, чётких чувств и ощущений в моей жизни. Как назло, когда всё проходит, я не могу вспомнить его хотя бы на чуточку. Я знаю, какой он должен быть, помню, как он влияет на меня, как легко дышится, когда этот запах внутри. Но вспомнить, вернуть, испытать вновь – не могу ни на самую малость.

Но, повторюсь, тогда я ещё не знал, что это и откуда. Немного, не сильно даже, удивился, выискивая сквозь листву небо, в котором не было ни дождя, ни даже туч. Остановил свой взгляд на большом клёне. На поломанном скворечнике без крыши. На разбитом фонаре аллеи. На рекламном щите, на котором под стертой рекламой давно закрытого магазина большими алыми буквами начертан был адрес: «...ская, 55». Эти алые пятёрки выпрыгнули из обычного летнего дня с надоедливой жарой, шумящей листвой, упавшим мороженым и заставили меня замереть. Две красные пятёрки. Пятёрки начали кричать мне, петь, предупреждать о чём-то, что я и так должен был знать и помнить, и шум этот всё нарастал, а затем превратился в скрежет, а затем в грохот, словно пятёрки летели ко мне навстречу, и, оглушённый, я уступил им, и, пожав плечами, сделал шаг вправо.

Тут же меня кто-то сильно ударил по левому плечу, очень сильно и меня опрокинуло, отбросило в сторону на мягкую траву аллеи. Падая, я замахал руками, словно пытаясь отбиться от врага, и выглядело это очень смешно, я потом видел на видео, потому что я же не знал, кто меня толкнул, а толкнул меня семитонный военный грузовик, который перепрыгивая с верха на крышу, пролетел после встречи со мной еще примерно сорок метров, снёс толстую березу и два маленьких клёна и, наконец, остановился с чудовищным грохотом об огромный дуб в глубине парка, сломав тому одну из нижних ветвей.

Со стороны улицы кричали и уже кто-то бежал, а я все лежал и глядел на алые пятёрки и потом на плёнке, снятой уличной камерой (смотрите в интернете, подборка чудесных спасений), это выглядело так, словно меня оглушило от падения и я ничего не соображаю, но на самом деле, я просто смотрел и думал, что же случилось, и как пятёрки с этим связаны. Я еще ничего не понял, и всё случившееся представлялось мне хитрым фокусом, зайцем из цилиндра, но как именно всё получилось, как получилось, и где тут скрыт секретный трюк фокусника, и где прячется сам фокусник – разобрать никак не мог.

Потом уже я прочитал, что по шоссе рядом с парком ехал грузовик с солдатиком за рулём, и солдатик заснул. Или в обморок упал, ну или что-то такое. И грузовик не быстро, в принципе, ехал, километров восемьдесят, но когда водитель заснул, автомобиль потерял управление, и сначала ударился о противоположный тротуар, а затем его бросило в сторону парка. Грузовик снёс ограждение, которое упало ему под колёса и сработало, как трамплин. Машина подпрыгнула и слетела с дороги в парк, а поскольку парк находится в низине, грузовик пролетел вниз ещё метров десять, и ударился кабиной о землю внизу, после чего его с бешеной скоростью швырнуло в мою сторону.

Обо всём этом я с интересом прочитал через неделю в крохотной заметке в городской газете, где даже не написали про моё чудесное спасение, а отметили только, что водитель погиб на месте. К тому времени я, конечно же, смог тщательно обдумать произошедшее, и теперь мне очень надо было с ней поговорить. Вы знаете, с кем.

• • •

С Таней я познакомился на море. Сто лет назад. Уже хорошее начало, что тут скажешь. Я сидел на песке, смотрел на волны и немного мёрз. День выдался холодный из-за ветра, сидеть на песке было холодно, но и уезжать не хотелось, так что я кутался сильнее в ветровку, и терпел. Впереди слева было серое основание променада, а впереди справа были волны, много волн, море, и если специально ничего не замечать кругом, то можно было забыть про холод и слиться с шумом волн и сидеть так очень долго, и думать о чем-нибудь своём.

Я и сидел. Когда задумываешься так надолго, теряешь чувство времени, и не очень понимаешь, что кругом происходит. Потому я не удивился, когда какая-то девушка спустилась на пляж, неспешно разложила какие-то сумки, и принялась малевать на бетонной стене у основания променада. Я даже не помню, как именно поначалу я её окрестил про себя. Рекламщица?.. Маляр?..

Неважно. Прошло десять минут, потом пятнадцать, и я начал выбираться из своего оцепенения. Сначала я ещё пытался понять, что она рекламирует, какой товар продаёт, а потом перестал и просто смотрел.

Черное ухо, чёрный нос. Белые лапы. Огромный щенок с интересом смотрит на море со стены. Рисунок метра два высотой. Последние попытки: реклама ветклиники? Девушка что-то пишет под белой лапой.

«Мыло», – с изумлением читаю.

Встаю и подхожу ближе. Рядом уже стоят дети, любуются. Две девочки, маленькие, лет по десять.

– Это Белый Бим, Чёрное Ухо! – говорит одна девочка.

– А почему «мыло»? – с удивлением спрашивает другая.

Художница не слишком приветливо смотрит на девочку.

– А потому что...

– Не говори! – прошу я.

Девушка с удивлением смотрит в мою сторону.

– Это реклама, дети, – говорю я, – реклама собачьего шампуня!

– Собачьего шампуня – не бывает! – заявляет девочка.

– Бывает! – опровергает вторая.

Дети принимаются спорить. После убегают за родительским фотоаппаратом.

– Ты из гринписа? – спрашиваю я.

Девушка бросает в сумки баллончики с краской. Застегивает молнию.

– Нет! – порывисто отвечает она.

Я замолкаю, наблюдая за сборами. Понятно, что она не очень настроена общаться.

– А зовут тебя как?

– Таня, – отвечает Таня.

– А меня – Макс, – не дождавшись продолжения, представляюсь я.

– Ты рисуешь? – крохотная искра интереса проскакивает в её зелёных глазах.

Медленно качаю головой. Я понял, о чём она спрашивает.

– Понятно. Приятно познакомиться, – говорит Таня и уходит.

Смотрю ей вслед. Маленькая фигурка быстро переступает по песку. Волны, ветер, море.

• • •

Чёрное окно. Я на кухне в своей съёмной квартире. Я снимаю её уже очень давно. Правда, не помню сколько. Странно, я вообще многого не помню. Что ж, ну и ладно. И так хорошо.

Поглощаю макароны с сыром. Недавно проснулся, и лень было готовить что-то серьёзное. Я не слишком забочусь о своём рационе в последнее время. И вообще о нём думать не хочу. У меня почти никого не бывает в гостях. По месяцу никого нет. Ну и отлично. Меня это вполне устраивает.

Доедаю ужин, возвращаюсь в комнату. У меня не слишком много мебели. Диван. Большой книжный шкаф у письменного стола. Несколько книг открыты, и разбросаны по комнате. Есть у меня дурацкая привычка начинать вещь, да и оставлять её непрочитанной.

На столе стоит включённый ноутбук. Телевизора у меня нет. Впрочем, он мне и не нужен. Ничего хорошего там всё равно не показывают. Новости можно узнать в интернете. Да и зачем они нужны, эти новости. Хорошего там тоже мало бывает.

За окнами ночь.

Город молчит.

• • •

– Я не понимаю, зачем это нужно тебе именно так! – с некоторым даже раздражением повторяю Виктору.

Как мне представляется, я вполне имею право на некоторое раздражение, поскольку вот уже битый час занимаюсь тем, что швыряю фонарик в чёрное небо, а Виктор пытается это сфотографировать. Он хочет добиться яркой чистой линии на снимке ночного города. Видит он так. Мне же это уже порядком надоело. Правильный снимок всё никак не получается, и подбрасывание фонарика в сотый раз не вызывает ничего, кроме скуки.

В городе ночь. Мы на пустыре возле реки. Набережная с другой стороны размечает темноту разноцветными огнями фонарей, и дома, и фонари, и мост выглядят огромными, а мы сами — крохотными и даже ничтожными.

— Давай! — командует Виктор, я швыряю включенный фонарик в чёрное небо.

Он целится, как охотник в летящую птицу, щёлкает и...

— Чёрт! — ругается Виктор, — Темно!

Такие реплики я и слышу весь последний час. «Чёрт! Темно!», вариант: «Чёрт! Засветил!», вариант: «Чёрт! Вспышку забыл выключить!» Виктор утыкается в экранчик фотоаппарата, и, рискуя испортить зрение, опять начинает возиться с настройками.

— Это можно нарисовать на компе за три минуты, — ною я.

— Зачем вот буквально фотографировать, а?

На это Виктор ничего не отвечает, не соизволив оторваться от камеры. Я отхожу к реке и сажусь на бревно у воды. Ночь тёплая и тихо-тихо иногда плеснёт река. Далеко виден черный силуэт баржи. Вода движется, и я не могу разобрать, плывёт баржа или это только кажется. Сигнальные огни отражаются в чёрной воде цветными переливающимися лентами. Красиво...

— Красиво... — говорит она за моей спиной.

С трудом сдерживаю порыв обернуться. Я ведь рад, и даже соскучился.

— Ну-ну, — отвечаю я. — Давно тебя не было видно.

— Разве? — спрашивает она. — Всего неделю... или пару.

Я чувствую аромат её духов. Это запах очень украшает вечер.

– Что это было-то? – прямо спрашиваю я, – Как так случилось?

Она переступает через бревно.

– Тебе не холодно? – спрашиваю я. – Да и бревно это грязное...

Снимаю ветровку и кладу рядом, чтобы Леди Ф могла присесть. Она благодарит и садится рядом. Я терпеливо жду.

– Тебе прям вот всё надо объяснить? – ласково спрашивает Леди Ф.

– Ну, не обязательно конечно, прямо вот всё... Но в целом было бы неплохо. Я до сих пор не отошёл.

– Неудивительно! – кивает она. – Кому бы понравилось!

– Это ты сделала?

– Смотря что...

– Грузовик! А если бы я не отошёл?.. А водителя не жалко?

– С грузовиком я вовсе ни при чём. Водителя жалко, очень. Заснул за рулём. А отходить или нет – это был уже твой выбор, а не мой.

– И ты вовсе ни при чем.

– Да. Я вовсе ни при чем. Правда.

– Но что же это было-то всё-таки, а? Как же так? Кто ты? Как это всё объяснить?

Она смеётся.

– Ах, Макс, Макс... Самое интересное и даже прекрасное очень часто совершенно необъяснимо. А если уж поднапрячься хорошенько, и всё же его объяснить... с научной точки зрения, то оно перестаёт быть прекрасным. Не так ли?

Пожимаю плечами.

– Увиливаешь от ответа! – замечаю ей шутливым тоном.

– Отчего же?.. Вот! Погляди на эту реку, и эту ночь, и эти фонари и даже на нас с тобой сейчас... Почему краски так ярки? Почему звуки так мягки и в воздухе удивительная свежесть? Почему тебе так интересно со мной?

Я протестующе поднимаю руку, смеясь, но она спрашивает прямо:

– Разве не интересно?

– Очень интересно! – соглашаюсь я.

– Ну так разве не здорово?! Прекрасно чувствовать всё это сразу, впитывать внутри себя, испытывать все оттенки, ловить все ощущения, словно ночной зверь, замерший на ветви громадного дерева. А знаешь, почему?.. Потому что так можно стать частью этой ночи. Начни анализировать, размышлять, оценивать, почему цвета таковы, почему воздух так свеж, откуда я здесь и волшебство начнёт блекнуть, а внутренний трепет, в лучшем случае, медленно угасать...

– Угасать... – Повторил я тихо.

А может...

– Слушай, Леди Ф, – сказал я мягко.

– Ты про луч помнишь? – деловито перебила она меня, прежде чем я продолжил.

– Помню, – сказал я, отметив про себя эту деланную деловитость, – следить за лучом света. Так... Это что про вот то, что Виктор делает? Про этот луч?

– Нет, не про этот луч. Но хорошо, что помнишь! Вот тебе ещё на заметку: запомни цифру, которая совпадёт!

– Цифру?.. – переспросил я. – Это что же, опять что-то такое...

– Получилось!.. – заорали сзади и я вздрогнул.

Виктор потрясал рукой, уставившись в экран фотоаппарата.

– Ну нельзя же так людей пугать, – сердито бормочу.

– Представляешь, – говорит Виктор, – сам подбросил, сам снял! И попал, ну практически случайно, то, что надо! А фонарик разбился, кажется. Жаль, хороший фонарик.

Он тычет мне в лицо экранчиком фотоаппарата. На экранчике яркая белая полоса.

– А город будет видно? – спрашиваю я, и тут же жалею, что спросил.

– Да город-то можно в редакторе подправить, – отмахивается Виктор. – Ему уже ничего не интересно, кроме сделанной фотографии.

Оборачиваюсь к реке. Леди Ф уже нет. Фонари на другом берегу мягко мерцают.

• • •

Туман меняет город. Город становится больше и страшнее. Улицы теряют знакомые черты, и отовсюду глядит опасность. Так всегда: чем меньше видишь – тем больше кажется мир. Общее правило. И наоборот. Если знаешь город хорошо, он весь твой.

Мимо той стены я ходил тысячу раз, но в тот раз был туман. Туман сделал появление кошки – волшебным. Она выплыла из белой мглы постепенно; выплыла там, где её не было еще вчера.

Я остановился перед бетонной стеной у моста, и смотрел на неё. Кошка была огромной, метра два в высоту. Она сидела и внимательно смотрела на меня в ответ. Чёткие линии, чёрные краски. Туман окружил нас и превратил сотни раз виденное место в новый мир.

Кошка была ранена. У неё не было одной задней лапы. Но я всё равно узнал её и понял, кто её хозяйка.

Тем вечером я снова пришел к кошке, сел поодаль и принялся ждать. В лучах заката кошка казалась живой. Солнце ласкало её спину.

В тот вечер никто не пришел.

На следующий день я возвращаюсь снова. Через полчаса приходит Таня. Она раскладывает свою сумку, достаёт баллончик, озирается и начинает рисовать кошке лапу. Встаю и подхожу к ней.

– Привет, Таня, – говорю.

Она оборачивается и недоверчиво смотрит на меня.

– Привет... – Неуверенно отвечает она, – Э..э... Макс?

– Точно, – смеюсь, – Макс. У тебя хорошая память.

Она ухмыляется и возвращается к работе.

– Ты учишься где-то? – спрашиваю я.

– Училась.

– Хорошо научилась!

– Спасибо.

– Ты не слишком-то разговорчивая, да? – смеюсь я.

Она смотрит на меня и улыбается.

– Ага. Не слишком.

Сажусь рядом и наблюдаю за тем, как она рисует. Лапа у кошки вырастает на глазах, а сама киса становится всё более довольной. Таня часто оглядывается и смотрит по сторонам. Неужели стесняется?

– Я тебя... не стесняю? – Вежливо интересуюсь.

Таня думает.

– Не стесняешь. – Она поняла мой вопрос. – Но не все относятся к таким рисункам хорошо. Ты хорошо относишься?

– Да, – честно отвечаю я. – Я отношусь хорошо. Не всегда и не ко всем, но ты хорошо рисуешь и мне это нравится.

– Ну вот. А меня за это могут и в кутузку отволочь.

– Но за что? – Поражаюсь я. – Ты же не... не портишь.

Я искренне удивлен. Не могу сказать, что одобряю все граффити. Не люблю, когда на заборах намалёваны длинные черные надписи. Не люблю политических лозунгов и бесцельной похабщины. Но когда на безликой серой стене художник создаёт восхитительный рисунок, как за это можно его преследовать?! Хватать, арестовывать, налагать штраф... Ведь это же абсурд!

– Да вот за то. Лучше не попадаться. Хорошего не будет.

После этого мы долго молчим. Таня дорисовывает кошку и смотрит, оценивая работу. Я тоже смотрю. Кошка прекрасна.

– Будешь что-нибудь дописывать? – осторожно спрашиваю.

Таня мотает головой.

– Пойдем кофе попьем? – предлагаю, – Тут есть одно кафе.

И мы идем пить кофе. Кошка смотрит нам вслед. Миллион лет прошёл с тех пор.

• • •

Первое время после разговора с Леди Ф, я ходил испуганный и всего шугался. Смотрел по сторонам, постоянно ожидая удара. Как с тем грузовиком. Она же не сказала ничего. Ни что за цифры, ни зачем. Просто: «запомни цифру, которая совпадаёт». И к чему это было? Моей жизни вновь что-то угрожает? От кого? Зачем?   Или «зачем» неверный вопрос?...

Почему именно мне? Почему вообще это происходит именно со мной?

Я ходил и выискивал опасность. Искал повсюду цифры. Кстати, опять цифры! В прошлый раз это были две красные пятёрки. Теперь – «цифра, которая совпадает». Пятёрки ведь тоже совпадают. Это что-то значит?

Цифры внезапно начали окружать меня со всех сторон. Номера машин, телефонов, домов. Счётчик секунд на светофоре. Циферблат часов, календарь, цены, даты, автобусы, деньги и даже температура.

Так недолго и с ума сойти. Или я уже сошёл? Может, я всё себе придумал? И цифры и всё остальное. Но ведь грузовик – был. И Леди Ф – она точно... абсолютно точно – реальна. Реальней, чем весь окружающий мир. Но эти цифры... «цифры, которые совпадают» – это ведь так нелепо звучит. И я думал об этом часто, и эта мысль казалась мне всё глупей и глупей, а Леди Ф никак не навещала меня вновь, и в конечном итоге я перестал гоняться за цифрами, и перестал лихорадочно искать их повсюду, а в конечном итоге – и вовсе позабыл.

А потом, наконец, я их увидел.

Увидел и в первую секунду я даже не понял, почему остановился, а потом по спине пробежал холодок и стало страшно и весело одновременно, как всегда в те моменты, когда понимаешь, что у реальности на самом, на самом деле есть второй слой, как бы ты не пытался убедить себя в обратном, пока ты его не видишь.

Потом повеяло озоном. Несильно. Так, дуновение, но я сразу вспомнил про тот раз, и навсегда связал запах озона и... и это. То, чему нет названия.

Это были семёрки. По обычной моей дороге от стоянки строился дом. Давно строился. И сегодня на него повесили табличку с номером. Обычная такая табличка, номер 77. На крайнем, седьмом, подъезде дома висела табличка с номерами квартир в этом подъезде. Квартиры в подъезде начинались с 77.

Семёрки.

Что теперь? Оглядываться? Бежать? Что сейчас произойдет? Я был напуган, но вместе с тем ощущал восторг и даже вдохновение.

На всякий случай я отошёл в сторону и немного подождал.

Ничего не произошло.

И спустя пять минут ничего не произошло.

Я подождал минут пять и пошёл прочь. Значит, семёрки. Или семёрка. А вдруг померещилось? Вдруг – ложный знак?..

Или я должен зайти в этот дом, искать ответы ближе к указателю?.. Я подхожу к подъезду и дергаю ручку. Заперто. Тупик. Тогда я не знал, что делать.

Вскоре реальность сама подсказала мне.

• • •

Тот день я тоже считаю одним из самых важных. Тогда я впервые понял, что всё это может значить для меня, какие возможности передо мной открывает. Какой может стать моя жизнь. И что существует что-то ещё. Помимо обыденного. Вот это самое главное.

Я иду по горячей улице. Середина лета, вечерняя жара и воздух тает. Автомобили сверкают отражением солнца на поворотах. Позади рабочая смена, впереди мои личные выходные. На душе спокойно и хорошо. Не так чтобы весело, но... хорошо! Забот особых нет. Свобода, что ли.

Я иду и думаю о Ксюхе. Не то, чтобы я о ней мечтаю. Просто думаю. Хорошо в такой летний день, когда есть какая-то перспектива впереди. Хорошо вообще, когда есть что-то впереди. Куда двигаться. Когда впереди светлое будущее, пусть даже неясное. И даже лучше, чтобы неясное. Это очень важно. По крайней мере, для меня.

И вот я иду, и думаю о Ксюхе. И о Леди Ф. Чем они похожи, и чем отличаются. И о девушках вообще. И что Леди Ф – классная! И Ксюха, в принципе, тоже классная, хоть и дура.

И ещё я думаю, что можно было бы пригласить Ксюху куда-нибудь. В смысле... в романтическом смысле. Не просто на чашку кофе потрещать. Можно, конечно, и на чашку кофе, но так, чтобы получилось свидание. Самые лучшие свидания, они, конечно, получаются невзначай, но Ксюха, как мне кажется, как раз особенная в этом смысле. С ней просто подружиться, и непросто – не подружиться. Хотя... кто её знает. Я вспоминаю Ксюху и морщусь. Кто их всех знает... Хотя вот Леди Ф – не такая! Она – точно не такая! Я уверен.

И тут я упираюсь в две огромные семёрки. Это граффити. На большой грязно-белой стене склада рядом с городской речушкой угловатыми буквами нарисовано здоровенное лого: «ApCity-77». Я подхожу к лого. Оно высоченное, куда выше меня. Синие буквы, белая обводка. Техника рисунка хороша, рисовал человек с хорошей рукой и глазомером. Ломаный кернинг верен, засечки на буквах отличаются точностью, но есть место импровизации – семерки правильно асимметричны, повторяя диспропорции «Ар», что создаёт симметрию более высокого порядка.

Я смотрю на семёрки и вновь озираюсь. Что делать теперь? И вновь я вижу семёрки. На этот раз маленькие – две выцветших синих семёрки на ржавой белой табличке, отмечающие номер теплотрассы или что-то подобное. Табличка торчит на берегу реки. Под ней из земли выбираются трубы и идут над рекой. Больше подсказок нет.

Подхожу к трубам, смотрю, куда они упираются. С той стороны – глухая кирпичная стена, какой-то завод. Не подобраться. Трубы заходят в большую нишу. Они примерно сантиметров сорок в диаметре, и идут парой. Под ними – речка. Сейчас лето, речушка пересохла и пахнет так себе, но обрыв высокий. До воды – метров десять. Три этажа. Не так уж и высоко, если вдуматься. Непонятно. Очень непонятно. Не по трубам же ползти.

И тут я замечаю что-то странное на той стороне... какой-то предмет в нише, куда упираются трубы и тут же – запах озона и по коже снова идёт холодок. Это оно, я понимаю сразу. Это то, зачем меня сюда привели. Или я сам пришёл?..

Озираюсь по сторонам. Неужели я в самом деле... в самом деле сейчас полезу через эту речку? А ведь это, пожалуй, опасно! Гляжу вниз, на черную гладь воды. Там камни и заиленные коряги. Страшно.

Но ведь это уже не выбор, я ведь знаю это. Это перестало быть выбором в тот самый момент, когда я почувствовал тайну, загадку, указание, намёк, что там оно – там лежит какая-то тайна, и, улыбаясь, дожидается меня. И здесь, на этой стороне, обычная жизнь, в которой все понятно и предсказуемо, а там – ступенька дальше, таинственное и загадочное нечто, которое, может быть, перевернет всю мою жизнь, а может – и весь мир вообще. И, конечно, кто сможет отступить в этот момент? Никто. Это уже не выбор. Это вектор.

Я забираюсь на трубы. Иду вперед, стараясь не смотреть вниз. В принципе, ничего сложного-то. Две трубы, рядом, по сорок сантиметров. Если осторожно и правильно переступать, никаких проблем не возникнет. Прохожу несколько метров, смотрю вниз и сердце ёкает. Высоко... Всё-таки высоко... Ладно, идем дальше. Не возвращаться же назад. Теперь-то! Переступаю шаг за шагом, и вдруг резкий окрик, свист, во мне всё проваливается и нога соскальзывает к центру.

Несколько отчаянных секунд пытаюсь восстановить равновесие. Ставлю ногу обратно. Сажусь на корточки. Кто мне кричал? Ищу его глазами. Парень не слишком благополучного вида бежит за автобусом и машет руками. Автобус не останавливается и в его окне маленький мальчик с интересом следит за мной. Подмигиваю ему, хотя с такого расстояния ничего он, конечно же, не увидит.

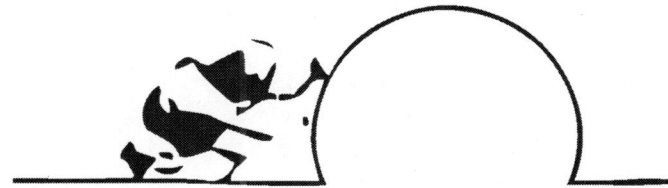

Ладно. Надо вставать и двигаться дальше. Осталось немного. Хотя не хочется. Очень не хочется. Но я встаю и иду.

Шагах в десяти от цели я понимаю, что в нише лежит большая сумка. Там действительно что-то внутри. Заметить её очень трудно, она спрятана глубоко и засыпана ветвями. С бьющимся сердцем подхожу к стене и упираюсь ладонями. Кирпичи тёплые и это приятно. Ещё они очень надежные и твердые. Ноги слегка дрожат. Я отдыхаю с минуту и опускаюсь на корточки.

Сумка кожаная. Саквояж скорее. Сразу видно, что лежит она тут очень давно. Почти вся поверхность заросла плесенью, и покрыта гниющей листвой. Значит, лежит больше года. А то и дольше. Ещё неприятный запах. То ли от сумки, то ли от речки внизу. Замочки саквояжа подржавели. Ох-ох-ох. Мне всё еще немного жутко, но теперь уйти, не открыв, я точно не смогу. Отбрасываю в сторону ветки и гнилую листву. Тут черви и какие-то мокрицы, вот же дрянь. Меня передёргивает.

Пытаюсь открыть саквояж. Ржавые замочки не хотят поддаваться. Лезу в карман за ключами, едва не потеряв равновесие. Поддеваю замочек толстым ключом от гаража и нажимаю изо всей силы. Замочек поддаётся и глухо щелкает. Похоже, он сломался. Ну и ладно.

Беру ветку и раскрываю саквояж.

Ничего страшного не происходит. Что ж, по крайней мере, это была не бомба.

Заглядываю внутрь. Внутри набухшая желтая газета от седьмого июля 2007. 07/07/07. Ого. Три года уже. Как же это всё здесь оказалось? Достаю газету. Под ней – небольшой сверток в промасленной бумаге.

А внутри бумаги – две толстые пачки долларов. Пролистываю деньги. Стодолларовые бумажки; вразнобой – мятые и новые. Итого – двадцать тысяч или около того. «Надо бы подумать, надо бы решить, как поступить», – шепчет внутренний голос, но я просто небрежно засовываю деньги в карманы джинсов, разрывая крайние купюры, становлюсь на четвереньки и лезу обратно. Ну его, не хотелось бы грохнуться вниз. Теперь-то.

• • •

Человек – животное. Я – животное. Город – моя среда обитания. Зимой, когда холодно и неуютно, внутри такая же слякоть. Запах весны заставляет расцветать не только цветы, но и человеческое сердце. Когда собирается гроза, я физически ощущаю напряжение внутри себя. Раньше я думал, что чувствую город, как рыба чувствует воду; чувствует течения и температуру. Теперь оказалось, что я ничего не знал о моей воде.

Как же важно слушать и слышать окружающее кожей! Замереть посередине улицы, вдохнуть, прислушаться, попытаться почувствовать городской ритм. Все твои успехи и поражения ничего не значат, если ты не чувствуешь того, что вокруг тебя, потому что это и есть жизнь. Реальность. Реальность окружает тебя на улице, на открытом пространстве площадей, сочится из городского воздуха на твою кожу. Каждую минуту. Достаточно остановиться и прислушаться.

Я спешу домой по остывающим тротуарам. Плыву по быстрой городской реке и вдыхаю запах летнего вечера. Сегодня он со мной, а я внутри него. Так трудно заставить себя по-настоящему ощущать окружающее, когда ты к нему привык. Если представить существующий объём видимого пространства, всю ту огромную площадь ветвей, домов, окон, асфальта, неба, то она будет огромной, великой, безумно большой. Если расстелить её на громадной площади, то потребуется целая жизнь, чтобы пройти и изучить то, что мелькает и сменяется на глубине твоих зрачков ежесекундно. То, что превращается в привычную, знакомую и даже скучную плоскую картинку, когда ты не смотришь по-настоящему.

Но стоит только посмотреть... стоит увидеть, и можно навсегда замереть от восхищения, поражаясь бездонной глубине бесконечного пространства в обычном городском дворе, на дне которого я сейчас стою.

Что я ещё могу? Теперь? Зачем Леди Ф преподнесла мне этот дар? Что я теперь должен делать?

«Она расскажет», – улыбаюсь я сам себе, – «я уверен, она расскажет!»

• • •

Цветные вспышки на краю зрения. Иногда цветной луч пронизывает бокал на моём столике и он загорается чудным радужным светом. За этим приятно наблюдать. Глаз радуется чистым переливам.

Чиллаут. Музыка здесь играет негромко. Вот счастье. Не люблю ничего, что невовремя забивает органы чувств – излишне громкий шум, чересчур яркий свет, жара и холод. Громкая чистая нота вовремя – заставляет трепетать всё существо. Но если неразумно превысить, в приёмник, в мозг, придёт только уродливый и пугающий хрип.

Ксюха возвращается с танцпола и плюхается в кресло напротив. Виктор, не отрываясь, следит за девчонками. Дискотека, современная идиллия успешной молодёжи.

Кресло вибрирует. Неужели такие басы?.. Чёрт, телефон! Спохватываюсь и лезу в карман, но звонок уже убежал, я пропустил его. Таня! Перезваниваю, но уже вижу, как она осторожно входит в зал, озираясь.

Иду к ней навстречу, уворачиваясь от танцующих людей.

Она замечает меня и я машу ей рукой. Таня идёт за мной.

Пододвигаю кресло и приглашаю её сесть с нами.

– Это Таня, – говорю я. – Художница. Рисует граффити.

Очень хорошо рисует.

Ксюха улыбается и кивает. Ей, по-моему, всё равно. Виктор заинтересован. Он начинает расспрашивать.

— А что ты рисуешь? — говорит он.

Наверное, ей порядком надоел этот вопрос, но Таня ненадолго задумывается и отвечает.

— То же, что и все художники. Разницы особой нет, где рисовать. На холсте или на стене в подворотне. Художник определяется не тем, на чём и где он рисует. — Для немногословной Тани это целая тирада.

— И что же рисуют все художники?

— Себя. Мир. Взаимоотношения себя и мира.

— Интересно... — Тянет Виктор.

— Виктор — фотограф! — вставляю я.

— И что же ты фотографируешь? — смеётся Таня.

Меня слегка колет ревность. Тут же хватаю себя за бока. Ревность?! Откуда?! Ну-ка, ну-ка, этого нам не надо. Лучше последим с интересом за разговором умных людей! Виктор копирует диалог.

— То же, что и все фотографы!

Таня крутит рукой, показывая: «всё понятно, дальше давай!»

Виктор думает, глядя в глубины танцпола.

Темнота, яркие вспышки, красивые девушки. Сейчас лето, жара, и девчонки раздеты. Вот что он видит. А может, совсем другое? Он же фотограф. Как знать... Может, он видит композицию или игру света, силуэты тел, абрис пространства... Пытаюсь примерить то, что видит он — на себя. Яркий калейдоскоп дискотеки разрезан чертой проёма. Темные контуры танцующих загорающихся внутри вспышке стробоскопа повторяют плоских мультипликационных персонажей. И динамика. Всё шевелится, бьется, танцует. Как сложно передать это одним кадром? Возможно ли вообще?..

— Впечатления, — говорит Виктор, — я фотографирую впечатления. Чтобы человек взглянул потом на фотографию, и почувствовал то же, что я видел. А иногда, если очень везёт, чтобы почувствовать то, чего я не видел. Или чего вообще не существует.

– Получается?

– Очень редко...

– Редко – это часто, – говорит Таня, – ведь обычно – никогда.

Талантливые люди. Завидую. Всегда завидовал талантливым людям. Для них – всё иначе. Ведь это дар. Тебя им одарили. От рождения. Как высокий рост или красивое лицо. Кто-то, например, умеет рисовать. Никогда специально не учился, а вот раз – и умеет. И он может нарисовать что-то из реального мира. Создать уменьшенную версию реальности в рисунке. Это как родиться дворянином. Талантливые люди – аристократы современности.

Хотя что такое талант? Рисовать – это точно. Петь. Слышать и уметь создавать музыку – это тоже. А дальше? Придумывать истории? Играть? Что еще? Жить – это талант? Что значит «талантливо жить»?

Талантливо жить. Ходить в детский садик, потом в школу, учиться на пятёрки, потом университет с красным дипломом, любимая работа, и семья, и дети, и всё успевать, и быть успешным и всего добиваться. И с гордостью уйти на покой, оставив четверых детей, и своё дело, и любовь и уважение друзей и коллег.

Или плевать на всё и лежать под большим синим небом в компании таких же раздолбаев, и смеяться, и чтобы тебя любили девушки просто так и ни за что и даже вопреки и постоянно терять и находить, и ничего не добиться, но никогда ни о чём не беспокоиться и ничего не бояться.

Вот вопрос. Наверное, талант – это то, что у тебя просто есть. Не то, что ты сам выбираешь, а то, что тебе досталось просто так.

– Пошли танцевать, – говорю. – Хватит!

И мы погружаемся в цветную темноту, туда, где танцуют люди и бьётся громкая музыка, туда, где можно забыть про себя и раствориться в ритме.

Раствориться...

В ритме. В ритме прошлого.

. . .

Гладкий красный лак меняет цвет под солнечным прицелом. Засветка. Блик, как в объективе кинокамеры.

Я обхожу машину и солнце плавно переливается на красном капоте, сверкнув на изгибе лобового стекла.

Автомобиль прекрасен. Гладкие линии и стремительность корабля в точёном контуре. Машина старая, и не слишком ухоженная, но в ней виден старый стиль. Посреди полупустой стоянки, под ослепляющим солнцем ей самое место. Пронзительное чистое небо, огромный простор, странные ангары вдалеке и яркая красная машина посреди этого простора. Я почти ослеплён. Я чувствую тепло асфальта сквозь подошвы кроссовок. Сейчас я очень близко к реальности. Сейчас мы соприкасаемся ладонями сквозь тонкое стекло и чувствуем тепло друг друга.

Я ищу глазами хозяина. Два толстеньких мужичка беседуют неподалеку. Проза жизни.

— Скажите, пожалуйста, — говорю я, — а сколько стоит эта машина?

Мужичок оборачивается, неприветливо глядя на меня. Не выгляжу я потенциальным покупателем, знаю. Уже час брожу по авторынку и никто не навязывается продавать мне машину.

— Там... На заднем.

Иду к заднему стеклу. Там действительно бумажка с ценой. Восемнадцать. А что так дорого-то. Машина классная, но явно очень старая.

— А что так дорого? — спрашиваю, стараясь скрыть удивление. — Состояние-то не ахти.

— Это Форд Торино, — чуть ли не с неприязнью отвечает мужичонка, — Семьдесят второго года.

И отворачивается.

Восемнадцать. Это дорого! И если взглянуть чисто практически... Если поломается. Где ремонтировать такую машину?..

Гляжу по сторонам, надеясь услышать совет.

— Стереотипненько! — говорит она, и я слышу, что она улыбается.

Мне даже обидно, но я всё равно очень рад её слышать.

— Да я не выбирал специально! Просто спросил... Но знаешь что... — я собираюсь с мыслями, — Мне всё равно!

— Всё равно на что? — уточняет Леди Ф.

— На стереотипы. Стереотип — это когда ты желаешь ему соответствовать, потому что это стереотип. А если это просто само по себе прекрасно, то избегать прекрасного... неважно по какой причине... я не хочу!

— Правда?

— Правда. И мне хочется есть вкусную простую еду, которую все едят, и покупать приятные дорогие вещи, пусть даже они в моде, и отдыхать наибанальнейшим образом, но чтобы мне было просто хорошо. То есть, мне, в общем-то плевать, если я вдруг попадаю в тренд. Что ж теперь делать? Почему это должна быть моя проблема и моё беспокойство?

— Она тебе нравится? — спрашивает Леди Ф.

— Нравится...

— Ну так бери!

— То есть... Постой! Я забыл спросить! Что это было? Почему всё так случилось? Что я должен делать? Как я нашел...

Леди Ф поднимает руку вверх, останавливая меня.

— Для начала. Ты ничего не должен. Хорошо?

— Хорошо...

— Вот. А как и почему, это ты и сам разберёшься со временем. А машину бери! Сам говоришь, если нравится, то какая разница?..

И то верно.

Иду к продавцу.

— Послушайте...

— Ну, что ещё?.. — Недовольно спрашивает он.

— Да вот, хочу купить вашу машину.

— Торино. Дорогая она, видел? — мужик начинает меняться в лице.

Я желаю взять небольшой реванш.

— Да не такая уж и дорогая для этой модели. Я за состояние немного беспокоюсь. Кузов. Подвеска. А так бы взял.

Сумел его огорошить. Мужик совершенно меняется в лице,

сглатывает и принимается торопливо оправдываться и объяснять. Мне, в общем-то, всё равно. Я уже решил. Но пусть поразъясняет. Ему же легче будет.

Назначив встречу, ухожу пешком. И постойте, прежде чем расстаться с вами сейчас, дайте мне ещё чуть рассказать об этом горячем дне. О бесконечном небе, которое сейчас надо мной, о далёком горизонте, о тающих в горячем воздухе далёких зданиях. О высоких кружевных облаках и запахе поля. О восторге внутри, об этом ощущении, как будто забыл что-то бесконечно важное, но однажды обязательно вспомнишь, и это только предчувствие заставляет сердце волноваться, переполняясь волшебным восторгом... Давайте осторожно. Никакого пафоса. Только точные определения.

Небо. Бесконечно большое и такое высокое. Простор. Громадный простор, простор до горизонта. И всё это одновременно. И внутри тебя.

И весь этот простор заливается в сердце. Прямо в сердце, прямо, прямо в сердце, и потому ты так отчётливо ощущаешь его. Есть только необъяснимое, иррациональное, но очень чёткое желание стать этим простором, этим небом, этими облаками, всей этой бесконечной далью. Серьёзно. Жутко звучит наверное. Или глупо. Но это именно так ощущается. Причём так же чётко, как жажда или голод. Не метафора. А прямое, ярко выраженное желание, идущее из предназначенных специально для этого рецепторов организма, сигнализирующих, что мне сейчас очень нужно и очень хочется стать этим небом, простором, далью. Раствориться в них. Ощутить себя – ими.

Как?..

• • •

– Класс!.. – в десятый раз повторяет Ксюха, поглаживая сиденье.

Мы мчимся по пригородному шоссе, и Торино довольно рычит, меря колёсами асфальт. Очень прихватистая. Прямо чует дорогу, и не выпускает из лап.

– Нет, ну я бы, конечно, никогда не решилась, – щебечет она, – Я бы, конечно, новенькую взяла. И маленькую, но чтобы на гарантии. Но это – просто класс!.. Ух! Крррасота!

48

Я ухмыляюсь. С машиной я и в самом деле не прогадал. Теперь надо продать старую. Ещё и денег немного останется.

– Будешь гоняться на ней?

Ну что машины делают с девушками! Даже обидно.

– Не знаю. Я, что, похож на гонщика?

– Теперь да! – Заявляет Ксюха и... неужели я слышу кокетство в её голосе?..

– Неужто ты теперь со мной заигрываешь? – усмехаюсь я.

– Может быть! – Смеётся Ксюха. – Ты, главное, меня катай! Давай ещё по окружной!

– Лады, – отвечаю.

Её лёгкий восторг передаётся мне, накрывая яркой тканью мою весёлую сосредоточенность. Я забираю у неё темные очки и на секунду вижу мир её глазами. Цветной, сверкающий, прозрачный мир, летящий на меня, и исчезающий через мгновние. Ксюха отбирает очки, смеясь.

Лето, жара, дорога. Всё кажется тёплым изнутри. Всё светится. Деревья и кусты по обочинам летят, навсегда исчезая в прошлом.

Дорога уходит далеко вперед, скрываясь за горизонтом. И сейчас мне не так уж и важно, куда она ведёт.

Я готов ехать так вечно.

• • •

Еду, посматривая по сторонам. Я стал гораздо больше ездить. Чувствую теперь какую-то гордость, что ли. Глупо же. Хорошая машина не делает тебя лучше. А всё равно хорошо. На душе приятно. Даже самочувствие улучшает.

Выискиваю Ксюху. Она попросила подобрать её в одном из переулков и я, не подумав, согласился. Теперь вот не могу найти нужное место. Этот район знаю плохо, улочки здесь маленькие и одинаковые. Езжу кругами, выглядывая из окна. Улицы узкие, их почти целиком перекрывает тенью домов. На море, или везде, где много неба, темнота приходит позже. Здесь наоборот – сумерки здесь наступают на час раньше. Особый часовой пояс.

Стены заборов покрыты граффити с эмблемами уличных компаний, называющих себя командами и группировками.

Иногда нарисовано отвратительно и неприятно глазу; иногда засматриваешься. Граффити налезают друг на друга, сражаются на бетонном поле. Символ конкуренции за ограниченное и не слишком приятное жизненное пространство.

Поворачиваю за угол и сразу вижу Ксюху с какими-то её приятелями. Подъезжаю ближе и в груди холодеет. Никакие это не приятели. Вечно она попадает в истории! Их четверо. Один из них прижал Ксюху к стене, упершись рукой в шею. Она держит его за руку и вырывается. Здоровый. Двое копаются в её сумке, в которой она обычно носит баллончики. Ещё один стоит поодаль и смеётся, оглядываясь по сторонам. На секунду задерживает взгляд на моей машине и неуверенно говорит что-то этому здоровому. Тот смотрит в мою сторону и отмахивается. Ах вот как. Это мы сейчас посмотрим. Мне становится страшно и весело. Жму газ. А поехали прокатимся. Ох, сейчас прокатимся, дорогой.

Машина быстро набирает скорость. В голове миллион мыслей, но совсем не сумбурно. Так, ну этого дальнего я собью. Не насмерть ли?.. Не стоит жизнь себе портить из-за урода. Или плевать?.. Так а потом что делать? Остановлюсь. Что потом?.. Что?

И мягким напряжением, чётким предчувствием грозы, освежающим дыханием среди жары нагретых июльских улиц я вдыхаю запах озона. Чётко. Гораздо чётче, чем раньше.

Поворачиваю голову. Рядом, на пассажирском сиденье, сидит Леди Ф. Она смотрит на меня и улыбается.

– Ну что, не ожидал?

– Так, – говорю, – Ну это уже совсем никуда. Это галлюцинация.

– Так, – в тон мне отвечает она, – Ещё раз назовёшь меня галлюцинацией – и больше никогда не увидишь! Я особенная. Просто я особенная. Понимаешь? Тебе придётся это принять. Без вариантов. Или мы расстанемся и попрощаемся навсегда. Ты понял?

Она сидит, чуть наклонившись вперёд, подобрав руки под колени и смотрит очень серьёзно.

– Понял. Больше не буду. – Честно отвечаю я, – Очень постараюсь.

– Напуган?

– Нет.

– А волнуешься?

– Немного.

– Всё будет хорошо, ладно?

– Ладно, – киваю я и нервно смеюсь.

Ситуация, когда маленькая хрупкая девушка в белой лёгкой накидке утешает вполне себе здорового парня, кажется мне сейчас очень смешной. Мне потом, наверное, будет стыдно.

– Вот и хорошо, – улыбается Леди Ф, – Теперь слушай. Если по тормозам, то направо. Дверь от себя. От улыбки наклонись. И следи за ногами! Запомнил?

– З-запомнил, – говорю, – Но ничего не понял!

– А и не надо. Ты запомни. Вот. Смотри-ка вперёд!

Я смотрю вперёд. Быстро-то как! До них осталось пара десятков метров. Я ж врежусь сейчас!

Давлю по тормозам. И дальше всё очень быстро.

По тормозам. Это значит – руль вправо. Машина прижимается капотом к земле, как собравшаяся к прыжку кошка, колёса визжат, меня бросает вперед, на ремень. Как Леди Ф?...

Нас разворачивает вправо. Машина проезжает боком с метр, оглушающе визжа шинами. Глухой удар. Тот, что стоял ближе всех, отлетает и плюхается на спину. Те двое, что рылись в сумке, растеряны. Один начинает судорожно метаться из стороны в сторону, будто боится, что машина вдруг проедет ещё десяток метров, хотя она уже полностью остановилась. Прыгая из стороны в сторону, как обезьяна, он подпрыгивает к машине.

«Извини, милая!», – шепчу я, тяну ручку и бью обеими ногами по двери.

Попадаю тому по коленям. Он очень громко вопит и падает, начиная кататься, обхватив руками ноги. Наверное, это больно. На автомате извиняюсь вполголоса, и тут же ругаю себя за это.

Выскакиваю из машины. Тот, что второй был у сумки, прыгает на меня. Вполне натурально прыгает, сверху, размахиваясь кулаком. На кулаке металлический перстень с черепом. Символика смерти. Он скалит зубы от напряжения, его лицо перекошено, и можно подумать, что он улыбается.

Я наклоняюсь. Он со всего размаху ударяет рукой по кузову. Я осторожно обхожу его, направляясь к здоровому, который Ксюху так и не отпустил.

Тот моргает и поворачивается ко мне. Что теперь? Что там было ещё? Следи за ногами. Я смотрю на его ноги. Потом на свои.

Здоровяк видит мой взгляд и тоже смотрит мне на ноги. В следующий момент он делает шаг, и спотыкается, запутавшись в собственных ногах. И падает на землю, далеко выставив руки вперёд.

Ксюха стоит и смотрит на всё это абсолютно бесстрастно.

Я хватаю её за руку, хрипло шепнув: «Пойдём...»

Мы садимся в машину, я жму на педаль, выкручиваю руль, и выбрасывая облака пыли, мы улетаем прочь под крики и ругань. Они пытаются нас догнать, и, кажется, где-то позади разбивается бутылка.

Ксюха молчит. У меня колотится сердце. Наверное, никогда так не колотилось.

* * *

Под серебряными сводами туч, среди сумеречных силуэтов зданий под раскаты зарождающегося грома мы спешим по темнеющей улице. Запах озона; гроза. Первые капли смачивают городскую жару. Ветер вздымает пыль и городской мусор, подметая улицы. Город вымер. На улицах нет никого.

– Пойдём со мной, – говорит она, – Я хочу тебя с ними познакомить.

Она ведёт меня за руку. Небо проливается обильным дождём, смывая грязь со стен и переулков.

– Они сейчас тут, я знаю, – шепчет она, – вот тут, за углом.

Послушно следую за ней.

– Стой... – Говорит она.

Смотрю на неё. Она прижимает меня к стене, под козырёк незнакомого дома, за непрочную занавесь стекающей с неба воды и целует в губы. У неё сильные, мягкие губы.

Дождь холодит летний воздух, и по спине пробегает прохлада. Я обнимаю её, и чувствую её теплоту.

Она чуть отстраняется и глядит на меня. Как она, оказывается, умеет улыбаться. Со смеющимися глазами. Она мало кому открывается, но теперь я знаю о ней всё.

Она берёт меня за руку и мы заворачиваем за угол, следуя по коридору между бетоном и мерцающими каплями летней грозы. Перед нами высокая башня из белого кирпича. Сверху вниз её рассекает чёрная полоса. Я ни о чём не спрашиваю, и мы идём к башне.

У башни я вижу четыре фигуры в тёмном, замершие у белой кирпичной стены под угловатым скоплением ломаных линий. Их лица скрыты. Они не двигаются. Они словно слились со стеной. Дождь огибает их, как статуи, стекая по ржавым железным прутам, торчащим из стен. Они словно бы ждут, но спокойно, без тревог и волнений.

Мы подходим ближе и один из них, мрачный, угрюмый, большой, поднимает голову, со спокойным любопытством глядя на нас.

– Привет, – говорит один из них, и его голос похож на шум

окружающего нас дождя.

– Привет всем, – говорю, – Меня зовут Макс.

Парень встаёт и подходит ко мне. Он в бейсболке и куртке с капюшоном. Он вдруг широко улыбается, и эта улыбка настолько преображает его мрачный, скрытый образ, что я невольно улыбаюсь в ответ. Обычный приятный светловолосый парень. Просто в кепке и куртке.

– Здорово, Макс! – С дружелюбием говорит он.

Я здороваюсь в ответ. Один за другим они подходят ко мне и жмут руку. Светловолосый и накачанный Торт. Темноволосый невысокий Грей с внимательным, испытующим взглядом. Маленькая стеснительная Линда, с такими светлыми волосами, что они кажутся белыми. Смуглый крепкий Пёс с индейскими чертами лица.

– И ещё Бен.– Добавляет Торт.

Оглядываюсь по сторонам. Никого больше нет. Только нас пятеро. Очертания женского лица нарисованы на стене напротив.

– А чьё это лицо? – спрашиваю, указывая на силуэт девушки.

Они переглядываются, но молчат.

– А где же Бен? – Спрашиваю. – Может, Бен – это башня?..

– Я не знаю, – пожимает плечами Торт.

– Никто никогда не знает, где Бен! – добавляет Пёс и смеется.

Смеюсь в ответ, потом смотрю на башню. Теперь я могу рассмотреть рисунок подробнее. Толстая чёрная линия идёт с самого верха и спускается к подножью, пронзая сеть тонких чёрных линий. Похоже на карту или сетку вен.

– Красиво, – говорю я, хотя пока не понимаю этого рисунка. – А что это?

Грей щурится.

– Про Карабекьяна слышал?

– Не припоминаю...

– Это... Это такой свет.

Еще раз окидываю взглядом рисунок. Черная полоса. Сетка линий.

И меня пронизывает пониманием, и чёткий, свежий запах озона наполняет грудь. Вот же оно. Вот. Спасибо. Спасибо, Леди Ф. Следи за лучом, Макс. Следи за лучом. Это не полоса, это луч. Яркий, пронзительный, чистый луч, бьющий с небес. Ну а черная сеть – это город. Переплетение чёрных улиц и скучных проспектов, которые прямо с небес посреди дождя и сумрака, сквозь непроницаемые тучи и обыденный мрак освещает ясный, светлый луч, придуманный городским художником.

Следи за лучом.

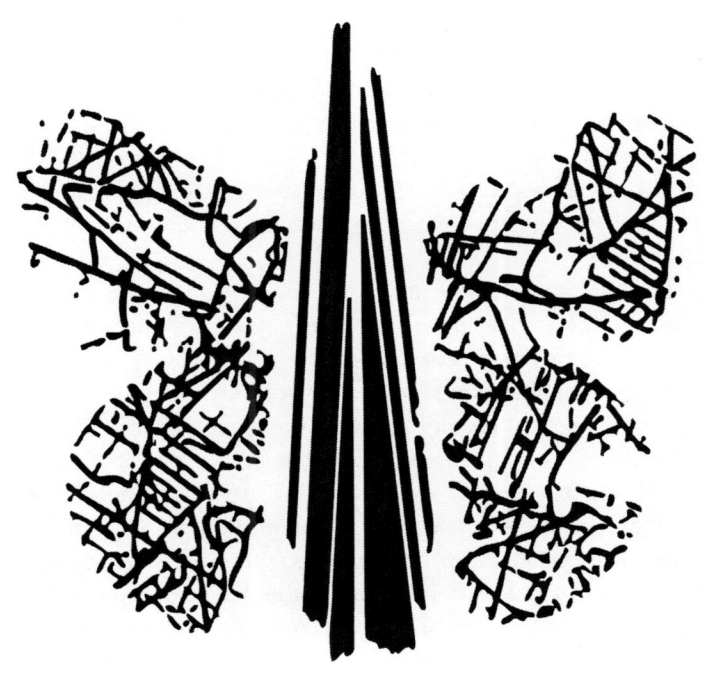

Стена 2

Далёкая Красная Башня

Сюда? Наверное... Ну уж совсем странно! Башенка какая-то. В недоумении обхожу небольшое строение красного кирпича, напоминающее... да что там думать – миниатюрный замок. Дом – старый, немецкий. То ли бывшая башенка более крупного строения, разрушенного впоследствии, то ли – маленькая железнодорожная станция. Скорее второе, учитывая, что рядом пути. Таких строений по городу – с десяток. Обычно все они в ужасном состоянии. А эта – нет. Неужели это его дом?

Подхожу к двери. Она вполне обычная. Обычная хорошая металлическая дверь с глазком. Звонка нет. Стучу. Никто не отвечает.

– Пёс!.. – зову сквозь дверь.

Тишина. Чувствую себя довольно глупо. Хорошо, что далеко от дороги; не видит никто.

Наконец, решаюсь и дёргаю за ручку. Открыто...

Захожу и оказываюсь в полутёмной прихожей. Здесь темно. Неужели он и правда всё сам сделал? Что ж, руки золотые. Ремонт не нового типа, без пластиковых элементов и блестящих ручек, но квартира выглядит очень качественно. Деревянные полы. Старая тёмная мебель. Похоже, восстановленная и очень неплохо. На шкафу надпись по-немецки и год: 1854. Это должно стоить хороших денег. Да где же хозяин?

Вчера Пёс позвал меня в гости. И я пришёл. Может, он так, из вежливости? Да непохоже...

Снимаю обувь и прохожу в комнату. Потрясающе. Комната невелика, но кажется очень уютной. Красноватые обои, тяжеленные шкафы, огромный письменный стол. Большой диван.

Много антикварных вещей. Пёс рассказывал, что большую часть он восстанавливал своими руками. Старые лампы, статуэтки, книги на иностранных языках. Он мог бы зарабатывать на этом.

Дальше тупик. Озираюсь. Похоже, на первом этаже — всего одна комната. В углу коридора, рядом с чуланом — очень крутая лестница. Чтобы подняться, надо держаться руками за поручни.

— Пёс! — зову снова.

В ответ снова тишина.

Забираюсь наверх, стараясь не упасть. Очень крутой подъём. А вниз будет ещё тяжелее.

Вместо второго этажа крохотная лестничная площадка с маленьким окошком. На окошке — чугунная решётка. Лестница ведёт ещё выше. Вздохнув, поднимаюсь дальше.

Попадаю в крошечную комнатушку с высоким потолком. Похоже, это и есть верхушка башенки. Здесь ремонт ещё не закончен. Пахнет краской, стоят деревянные козлы, на которых валяется куча испачканного тряпья. Пса нигде не видно. В узких стенах — несколько маленьких закрытых окошек. Очень темно — свет проникает только с лестничного пролёта.

Набравшись наглости, открываю окошки. В башне сразу становится светло.

Куча тряпья на козлах начинает шевелиться. Это так неожиданно, что я вскрикиваю и отпрыгиваю в сторону.

Из-под тряпья выглядывает заспанный Пёс. Он глядит на моё испуганное лицо и улыбается.

— Привет, Макс, — говорит он, — извини, что не встретил. Вчера работал допоздна, да тут и уснул.

— Привет, — говорю, — бывает. Ты тоже извини, что я вошёл так невежливо. Я не дозвонился.

Пёс отмахивается (мол, не бери в голову, чудила!) и спускается. Он спал прямо в синем рабочем комбинезоне. Он сбегает по ступенькам с головокружительной скоростью. Это похоже на цирковой трюк — дух захватывает. С максимальной осторожностью следую за ним. Если здесь споткнуться — костей не соберёшь.

Пёс подходит к двери возле лестницы и открывает её. То, что я принял за чулан, оказывается крохотной кухней. Пёс наклоняется под столешницу к маленькому холодильнику и извлекает бутылку минералки.

– А ванная имеется?

Пёс указывает в сторону комнаты. Смотрю туда. Дверей нигде не видно.

Напившись воды, Пёс сам проходит в комнату и отдёргивает портьеру у стены. За ней оказывается ещё одна дверь.

– Душ. Ванной нет, – говорит Пёс. – Негде. Реально негде, тут каждый метр на счету. И туалет здесь же. Пришлось из комнаты. Из коридора никак. Да и ладно. Иногда наоборот удобно.

Из любопытства заглядываю внутрь. Вполне приличный ремонт. Новая душевая кабинка и прочее. Но места очень мало. Вся комнатка два на два, а то и меньше. Зато потолок высокий. Наверху висит бойлер, на котором горит красная лампочка.

– Круто, – говорю, – всё равно круто. Ты молодец.

Пёс пожимает плечами и смеётся. Он невысокий и смуглый, но хорошо сложен. Острые, резаные черты лица напоминают индейские. Откуда в наших краях могут быть индейцы.

– Ты индеец? – вдруг спрашиваю.

Пёс с удивлением глядит на меня. Потом ухмыляется.

– Точных данных нет. Так, семейная легенда.

– Неудивительно. Да ты вылитый Монтесума.

– А как он выглядел?

– Не знаю. Но ты понял.

Пёс опять смеётся. Потом лицо его делается серьёзным.

– Хочешь, покажу секрет этой башни? Большой секрет. Никто не должен знать о нём.

– Хочу, конечно. Слушай. А как ты вообще здесь поселился. Ты тут законно?

– Законно. Более или менее. Аренда на сорок девять лет или как-то так. Здесь всё было в ужасном состоянии. Дыры в крыше. Стены обшарпанные. Ни света ни воды. Но кладка хорошая. Ещё лет сто простоит.

– И дорого?

– Не-а. Склад здесь не сделаешь – места мало. Магазин – тоже, слишком далеко от дороги. Так, что, считай, бесплатно досталось. Вернее, по знакомству. И с обещанием восстановить. Объект принадлежит городу. Я его сам отремонтировал, своими руками. А по бумагам здесь целая фирма делает ремонт. За большие деньги из бюджета. Этих денег я не видел. Впрочем, мне всё равно. Я здесь живу. Бесплатно. Даже за свет и воду не плачу. Вот и награда. Так что, смотрим секрет?

– Смотрим.

Пёс идёт в комнату и сдвигает в сторону кресло. Скатывает ковёр. Под ним прячется крышка люка с кольцом. Ого! Пёс открывает люк и глядит внутрь. Затем кивает мне, пол, за мной и лезет вниз.

Подхожу к дыре в полу. Вниз идёт металлическая лестница. Как стремянка, такая. Пёс уже спустился. Внизу темно и ничего не видно. Наклоняюсь ниже. Внизу видно движущийся силуэт Пса. Глубоко. Из-за темноты сперва мне даже кажется, что лестница ведёт далеко вниз, очень далеко, словно я стою над огромной пещерой, такой огромной, что трёхэтажная башня Пса словно шахматная ладья, стоящая на аквариуме. Сердце прыгает, я пытаюсь что-то сказать, но выговорить не могу. Потом глаза привыкают ко тьме, и я понимаю, что внизу обычный подвал, хоть и очень высокий. Метра три. Я усмехаюсь. Сердце успокаивается. И всё равно разочарование осталось. Вот бы здорово, если б тут была такая пещера!

Лезу вслед за Псом.

Мы в квадратном подвале с высоким потолком. Очень темно, но постепенно я начинаю различать стены. Пусто, только на стенах какие-то рисунки. Пёс стоит и смотрит на меня.

– Ну как? – спрашивает он.

– Круто. – Честно отвечаю, – А что это?

– Подвал. Я тут, типа, медитирую. И рисую. Иногда.

– В темноте?

– Ага. Руку тренирую.

Смотрю на рисунки на стенах. Без фонарика и не разо-

брать, что там. Деревья какие-то.
– А это видишь?

Пёс приседает на карточки и указывает на железный квадрат в полу. Точнее не разобрать.
– Видишь?.. – спрашивает он вдруг шёпотом.
– Да... – Я тоже перехожу на шёпот без всяких видимых причин. – А что там?
Становится страшно и весело.
– Я не знаю... – качает головой Пёс. – Дверь. Насколько видно, её лет сто не открывали.
– Так давай посмотрим! – предлагаю.
– Нет.
– Почему?!
– А вдруг там... ничего? Решётка водостока. Земля. А так – неизвестно. Вдруг подземный ход. Или сокровищница. Может быть, и то и то. Скорее даже, решётка водостока. А вдруг нет? Пусть будет тайна. Понимаешь?
Медлю с ответом.
– Понимаю. Очень хорошо...

• • •

Я люблю чистые цвета. Синий. Зелёный. Оранжевый. Люблю фактуру и объём. И мягкую шерсть. И тяжёлые тучи. И маленький дождь. Для меня органы чувств, впечатления, ощущения – не просто способ получения информации. Это отдельный источник для общения с миром.

Так много всего, что мы не замечаем. Те же тучи. Из них идёт дождь. Значит, нехорошо, когда они появляются. А если к этой туче присмотреться, то в ней такая глубина и угрюмая красота, что одной жизни не хватит этой тучей налюбоваться. Или листик. Листик маленький и зелёный. Листиков этих миллион на каждом дереве. А если его взять в ладонь и в него всмотреться – там же целый Лувр в нём. Цвета, линии, текстура.

И сам цвет. Просто цвет. Зелёный, например. Или синий. На него можно смотреть бесконечно. Он совершенно великолепен. Чистый глубокий цвет – сам по себе невероятное, восхитительное впечатление. И если его по-настоящему увидеть, и ещё подумать о том, где этот цвет светится, и где он есть, то это – один чистый цвет – может стать новым значимым переживанием. Как сильная книга. Причём это переживание – всегда с тобой. Надо только всмотреться и прочувствовать.

И так – во всём.

Цвета. Облака. Небо, деревья, камни, трава, холод, стекло, алый, темнота, гул машин, котята, здания, асфальт, фонари. Город. Всё то, что окружает нас ежеминутно – произведения искусства. Надо только всмотреться. Остановиться вдруг посреди улицы, и сказать себе: «Стой!» Закрыть глаза. И посмотреть вокруг новым взглядом. Как будто всё видишь первый раз. Будто ты гость на этой планете. Впервые в этой реальности. Остановиться и впитать в себя весь окружающий мир. Новый для тебя мир. Каждая часть которого – новое и потрясающее открытие.

Это очень здорово.

. . .

Я пью чай на кухне у мамы. Мама сидит напротив и с улыбкой смотрит на меня. Тепло, тихо и очень уютно. Тикают часы. Где-то вполголоса бормочет радио. Я не вижу, но знаю, что за моей спиной фиолетовые занавески с бахромой. Уже вечер. Когда стемнеет, а на кухне горит свет, то с улицы видны мохнатые тени на стёклах.

– Чего улыбаешься? – Говорит мама.

– Да так, просто... Вкусно!

– Бери ещё!

Мама подвигает ко мне тарелку с пирожками.

Пирожки и правда вкусные. Хорошо. Не надо никуда спешить и бежать. Здесь всегда так спокойно. За стеклом фотография отца.

– Как дела? Как успехи на работе? – Спрашивает мама.

Я знаю, что ей не так важны мои настоящие успехи на работе. Она не переживает, что я сторож. Я думаю. Ей просто хочется поговорить со мной, неважно о чём. Иногда это надоедает, но иногда, особенно когда устаёшь, душа требует такого покоя. Комфорта. Безопасности. Будто целого мира за окном не существует, да и не нужен он вовсе.

– Нормально, мам. Снежка вот поранили недавно.

– Да ты что, кто поранил?

– Да придурки какие-то. Проснулся, слышу, скулит. Пошёл посмотреть, а у него кровь на боку. Вроде обошлось, живой, бегает уже.

– Ну славно, бедный пёс!

– Ага. Я думаю, они полезли или перегнулись через забор, а он проснулся и подбежал, залаял, может. Я от этого как раз проснулся. Он лаял на них, бегал рядом. Выполнял свои собачьи обязанности. А они, видно, швырнули в него кирпич или палку, а сами убежали.

– Вот сволочи! – Возмущается мама, – Бедный пёс! Может, к ветеринару его надо было?

Мама никогда не видела Снежка, и знает о его существовании только по моим рассказам, но она всё равно жалеет и искренне сопереживает ему.

– Да я посмотрел, обошлось вроде. Говорю же, бегает уже как угорелый. Он дворовый всё-таки, на нём всё заживает... как на собаке!

– А, ну хорошо. Ты ему может колбаски принеси в другой

раз. Или суповой набор продаётся. У меня был где-то в морозилке. Дай посмотрю.

– Да хорошо, мам, ты сиди, я возьму потом...

– Ну славно, не забудь! А как Витя?

– Виктор? Да нормально. Мы на работе мало видимся. Фотографирует всё.

– Не женился ещё?

– Да не женился вроде. А... Ну и ладно. Успеется.

– Это точно, – смеюсь.

– Ты как там один на квартире своей, не голодаешь?

Мама будто специально переводит разговор с темы отношений. Наверное, не хочет, чтобы я переживал из-за своего одиночества. Я и так не переживаю.

– Да не голодаю, конечно.

– Небось всухомятку всё ешь... Возьми у меня котлет с собой, потом разогреешь.

– Да не, я нормально питаюсь. Готовлю даже.

– Точно? Завтра есть что кушать? А то бери. Да или оставайся у меня. Завтра же тебе не на смену?..

– Нет... Не могу. У меня дела, мам. Ты извини.

– Ну смотри, – вздыхает мама, – Смотри...

Лампа светит сквозь цветной абажур. Тишина и уют. Поздний вечер. Где-то там, далеко, за чёрным простором ночи, спит сейчас в будке Снежок, фыркая во сне.

• • •

Я не всегда знал, о том, что Пёс не видит других людей. Это выяснилось практически случайно. Как было. Переходим дорогу. Пёс чуть впереди, я сзади. Лавируем между прохожими. Пёс неосторожно задевает пожилую женщину, но даже не поворачивается, чтобы извиниться. Я решил, что он просто не заметил. Зато она заметила. И громко возмущается по этому поводу. И по поводу неформального внешнего вида Пса.

А он – хоть бы хны. Не замечает. Идёт себе дальше. Я думаю, вот молодец. Так и надо. Нервы в порядке.

Идём дальше.

– Молодец, – говорю, – Пёс. Уважаю. Хладнокровия тебе не занимать.

– Это ты о чём, – интересуется он.

– Ну... О той женщине на переходе. Я без иронии говорю.

– Женщине?.. – переспрашивает Пёс и умолкает.

С минуту жду продолжения, но оно так и не следует. Мне становится интересно. Я чувствую, что тут что-то есть.

– Да, женщине, – говорю. – Ты её толкнул нечаянно, а она ругалась на тебя. И по одежде твоей прошлась. По капюшону, если точнее. Молодец, что не стал огрызаться. Нервы дороже.

Пёс думает.

– Видишь ли, Макс, начинает он и осекается.

– Ну говори уже!.. – Не выдерживаю. Пёс смеется.

– Ладно. В общем, дело тут такое. Я не вижу других людей. Это всё. Всё объяснение. Интригующе. Но не слишком понятно.

– Как это?

– А вот так. Не вижу и всё.

– Как, в смысле... Как некоторые мертвецов видят? А ты, типа, наоборот.

По спине пробегает холодок. Сразу вспоминается подвал. А вдруг... Ну уж нет. Пса все видят. И Линда, и Грей и остальные.

– Не совсем. – Отвечает Пёс, – Просто... Я сам так решил.

– Объясни...

– Дело такое. Зачем тебе другие люди?

– Мне?

– Ну конечно. Отвечай.

– Ну как зачем. Зачем вот мне ты? Общаться. Или вот, в магазине покупать что-то. Надо же разговаривать.

– Хорошо. Теперь ответь мне. Со сколькими людьми в день ты общаешься?

– Уф... – Задумываюсь, – Ну это непростой вопрос. В среднем, наверное, с десяток...

– Не надо в среднем. Давай прямо. Подсчитай и скажи. За сегодня.

Задумываюсь ещё крепче. Выходит странно.

– Получается, с одним. С тобой. Если не считать той бабуси.

– Не считай. Хорошо. Со мной одним. А вчера?

Я опять считаю. На этот раз лучше.

– С тремя. С мамой, с Ксюхой и кассиром в магазине. Если это считать.

– Это считай. Без этого же не купишь того, что надо. И так – каждый день. Очень, очень редко ты разговариваешь хотя бы с десятью людьми в день. С десятью. Это максимум. А видишь ты людей сколько? Каждый день. Десятки. Сотни. Они повсюду. В автобусе, в магазинах, на улицах. На переходах вот. Спрашивается, нужны они тебе?

– Не знаю.

– Я знаю. Мне – не нужны. Что мне со всех этих незнакомцев? Я не хочу ни видеть их, ни чтобы они меня видели. И я их не вижу.

– Да как же это?..

– А просто. От того, увижу ли я их или нет – ничего не изменится. Значит, их просто не существует.

Сильно. Молчу, пытаясь осознать концепцию.

– Скажи, Пёс... А ты их буквально не видишь? Не замечаешь просто или на самом деле просто насквозь?

– Практически насквозь. Сначала просто игнорировал. Заставлял себя вести так, будто никого нет. Со временем действительно перестал видеть.

– И как?

– Да нормально. Говорю же, ничего не изменилось. Вот мы сейчас идём, общаемся. Людная улица. Ты можешь сказать, кто проходил мимо три минуты назад? Десять секунд?

Ничего ему не отвечаю. Я пока не уложил всё это в голове. Неужели он на самом деле никого не видит? А меня он видел, когда она меня привела?

– Что бы изменилось, – продолжает Пёс, если б мы шли по безлюдному туннелю? Да ничего. Абсолютно ничего. Так что... другие люди – это только источник беспокойства. Я их не вижу и не замечаю. А вижу только тех, с кем мне интересно общаться. Вот как с тобой. Или с остальными нашими.

Киваю. Идём дальше. По двум разным городам. Я – по своему, а Пёс – по своему городу. Городу, в котором никого нет.

● ● ●

Если представить жизнь, как вереницу решений и случайностей, то текущий момент – невозможное, несбыточное попадание стрелы в крошечную точку на километровой мишени. Один бросок кости, следующий за ним другой, третий, пятый, миллионный. И только единственный исход каждого броска, тонкая цепочка случайных совпадений может привести к нынешней секунде, тут же сорвавшейся в прошлое.

Сложись хоть одно событие иначе, упади кость по другому десять лет, год, месяц, минуту назад – и эта самая секунда была бы иной. Каков шанс на то, что линия событий повторилась бы заново, вздумай ты переиграть? Каков шанс на то, что твоя жизнь была бы такой же, если б ты начал бросать заново? Даже если б ты хотел воспроизвести известный сценарий, даже если бы надеялся прочертить линию повторно по известной основе – ничто никогда не повторится. Один случайный взгляд, дуновение ветра, шелест травинки – и линия тут же ответвится, создаст иное измерение бытия, новую цепочку событий.

Всё уникально, каждое мгновение Вселенной – существует в единичном экземпляре и повторенья – нет. Ты чертишь свою жизнь волшебными рунами по серебру, прорезаешь судьбу навсегда и то, что было начертано – это и есть твоя история. Запечатлённый навеки слепок миллиона случайных совпадений.

Меня зовут Макс. Вот моя судьба. Хорошая или плохая, другой у меня нет. Я высокий блондин с голубыми глазами. Я симпатичный, и это, наверное, хорошо. Я странный, и это, наверное, плохо. Но другого меня – нет. Приходится принимать себя таким, какой ты есть. Потому что не принимать – бесполезно. Я не могу, словно пользователь в компьютерной игре, сменить персонажа. Ведь если и справлюсь с этим, то это буду уже не я, а кто-то другой. Суть в этом. Ты – это ты. Твоя история, твой мир, твоя реальность. Твои руны на серебре. Повысь каблук на несколько вершков, надень парик с мильоном завитков, ты – это ты. Твоя секунда. Твоя точка на километровой мишени, в которую, разорвав плотную ткань воздуха, промелькнув сквозь годы тонкой чертой, трепеща твоей тонкой дрожью и звеня твоим собственным единственным звуком, только что вонзилась стрела.

• • •

– Суть. Суть не в том, чем ты рисуешь, – рассказывает Пёс. Сейчас Пёс действительно рисует. На стене. Я сижу рядом. Смотрю, что у него получается, и слушаю его скупые объяснения. Он рисует кистью.

– Да, я не работаю баллоном. Не потому что не умею. Умею. Кистью нравится больше. Главное, не то, что ты сжимаешь в руке. Саму линию ты ведёшь внутри себя. Её отображение на холсте или стене – только проекция твоего внутреннего рисунка.

Пёс рисует пейзажи. И фрагменты пейзажей. И просто мир. Небо, звёзды, луну и солнце. Сейчас на стене постепенно появляется дерево.

– Скажи, Пёс... А почему ты решил вдруг перестать видеть людей?

Пёс молчит, будто меня и не слышит. Он сосредоточенно рисует листья. Что ж, пусть молчит. Это его право. Когда-нибудь расскажет. Или не расскажет.

– На самом деле, ты рисуешь внутри. – Вдруг продолжает Пёс, – Мне всё равно, карандаш у меня в руке или мел. На стене или в тетради. И самое лучшее, что когда погружаешься в это с головой, то вообще не видишь ничего, кроме рисунка. Как бы это объяснить... Ты не видишь стену. И не видишь кисточку. И не видишь краски на стене. Ты видишь только рисунок. Он будто... будто горит и светится в темноте. И ты работаешь прямо с ним. Не с холстом, не с красками. С рисунком. Напрямую.

– Как шахматисты? Пёс хмурится.

– В смысле?

– Как шахматисты. Я читал, что большие мастера видят не доску и фигуры, а абстрактные силуэты событий и вероятностей. Так?

– Нет... Рисунок важен. Контур важен. Инструмент не важен.

– Ладно, мне, наверное, не понять!

– Не в этом дело, – улыбается Пёс, – Может, все по-разному видят. Узнай о Торта, у Грея. У Линды спроси, она вообще только с трафаретами работает. То есть, она рисует, и когда траф режет, и когда выбирает холст. Так что у них всё по другому. Должно быть.

– А что значат твои деревья, Пёс?

– Не понимаю вопроса. Они ничего не значат. Они просто есть. Я их вижу и рисую.

– И как оно называется? – показываю на нарисованное дерево неизвестной мне и, вернее всего, несуществующей породы.

– Её? Это он. У него нет имени. Которое можно произнести.

– Ясно...

Даже не знаю, что сказать. Пёс тоже особенный, да.

• • •

Я, Торт, Пёс и Линда сидим у их белой башни. Что мы делаем? Да ничего. Время проводим. Общаемся. У всех выходной. Даже у меня. Можно не торопиться. И дел никаких нет. Жарко. Но не скучно. Я вообще не знаю слова «скучно». Если тебе скучно, ты просто недостаточно устал.

– Кто такой Бен? – спрашиваю у всех одновременно и ни у кого конкретно.

Все молчат. Линда и Пёс переглядываются.

– Такой уникум, – говорит Линда с усмешкой.

– Уникум? Это даже по вашим меркам?

– Ага.

– Ну хоть кто он? Художник? Граффити рисует?

– Ага. Ты, может, видел. Да я уверена, что видел. Он стилизует на пять. Под обычный городские декорации. Под биллборды, знаки, объявления. Только наоборот. Со смыслом. Понимаешь не сразу, что это в другой плоскости сделано, но когда понимаешь – пробирает до костей. Это не совсем граффити. Но стрит-арт точно. Я тебе покажу как-нибудь, так не расскажешь.

– Ну а вы хоть видели его вживую?

— А как же. Все видели.

— Познакомите?

Они молчат.

— Не знаю, — отвечает Пёс за всех. — Никто не знает, где он живёт. И вообще, как найти. Ему не особо нужна компания. Захочет, сам познакомится. Такой вот он. Уж извини.

— Ничего. Мне тоже часто компания не нужна. У меня так и вся жизнь построена. Друзей мало. Работа — в одиночестве. И ничего. Хорошо даже. Мне так нравится. Так что я его понимаю.

— И кем ты работаешь? — спрашивает Линда.

— Я... В службе безопасности. Ай, да ладно. Охранником. Да сторожем вообще, если честно, — смеюсь.

— Сторожем, серьёзно? На автостоянке? С бородой и бутылкой водки? — Линде очень нравится моя работа.

— Аххаха, ну почти! Только приличным таким сторожем. Не с бородой и бутылкой водки. На хорошем предприятии. А ты?

— Я? — переспрашивает Линда, чуть заминаясь. Улыбка слетает с её лица, — Да я, такая из себя красивая, в обычном магазине работаю. В таком самом обычном-преобычном салоне мобильной связи. Жёлтая футболка и всё такое прочее. Мило очень. Творческая работа, ага. «Здравствуйте, я могу вам чем-то помочь?» Ха-ха.

Она явно стесняется своей работы. И не любит говорить об этом. Зря стесняется, по-моему. Работа — есть работа. Надо же на что-то жить. Я б вообще не смог, как она. С людьми там разговаривать с утра до вечера, и на ногах всё время. И для начальства ты никто, потому что текучка страшная, и завтра новенький будет, да ещё и каждый клиент наорать на тебя норовит. Потому что он всегда прав. А ты не прав. В общем, я бы не смог.

— Торт, вон, на машинах рисует. — Линда торопливо переводит разговор.

— Правда? — интересуюсь я.

— Есть такое, — довольно улыбается Торт, — Рисую.

— И как?

– Да как. Нормально. Хотя не очень стабильно. Иногда есть заказы, иногда нет. Иногда заказчик такой дурной попадается, что сам не знает, чего хочет, зато этого самого непонятного хочет изо всех сил. Но платят, бывает, хорошо. Конечно, не как Псу, но нормально.

С любопытством смотрю на Пса.

– Ремонтом занимаюсь, – отвечает Пёс на непроизнесённый вопрос. – От себя. Дачи чаще. Сделал другу, а он рассказал кому-то, и как-то так получилось само собой. Уезжаю на дачу, живу там пару месяцев, делаю полностью. Заказчик, если понравилось, другому расскажет. Забавно получается, почему-то только дачи. Рекомендуют именно, что дачу делал. Хоть я бы и квартиру мог. Иногда хорошо платят, да. Спокойная работа. Бывает, людей по месяцу не вижу. Особенно, если поздней осенью или зимой. Затаришься продуктами, и живёшь себе в дачном обществе за городом. Ремонтируешь потихоньку. Хорошо... Хотя клиенты, бывает, попадаются неприятные. Но я не злюсь. Платят же. Да и таких, как у Торта – не бывает.

– Ага, – поддакивает Торт, – Почему-то половина тех, кто себе заказывает рисунки на машине, шизанутые. И не разбираются в рисунках, что характерно. Им говоришь, ну не будет на этой машинке, не будет на этом цвете смотреться пантера. Или там взрыв какой-нибудь. Нет, хотят. И кричат по-любому поводу. Нарисуешь – не нравится. Платить не хотят. Хотя предупреждал, что отвратно будет. Больная тема, в общем. Хотя бывают хорошие. Порой заказывают авторскую раскраску. Это вообще тема. Даёт клиент машину и говорит: «вот тебе тачка, вот тебе цвет», сам смотри выбирай, что сюда пойдёт. Такие заказы я очень люблю. Наоборот стараюсь скидки делать, хотя креатив, по идее, дороже стоит. Хочешь вот тебе на тачке твоей нарисую что?

– Не знаю даже. Она и так красивая.

– Это точно, – со знанием дела замечает Торт, – Тебе зарисовывать нельзя. Так, небольшой элемент. И чтобы в твой красный цвет хорошо вписался. Тут надо или яркое белое что-то простое, типа белой линии или наоборот – тёмное, даже черное, и прорисованное, с детализацией, как двухглавый орёл. Живой будет! Я вообще живые картины люблю.

– Интересно... – говорю.

– Так что, нарисовать?

– Посмотрим. Смотря что. Ты что хочешь нарисовать?

Торт кивает и смотрит куда-то вдаль, улыбаясь.

– Или ещё можно элементы в белый сделать. В ретро таком.

Я понимаю, что сейчас он не со мной разговаривает. Он сам с собой говорит. Что-то себе уже придумывает там. Чудные они, эти художники. Иногда и не поймёшь, с тобой он или уже обретается где-то далеко.

• • •

Ещё издали, только свернув с дороги, я с замиранием сердца обнаруживаю, что верхушку красной башни Пса – снесли.

Крыши просто не было, будто её сняли. Неужели у него возникли проблемы? Или аренду отобрали. Хорошее дело! Человек за свой счёт отремонтировал дом, а его у него отобрали. И ещё денег из бюджета украли неизвестно сколько.

Ускоряю шаг. А может, зря беспокоюсь? В конце концов, кому надо сносить эту башню? В конце концов, Пёс сам занимается ремонтом. И последний раз он что-то делал именно на самом верху. Может, он сам и разобрал. Чтобы крышу поменять. Черепицу и прочее.

Подхожу ближе и мне начинает казаться, что с моим зрением что-то не так. Или голова кружится? Воздух у верхушки башни плывёт и меняется, как плавится воздух над костром. Цвета кажутся неестественными. Да что же это такое? Приблизившись к подножью башни неотрывно смотрю вверх. Воздух съёжился, превратился в цветную полоску измявшейся реальности.

И тут до меня доходит. Понимаете? На крыше и верхнем фасаде башни он нарисовал тот вид, что находится позади неё, как он виден с дорожки. Крыша башни не исчезла. Она слилась с задним планом. Отхожу назад, пытаясь снова поймать волшебное ощущение. Не выходит. Теперь, когда секрет раскрыт, глаз видит и темноватые цвета, и размытость рисунка и контуры башни, спрятанные под нарисованным небом.

Сам Пёс внутри. Работает на третьем этаже.

– Привет! – говорю, – Зачем?

– Да так, – говорит Пёс, – А почему нет?

– Я не спорю. Это потрясающе! Но очень необычно. Это из той же серии, что... что не замечать людей?

– Может быть, – говорит Пёс.

Он не отрывается от работы. Похоже, эта тема ему не очень приятна.

Однажды мне следует его разговорить.

• • •

Я – на крыше своего цеха. Я уже давно называю его своим. Хоть он вовсе не мой. Я здесь часто бываю. Каждый раз, на работе, хотя бы час здесь провожу. Или закат встречаю или перекусываю, захватив термос и бутерброды. Хотя сейчас вот металлические ступеньки, ведущие наверх, сняли и увезли. Совсем проржавели, будут ставить новые. Наверх приходится забираться по пожарной лестнице. А я всё равно лажу.

Вечер, почти ночь. Солнце уже зашло, и только багряный запад напоминает о недавнем закате. Сегодня необычайно тихо. Слышно даже собственные мысли. А если говорить вслух, то через секунду возвращается тихое, тихое эхо.

– Я один? – спрашиваю.

– Смотря, что ты подразумеваешь под этим словом, – отвечает Леди Ф.

– Дай подумать. Не то, что я одинок. Хотя это логически вытекает. Я ведь сейчас не одинок, ведь так? У меня есть друзья.

– Тогда почему спрашиваешь?

– Потому что я спрашиваю о другом. Я хочу понять, есть ли кто-то другой... Какой-то такой другой человек, который меня поймёт. Нет, неверно. Умных людей много. Много людей умней и талантливей меня. И даже таких, которым я буду симпатичен. Существует ли такой человек, который мне самому будет близок. Который мне будет нужен для того, чтобы лучше понять себя.

– Это тебе не у меня надо спрашивать... – Тихо отвечает Леди Ф, – Но ты меня заинтересовал. Ты сам не знаешь ответа на свой вопрос?

– Не знаю. Человек может быть мне интересен. Может мне нравиться и вообще быть замечательным. Но он мне не нужен. Не необходим. А часто мне и одному комфортно. Даже комфортней, чем с кем-то, что вообще уже нехорошо...

– Ну почему сразу «нехорошо», – говорит Леди Ф. – Одиночество – это нормально. Всем взрослым людям бывает нужно побыть в одиночестве.

– «Одиночество – это нормально», – повторяю вслед за ней. – Как-то странно звучит. Для тебя – это нормально?

– Да, – не задумываясь отвечает Леди Ф. – Я часто бываю одна. И для меня – это нормально. А у тебя с этим проблемы?

– Нет. В том-то и дело, что проблем нет. У меня проблемы с другими людьми. Мне лучше одному. В большинстве случаев. И это меня беспокоит.

– Ну уж со мной-то тебе как?..

– С тобой – просто прекрасно! – Улыбаюсь, – Ты – лучшая. Правда. Это не просто комплимент. Ты замечательная и с тобой мне очень легко. Но с любыми другими людьми... Даже с друзьями. Ты понимаешь, даже с друзьями...

– Может, они просто тебе не подходят? Или что-то не так.

– Не в том дело. Они славные.

– Вот как? Да ты мне льстишь. Ну и чем же в таком случае они отличаются от меня? Почему со мной тебе комфортно, а с ними бывает, что нет?

– Потому что... – Колеблюсь, – Потому что...

– Говори. Обещаю, я не буду обижаться. Сейчас, по крайней мере.

– Потому что ты... волшебная!

– Вот как. Волшебная. Может, ты хотел сказать – ненастоящая?

– О, нет, конечно, нет...

– Вот что, Макс...

Леди Ф подходит ко мне и берет за руку. Её ладонь маленькая и прохладная. Как же хорошо... Тысячи маленьких золотых ручейков бегут сквозь мою кожу внутрь. Это невероятно приятно. И очень... очень вкусно. Странно звучит, но другого слова не подобрать. Как прохладный лимонад в жару. Только прикосновение. Я тихонько выдыхаю, боясь спугнуть чудесное ощущение.

А потом она меня щипает. Довольно болезненно.

– Ай! – Вскрикиваю. – Это ты зачем.

– А так. – Смеется она, – Волшебная я. Ну... может быть. Ты лучше осторожнее будь. Со словами.

– Хорошо...

Я потираю руку. Как бы синяка не было!

– А про твой вопрос... Один ли ты. Ты не один. Это точно. Но тебе может быть лучше одному. И в этом нет ничего страшного. Я, конечно, не истина в последней инстанции... это просто моё мнение.

– Спасибо, Леди Ф.

– Не за что. Будь.

И она уходит. Я снова остаюсь один. И снова, несмотря на весь мой трёп, как мне хорошо одному, немедленно начинаю скучать по ней.

Ладно. Надо спускаться. Начинаю сбегать по ступенькам, и сразу же падаю, бесконечно долго, далеко, навсегда падаю вниз. Это что, сон? Я падаю и сейчас разобьюсь. Боль подмышками. Сон. Это сон? Нет. Они же убрали лестницу. А я забыл. Они убрали чёртову лестницу, а я забыл.

Сейчас будет смерть.

Темнота. Темно. Повсюду темно.

Чёрт и как же я забыл про эту лестницу...

• • •

Я умер?

Нет. Похоже, что нет. У меня почему-то болят плечи. Боль вполне реальна. Тогда почему темно?

Потому что у меня закрыты глаза.

Я сплю?

Нет, похоже, что нет. Тогда почему я до сих пор не разбился?

Осторожно открываю глаза.

Я до сих пор падаю. Асфальт далеко внизу, под моими ногами. Больше под ними ничего нет. Я вишу в пустоте в восьми этажах над землёй.

Хруст. Какое-то потрескивание. Которое мне очень не нравится.

Задираю голову и еле сдерживаю вскрик. И тут же понимаю, что надо дышать. Я позабыл, что надо дышать.

Упав, я зацепился воротом футболки за железную арматурину, торчащую из стены там, где они отварили лестницу. Футболка задралась мне под руки, но не соскочила. И сейчас я вишу на ней. В восьми этажах над землёй. И она потрескивает.

Всё это я понимаю очень быстро. И ещё раньше, чем всё это понимаю, обнаруживаю, что я уже вцепился обеими руками в арматурину так, чтобы побелели пальцы.

Так, спокойно. Спокойно, я тебя умоляю. Если схватишься слишком сильно, футболка может соскочить и ситуация станет куда хуже. Хотя куда уж хуже. Итак не слишком весело. Так. Так, так, так. Надо заставить себя разжать пальцы, чтобы перехватить эту проклятую железку. Вернее, не проклятую. А любимую. Спасительницу мою. Спасибо тебе. Ладно, об этом позже. Собрались. Собрались! Разжимаю одну руку, поворачиваюсь лицом к стене и хватаюсь за железку снова. Теперь вторую руку так же. Отлично.

Футболка почти соскочила, но теперь это не так страшно, правда? Я вишу на руках лицом к стене, крепко ухватившись за арматурину.

Подтягиваюсь, и хватаюсь за край крыши. Футболка соскакивает. Не думай об этом. Подтягиваюсь выше. Теперь вторую руку на крышу. Хорошо. Теперь подтянуться и колено на железку. Дальше совсем просто, только смотреть вниз не надо, ладно?

Встаю во весь рост и сразу же падаю на крышу. Очень дрожат ноги. Долго лежу лицом вверх. Небо над головой темнеет, превращаясь в ночь. Прям видно, как меняется цвет. Знаете, как если долго смотреть на часовую стрелку, то видно, как она перемещается. Вот так же и небо. Можно заметить, если всмотреться и ни о чём другом не думать.

• • •

Едем с Псом в Торино. Погодка ничего себе так, у нас все окна открыты. Когда привыкаешь смотреть на мир сквозь стекло автомобиля, то потом, если открыть окна, краски начинают казаться ярче и сочнее, будто в реальность добавили цветности.

Пёс молчит и я молчу. Настроение хорошее, а трепаться неохота.

— Надо бы себе тоже тачку купить, — говорит Пёс. — Удобно.

— Точно, — соглашаюсь. — Даже если денег нет, бери любую. Когда машина, ты сам... сам рулишь, что ли.

— Я и так сам рулю, — говорит Пёс. — Кто ж ещё?

— Это надо почувствовать. Город меняется. Город меняется внутри тебя. По другому начинаешь мыслить. По другому видишь улицы и районы. А потом и твой день становится другим. Сам, когда захотел, сел и поехал по делам.

— Интересно говоришь, — замечает Пёс, — Пробовать надо.

— А права у тебя есть?

— Права есть. Давно сдал. А машины так и не было никогда.

— Попробуй. Оно того стоит. Начинаешь сам... управлять своей жизнью.

Нога давит на педаль тормоза ещё до того, как я успеваю понять, что происходит. Скрежет тормозных колодок, визг шин по асфальту. Мужчина изгибается, точно танцор фанданго, ошалело глядя на нашу машину, что при его комплекции выглядит очень смешно. Торино клюёт носом, замерев и толкает его. Мужчина падает.

Сидим с Псом молча. Я вцепился в руль. Да что же это. Как же это. Почему со мной так.

Мужик вскакивает из-под капота и начинает кричать. Много всего кричит неприятного.

— Да вы... да как... куда смотрите.

И так далее. Мы смотрим. Я физически ощущаю, как из ладоней выступает пот. Пёс высовывается из своего окна и говорит:

— Мужик, ты здесь где переход-то видел? Зачем дорогу перебегаешь? Здесь вон ограждение по краям.

В его голосе явно слышится облегчение. Мужик ошарашенно озирается. Видно, он сам в шоке. А вдруг головой ударился?

Выхожу из машины.

– Слушайте, – спрашиваю, – вы в порядке? Не ударились? Может, вас в больницу? Очень уж вы незаметно выскочили.

Его взгляд становится более осмысленным. Он осматривает себя, похлопывает ладонями по брюкам. Приличный вроде мужик. Одет хорошо. И упитанный.

– Цел, – буркает он, – торопился просто. Вы тоже носитесь. Осторожнее надо.

Я не возражаю. Ехал я не быстро. Что спорить? Жив, здоров и хорошо. Повезло и ему и нам.

– Извините, – говорю, пожимая плечами

Он кивает. Взгляд его останавливается на капоте моего Торино. На нём нарисован чёрный гербовый лев. Торт постарался. Бесплатно.

– Купил с таким? – спрашивает он.

– Нет, – качаю головой, – Друг нарисовал. У меня друзья художники.

– Ого, – говорит он, – Здорово. А он этим постоянно занимается?

– Постоянно. Только за деньги. Вам нарисовать что-то надо?

– Ага. Надо. Много чего. Дом хочу оформить. А много у тебя друзей художников?

– Хватает, – смеюсь, – а что много надо?

– Одного хватит. Выбрать надо хорошего.

– Давайте, – говорю, – я вас свяжу. У меня вот телефоны их есть...

– Вот моя визитка, – говорит он и вручает мне визитку, – Пусть позвонят. Ты им передай, что заказ хороший будет.

– Передам, – обещаю я. – Спасибо большое. Ну, мы поехали. До свидания. Извините, ещё раз.

– Ничего, – отмахивается мужик, с досадой рассматривая испачканные брюки, – Нет худа без добра.

Сажусь в машину и Пёс тоже. Мы переглядываемся и уезжаем.

— Дай-ка мне его номер переписать, — говорит Пёс, — Интересный вроде мужик.

Передаю ему визитку, а сам сосредотачиваюсь на дороге. Еду в два раза медленнее, чем до того. Что ж со мной такое-то происходит постоянно, а?

• • •

Сидим с Ксюхой в кафе, болтаем.

— Ксюха, — говорю, — со мной чёрт знает что происходит. Я за последние пару недель два раза чуть не погиб. А позавчера человека едва не сбил. Что это такое вообще?

Ксюха тянет сок из соломинки и болтает ногой.

— Неправильно ты, Макс, на вещи смотришь. — Протяжно отвечает Ксюха, — Ты не два раза чуть не погиб. Ты два раза выжил. Как это, кстати? Ушибся сильно, типа?

— Да какой там ушибся! Я не преувеличиваю ни разу! Я правда чуть не погиб. Чуть не умер, понимаешь? Ещё бы чуть-чуть и всё!

Ксюха с недоверием глядит на меня.

— Да ладно. А что ж ты молчишь? Расскажи, если правда.

— Так вот рассказываю. Правда, ещё какая. Сначала шёл в себе в парке. И внезапно в парк влетает грузовик. С дороги слетел. Он в сантиметре от меня пролетел! В сантиметре! Я опять не преувеличиваю, меня даже зацепило немного. И ни царапины. Пара синяков на плече. То есть, чуть в сторону, и я бы точно умер. Водитель того грузовика — погиб.

— Офигеть, — говорит Ксюха, и даже отставляет сок, — Сочувствую. То есть, наоборот. Везунчик. Тьфу-тьфу. И что ты сделал?

— Да ничего не сделал. Отряхнулся и домой пошёл. Люди кругом стояли и смотрели. Те, кто позже прибежал, даже не поняли, что я чуть не погиб.

— Крутотень. А второй раз?

— А второй раз вообще по-дурацки. По своей собственной глупости чуть не погиб. На работе лестницу со ступеньками с крыши на ремонт сняли. А я забыл. И упал с крыши. Повезло, зацепился за карниз. Футболкой. Залез обратно. Умер бы – очень глупо бы вышло. Ещё бы и подумали, что сам спрыгнул.

– Ну да, – говорит Ксюха, – точно бы подумали. Про тебя-то...

Она осекается и замолкает. Выходит, она знает. Я думал, никто не знает, а она знает. И значит, все знают. Вот как. Интересно. Что она сейчас про меня думает? И про футболку. Как оно, типа, на самом деле было. Что там они про меня разговаривают между собой, когда я не слышу. Очень бы интересно было послушать. Может, она думает, что я так типа о помощи прошу. Глупо всё это очень, конечно. Я чувствую, что она словно читает мои мысли и ругает себя за оговорку.

– Сейчас, погоди, мороженого себе возьму! – преувеличенно бодро говорит Ксюха и уходит к стойке.

Возвращается через пару минут с двумя креманками.

– Вот, и тебе взяла тоже. Угощайся. У меня, кстати, тоже сумасшедная история однажды стряслась. Хочешь услышать?

– Конечно, – говорю, – Вкусное мороженое, спасибо.

– Йогуртовое. Так вот. Поехала я с одним типом, даже не типом, а так, типком, на моря. Вернее, сначала мы сходили с ним в кино, а потом мы с ним сходили в кафе. Это у нас первое свидание такое было. Романтика. Он на машине был. И говорит – поехали на море. Закат встретим, пляж и всё такое.

– Не продолжай, – устало говорю ей, – Я знаю, что было дальше.

– Ничего ты не знаешь, – обижается Ксюха, – слушай лучше. Так вот, едем мы на море. И как-то он мне разонравился. Как же его звали-то? А, неважно. Так вот, едем на море. Трандит он что-то, рассказывает про кино. А он мне разонравился. Уже. Так что зря только трандит. Может, я протрезвела после кафе, а может он мне с самого начала не понравился, не помню, короче. Приезжаем на море. Закат там, все дела, я позёвываю. Он видит, что я скучаю, и волнуется соответственно. Я тут понимаю, что он на десерт сегодня рассчитывал. А персонаж не тянет на десерт в первый вечер. Не тот типаж. И вот он лезет целоваться. А я не хочу с ним целоваться. И вообще мне уже противно и скучно. И он всё больше от того беспокоится.

Шампанское предлагает. Ну против шампанского я не против. Выпила шампанское. Он то за рулём. И ничего. Не торкает. Ни шампанское, ни он. И кульминация. «Пойдём-ка», – говорит, – «в машину позажигаем». «Неа», – говорю, – «не хочу зажигать. Поехали лучше домой. А то темно и холодно». А он расстроился, бедный. Потому что, может, видит, что не хочу я с ним. Да и вообще ему неприятно, типа. Кафе там, кино. И разозлился. И говорит, что не сможет он меня домой отвезти. Оставайся ты, мол, милая тут на пляже. Восход встречать. Часиков через пять. Поезда, автобусы то уже ушли все, понятно. Если ты такая умная, типа. Вот такая сволочь, понимаешь.

– И как я не догадался, – говорю со скукой.

Неприятно мне все эти истории её слушать. Обидно как-то. За всех. И за неё и за него и за себя почему-то.

– И ты осталась?

– Не-а. Не осталась, – быстро и отрывисто говорит Ксюха, – Не осталась. «Адьёс, амигос», – сказала этому придурку и почапала себе. Километров пять отшагала. По шоссе. И сосала сушку. Босиком, между прочим. Потому что в каблуках удобно только первый километр. А дальше никак.

– А потом что было?

– А потом меня пара подвезла. Очень симпатичная пара. Ничего не спрашивала, и денег не взяла.

– Жалела? – я не спрашиваю точнее, но Ксюха понимает.

– Мысли были. Лезли без спросу. Из-за ног. Но не жалела. Не-а, не жалела.

Молчим некоторое время. Мороженое моё растаяло. И её тоже растаяло.

– Молодец ты, Ксюха, – говорю. – Извини.

Непонятно, и за что я извиняюсь? Вернее понятно, но словами этого как-то не выразить.

– Пфф, – говорит Ксюха, – Ну уж. Вот что, давай ещё по эспрессо? Здесь вкусный эспрессо.

– Давай, – говорю, – угощаю.

– Идёт!

Эспрессо и правда вкусный. Хороший кофе, хорошее кафе. Целый час там ещё сидим.

– И что он сказал? – с недоверием спрашивает Линда, разглядывая визитку.

– Да ничего конкретного, – говорит Пёс. – Работа есть, нужен художник. А лучше посмотреть нескольких.

– Странный какой-то, – говорит Линда, – а вдруг он маньяк?

– Да почему маньяк-то?! – изумляется Торт, – С чего ты взяла?

– Ну, ни задания, художников смотреть разных... Может, у него замок за городом, он заманивает туда художников и убивает.

– Ты сейчас серьезно вот это? – спрашиваю с любопытством.

Линда делает неопределённую гримасу, мол, «сама не знаю».

– Да пусть бы и маньяк, – говорит Торт, – Лишь бы платил. Мне всё равно. Я не из полиции.

– Как ты можешь так говорить? – возмущается Линда.

– Да ну вас всех, – вдруг говорит Торт, – Маньяк. Чушь! Дай визитку.

Она вырывает визитку из рук Линды, достаёт телефон и сосредоточенно принимается набирать номер. Ждёт.

– Алло... Да. Меня зовут Дима. Меня попросили... Мне друг рассказал... В общем, я художник. Да. Да. Хотелось бы верить. Животных, да всё могу, если есть задача. Друзья есть, ага. Хорошо, договорились. Где? Л-л-ладно... Угу. Понял. Буду там.

Он выключает телефон. Все смотрят на него с ожиданием. А я с восхищением. Нет, ну не крут ли?..

– В общем, он назначил мне встречу. И вам тоже. Завтра.

– Где?! – спрашивает Линда.

– В замке. За городом.

– Обана! – говорю я, а Линда закрывает рот ладошкой.

– Шучу, – ровно говорит Торт, – в Изумрудном. Это кафе такое. Я, правда, там не был раньше. Завтра, в четыре часа. Просил портфолио притащить.

– Ну тебя! – с недовольством говорит Линда, – Тоже мне шутки.

– А у меня нет портфолио, – задумчиво произносит Торт, – И что теперь? А, всё равно пойду...

Пёс молчит. Он ведёт себя так, будто ему всё равно.

– А Грей? – спрашивает Линда.

– А что, Грей? Ну, позвоните ему кто-нибудь. Кстати, мужик вполне себе нормальный. Не знаю, с чего вы решили, что он – маньяк. Интеллигентная такая речь и голос приятный.

– Вот, вот! – говорит Линда, – Маньяки – все до единого такие.

– Что ж мы, – спрашивает Торт, – всем скопом пойдём, что ли?

– Я так точно пойду, – говорит Пёс, – Если кто не хочет, может не идти, его право. Ты пойдёшь, Макс?

– Пойду, – отвечаю, – Хоть я ни на что и не претендую.

• • •

Сидим в кафе и нервничаем. Состав: я, Торт, Пёс, Грей и Линда. Весь набор. Пять человек. Он не испугается? А может, наоборот, обрадуется. Он хотел много художников – пожалуйста, оптом. Как в магазине. Выбирай, кого хочешь.

– Маньяк наш, тем временем, опаздывает уже минут на десять. – Замечает Линда.

– Хватит называть его «маньяком»! – Говорит Торт, – Вдруг оговоришься ещё, мало ли, вдруг он обидчивый.

– Мало ли, вдруг он маньяк! – в тон ей отвечает Линда.

– Слушай, Лин, такое ощущение, что тебе уже хочется, чтобы он был маньяком. Что за желания такие странные?

Пёс смеется. Весело тут у нас. Послушал бы их потенциальный заказчик, и не было бы тогда никакого заказа.

– Может, это вообще розыгрыш? – Грей с подозрением глядит на смеющегося Пса.

– Нет, – говорю, – не розыгрыш. Дайте ему ещё пять минут. Такие, как он, часто опаздывают.

– Это точно, – подтверждает Торт, – давно заметил. Заказчики принципиально не в состоянии приходить вовремя. У них всемирный заговор.

И тут появляется он. Вижу, как он входит в прозрачную дверь кафе, ищет нас глазами, и безошибочно выцепив нашу компанию взглядом, направляется к нам.

– А по-моему, это неуважение! – заявляет Линда. – У нас равнозначные отношения, и дело тут не в том, кто кому платит!

– Эй!.. – Говорю, но меня никто не слышит.

Мужик лавирует между столиками. Он уже заметил меня и приближается.

– Эй, ребята! – повторяю уже громче.

Пёс смотрит на меня. Он сидит спиной ко входу. Если я сейчас ему кивну, потенциальный клиент это наверняка заметит. Невежливо выйдет. Надо просто сказать, не меняя выражения лица и положения тела.

– И дело даже не в том, сколько платит! – Продолжает разглагольствовать Линда, – по-моему, хамство – есть хамство, чем бы оно не объяснялось. И, по-моему опыту, больше всего хамства и высокомерия в тех, кто ничего из себя не представляет!

– А по-моему, прямой зависимости нет, – Говорит Торт, – Раз на раз не приходится. Любой может оказаться, как хорошим человеком, так и хамом вне зависимости от социального положения...

– Я тебе так скажу!.. – распаляется Линда.

Остальные с интересом наблюдают за дискуссией. Пёс видит моё отчаянное лицо и оборачивается, уткнувшись в подошедшего клиента. В ту же секунду он толкает стакан с соком в сторону Линды.

Та визжит и вскакивает, отпрыгнув. Стол залит соком, испачкаться может любой. Все отодвигаются, забыв про спор.

Я встаю.

– Здравствуйте! – Бодро приветствую я гостя, – Мы вас как раз ждали! У нас тут небольшой инцидент, не обращайте внимания, присаживайтесь!

Тишина. Все смотрят на меня. А после на него. Клиент даже ничего не заметил. К нам спешит официантка с тряпкой. Пронесло.

– Здравствуйте. Меня зовут Виктор Сергеевич. Очень приятно, – Виктор Сергеевич присаживается, – У меня не так много времени, извините. У вас есть что показать?

Кто притащил альбомы – суют их ему все одновременно.

– А можно подробнее узнать суть работы? – прямо спрашивает Торт.

– Можно. У меня участок. А на участке дача. И там есть детский городок. С стеной для лазанья. Мне надо, чтобы кто-нибудь из вас эту стену разрисовал чем-нибудь весёленьким. Цветы там, клоуны...

– Клоуны?! – переспрашивает Грей.

– Ну или кошечек там, собачек... Кто сможет? Я с кем разговаривал? Мы ведь с тобой уже общались? – вдруг обращается Виктор Сергеевич ко Псу.

Пёс слегка тушуется. Секундная пауза.

ВДОХНИ ПОЛНОЙ ГРУДЬЮ

— Да все смогут, — возмущённо говорит Линда. — Это вы не смотрите на альбомы. Это на месте показывать надо. Давайте мы к вам съездим и нарисуем что-нибудь. А вы посмотрите.

— Хорошо, хорошо. Вот адрес, — Виктор Сергеевич строчит на салфетке, — Там человек на входе, я его предупрежу. Спасибо, увидимся.

— А сколько?.. — Торопливо спрашивает Торт.

— Хорошо, — улыбается Виктор Сергеевич, — Хорошо.

После он уходит. Весь его визит занял раз в пять меньше, чем мы его ждали.

— Значит, вы с ним уже общались, оказывается, да? — Ядовито спрашивает Линда.

Пёс ухмыляется.

— Я вам его привёл. А мог бы и сжадничать.

Они переглядываются. В воздухе повисает напряжённость.

• • •

Мы идём, я и Пёс по людной улице. Я всё пытаюсь представить, как он видит город. Пустынный город, в котором нет людей. Город, в котором каждый день живёт только три или четыре человека, с которыми разговаривает Пёс. А других – просто нет. И ведь он не один такой. Мы все такие. Только мы видим этих людей. Видим шум.

Пёс спокойно шагает вперёд. Он не смотрит по сторонам, не оглядывается на громкий окрик на другой стороне улицы, не провожает взглядом красивых девушек. Он шагает по безлюдной тропе на далёкой планете, и в сердце его – гладь и покой.

Может, так и в самом деле лучше. Зачем они все? Положа руку на сердце – нужны ли вам другие люди? Толпа незнакомцев, что ежедневно суетится возле вас, торопится по своим делам, толкается, решает собственные вопросы и занимает ваше жизненное пространство.

С другой стороны, человек – существо социальное. Ему нужно общество. Нужно с кем-то дружить, над кем-то властвовать, кому-то подчиняться. С кем-то заниматься любовью, с кем-то враждовать. С кем-то выращивать детей и зарабатывать деньги. И, что самое печальное, надо всех этих людей выбирать из общей массы. Процент подходящих индивидуумов в которой для каждой из этих задач – близится к нулю. Но деваться некуда.

Что выбрать? Пёс вот принял своё решение.

Можно убежать от людей, отправившись, например, в лес. Уехать в тихую глушь, купить за бесценок участок со старым домом. Лишь бы вода была и электричество. Заткнуть щели, потихоньку утеплиться. Завести небольшое хозяйство. Куры, пара коров. Отрастить бороду и раз в месяц выбираться за подсолнечным маслом и мукой в «город» (полузабытое село на двадцать домов). Прямо по Торо. «Жизнь в лесу». Рыбачить ежедневно. Гулять по лесу. Вслушиваться в шум листвы столетних деревьев. Собирать грибы. И через год в сердце наступит блаженная тишина.

А Пёс вот не поехал в глушь. Он сам создал уединение внутри себя. В каком-то смысле он и живёт в этом лесу. Только в городе. Прямо посреди городского шума и гама, крика автомобильных сигналов, нескончаемых человеческих разговоров, и суеты, суеты, суеты. Посреди всего этого – шагает спокойно Пёс, и внутри него – безмолвие, а в сердце – тишина. Завидую.

* * *

Нужный дом мы видим за сто метров до входа. Дом возвышается на два этажа над прочими хлипкими строениями этого общества. Участок со всех сторон обнесён двухметровым забором. Сюда ещё не добрались риэлтеры, и на абсолютном большинстве участков – обычные садовые домики из советского прошлого. Одноэтажные деревянные строения, кунги и вагончики. Дорога посыпана угольной крошкой. Недавно был дождь и повсюду лужи. Лет через пять участки продадут и переоформят, в садовое общество протащат газ, проложат нормальную дорогу, и здесь повсюду сразу же вырастут особняки и виллы.

Пока Виктор Сергеевич – пионер. Кроме его дома, солидных строений в округе не наблюдается.

Мы шагаем прежним составом. Я, Пёс, Торт, Грей и Линда. В компании чувствуется напряжённость. Они не обсуждали это прямо, но ведь всем ясно, что заказ получит кто-то один.

На входе нас встречает ленивый охранник с пузиком, но зато в форме, и большая чёрная собака с умными глазами. Собака не лает, а внимательно обнюхивает каждого. Выслушав нашу историю, охранник кивает и без лишних вопросов пускает нас на территорию, утратив с этого момента к нам всякий интерес.

– Ну и что дальше? – Спрашивает Линда, обращаясь ко всем.

– Нам, кажется, туда, – кивает Торт.

В углу большого, соток на шестнадцать, участка, в противоположной стороне от дома – выстроена детская площадка. Качели, лестницы, разноцветные железные конструкции для лазанья и невысокая кирпичная стенка, идущая зигзагом.

– Вот и стенка, – без выражения констатирует Пёс.

– И что, разрисуем её? – неуверенно спрашивает Линда.

– Нет, – говорит Пёс, – её разрисовать должен тот, кого он

выберет.

Пёс не уточняет, кто он, даже не выделяет интонацией, но всем и так понятно, о ком идёт речь.

– Мы ж договорились, что покажем примеры работ. – Говорит Торт.

– Ну и где?.. – Недовольно интересуется Линда.

– Да вот, – Торт указывает рукой на высокую стену, окружающую весь участок, – Возьмём каждый по кусочку и нарисуем что-нибудь. Так, пара линий для примера. А он пусть смотрит и выбирает.

– Это план. – Говорит Пёс.

Непонятно, шутит он или всерьёз согласен. Торт, больше никого не дожидаясь, подходит к стене и начинает располагаться. Когда он начинает рисовать, остальные один за одним следуют его примеру. Кроме меня, понятно.

Через пятнадцать минут они все увлечены работой. Я слоняюсь неподалёку. Мне скучно. Никто не хочет со мной разговаривать. Вот такая прям концентрация, совсем никак не отвлечься, как же. И чего я вообще с ними поехал? Ведь сами звали. А теперь игнорируют. Художники. Как бы их разговорить?..

– Да уж, – говорю, – и чем художник отличается от человека?

– Чем? – спрашивает Торт, надеясь на шутку.

Он не отрывается от рисования ни на секунду.

– Не знаю, – говорю, – Мне скажите.

– Художник – это человек с большой буквы, – говорит Линда.

Линда рисует невнятные цветочки, танцуя возле большой лужи. Как мне рассказывал Пёс, обычно она не рисует прямо на стене, а сначала всегда делает трафареты. Но в «конкурсе» всё же решила поучаствовать.

– Это всё красивые слова, – говорю, – Вы мне определение скажите.

– Двуногое... – начинает Грей, – хотя не обязательно... Художник – это человек, умеющий рисовать.

Похоже, я их разговорил. Надо подлить масла в огонь.

— А что значит «уметь рисовать»?

— Можно быть художником, так и не закончив за жизнь ни одной картины. — Говорит Грей, — А можно рисовать всю жизнь и не быть художником.

— Интересно у вас получается, — замечает Торт, — Эдак можно объявить себя художником, а кисти в руки и не брать! Мол, я художник! Высокого полёта. А рисовать мне и не обязательно.

— Да я не об этом... — Говорит Линда, — Это внутри. То есть, это начинается не с техники исполнения.

— Согласен, — говорит Пёс. — Видеть надо уметь.

— Это как? — спрашиваю.

— А вот так. Это как... Как микрофон. Повышенной чувствительности. Только для глаз.

— Микрофон?.. Ты хотел сказать, видеокамера?

— Нет, чувствительность работает не как у камеры, а именно как у микрофона. Ну если у камеры, то про цветопередачу разве что аналогия. Можно чувствовать больше из одного и того же источника. А не видеть дальше.

— Как это?

— Ну как... Вот есть мелодия. Нечувствительный микрофон услышит её в общих чертах. А чувствительный — воспримет все частоты. От басов до писка. И может главный секрет этой мелодии, её основная тема — и звучит в тех частотах, которые в обычном микрофоне и вовсе не слышны. Конечно, есть и проблемы.

— Какие же?

— Да такие же, как в настоящем микрофоне. Чем больше чувствительность, тем сильнее шум. И тем большие усилия требуется прикладывать, чтобы этот шум отфильтровать.

— Это поэтому ты людей не замечаешь? Чтобы убрать шум? — Спрашиваю и тут же жалею о своём вопросе.

Пёс молчит. И все молчат. Наверное, я и в самом деле спросил что-то не то.

— Ты их понимаешь? — С улыбкой спрашивает Леди Ф.

Поворачиваюсь к ней — она стоит рядом, скрестив руки на груди и оценивающе разглядывает рисунки на заборе.

– Иногда понимаю, – говорю, – почему нет? Главное, мне с ними поговорить приятно.

– Ого! Здравая мысль. Понимание не обязательно должно выражаться в буквальном восприятии и осознании услышанного, но в готовности слушать.

С удивлением гляжу на неё. Не сразу скажешь, что эта хрупкая рыжая девчонка способна на такие сентенции.

– Не говори так, ты меня пугаешь!

– Хорошо, – смеётся Леди Ф, – Не буду. Я тебе вот что лучше скажу. Сними-ка ты шланг вот с того крана, ладно? И чем быстрее, тем лучше.

– Ты серьёзно?

– Ещё как. Давай, не медли.

С удивлением смотрю на неё, но решаю последовать её совету. Иду к огрызку трубы с краном, торчащему из земли. Стягиваю с него пластиковый шланг. Ничего не происходит. Из шланга выпадает пара капель. Что дальше-то? Поднимаю голову. Леди Ф нигде нет.

Иду обратно к ребятам.

– А где Линда? – спрашиваю.

– Алло! – вдруг кричит она за спиной.

Поворачиваюсь на крик. Линда стучится в окно дома.

– Алло, а есть кто внутри? Можно в ванную заглянуть?

– Ты погоди, – говорю, – Может, к охраннику...

И тут начинает кричать Грей. Что ж такое?..

Со стороны калитки, молча и сосредоточенно, без лая и рычания, к Линде несётся чёрная собака с умными глазами. За ней волочится поводок и бежит охранник с перекошенным от страха лицом.

Линда кричит и бежит ко мне. Собака – за ней. Линда спотыкается и падает в лужу. Прямо в грязную лужу. Надо что-то сделать. Палку бы. Палку. Не успеть, не успеть!

Собака на всём ходу цепляется поводком за трубу с краном, торчащую из земли. Её переворачивает от скорости и она падает на землю. Шлепок хорошо слышно. Вскочив на лапы, она начинает со всех сил рваться, но зацепившийся поводок не пускает. Вот теперь она начинает зло лаять, изо всех сил натягивая поводок. Так, что сама себя душит.

Охранник подбегает к ней и хватает за ошейник.

Линда лежит в луже и плачет. Бедная девочка. Бежим к ней, утешаем, успокаиваем.

Стенка и рисунки позабыты.

• • •

— Он звонил?

— Звонил.

— Ну и что?

— Ничего хорошего. Ругался. Стену, говорит, зачем испортили.

— А ты?

— Извините, говорю, давайте я приеду, закрашу.

— Согласился?

— Согласился. Думаю, всё одно он мне закажет эту стенку. Тем более, я первый ему позвонил. Тем более, мы с тобой его первые встретили. Так что это — по справедливости. Как Линда?

— Заболела. Думали, уже пронесло, так нет, через два дня температура скакнула. Как вы добрались тогда?

— Нормально добрались. Но машина нужна, конечно. Надо будет купить. Вот с этого заказа и возьму. Кредит придётся взять, конечно.

— Всё равно правильно. Без машины, как без рук. Так что бери, одобряю.

— Спасибо. Отбой? Заходи завтра.

— Хорошо, давай, увидимся!

• • •

Башни Пса — нет. Она просто исчезла. Но я не волнуюсь, я уже понял, в чём секрет.

Пёс — с обратной стороны, докрашивает стену. Подхожу и с минуту молча наблюдаю, как он работает кистью.

— Теперь твоя башня совсем исчезла?

— Ага.

— В темноте — всё изменится. Мир поблекнет, и твоя башня будто проступит сквозь сошедшую воду. Нарисованные небеса — будут чётче фона. Нарисованный мир — ярче настоящего.

– Всё равно. Зато днём – никто не увидит.

– Интересное желание – вовсе исключить себя из жизни города.

– Я не пытаюсь исключить себя. Я хочу исключить шум.

– То есть, людей?

– То есть, людей.

– Почему?

– Ты же сам ответил. Потому что люди – шум.

– Ну а как же... Друзья. Работа. Отношения, наконец.

– У меня нет проблем с друзьями и работой.

– А отношения? Как ты сможешь найти кого-то, если не будешь искать.

– А зачем специально искать?

На этом вопрос кажется исчерпанным.

– Расскажи, – говорю.

Пёс молчит.

– Расскажи, – снова прошу я.

– Неприятная история. – Пёс скуп на слова, – У меня было много друзей. Самых разных, со школы, со двора. Хотел поступать в Академию Живописи. Готовил эскизы. Показывал друзьям. И они никому не нравились. Я правил. Перерисовывал, чтобы понравились всем.

– И не поступил в итоге?

– Нет. Теперь я даже не знаю, мог ли я поступить, если бы никого не слушал.

– Ты мог бы сейчас.

– Я не хочу. У меня всё хорошо. Друзья у меня теперь по теме стрит-арта. Старых никого не осталось.

– Ты обиделся на них, за то, что не поступил?

Пёс словно ждал этого вопроса.

– Я не хочу об этом думать. И это моё право. Я не хочу больше никого слушать, не хочу прислушиваться ни к чьему мнению. И не хочу проходить никаких проверок. Я сам по себе. Всё остальное – шум.

– Сильно. Хороший вариант.

– Это единственный вариант.

– Я думал, художник должен всегда сомневаться. Искать

себя. Искать что-то новое.

– Ну и? Есть мир и художник. Где тут человеческое окружение в этой системе?

– А для кого же ты рисуешь?

– Ни для кого, – без тени сомнения отвечает Пёс.

– Да как же это! Ты же художник, как ты без зрителя?

– Прекрасно. Я рисую не затем, чтобы показать кому-то. А потому что мне это надо. Не зачем, а почему. Мне надо. Мне самому. Мне важно рисовать реальность. Быть её зеркалом. Причём тут другие люди?

– Не зачем, а почему? – Я внимательно смотрю на Пса.

– Да. Не зачем, а почему.

– И если никто никогда не увидит твои работы?

– Прекрасно. Тем лучше. Мне спокойнее. Я бы вообще не хотел никогда никого видеть... Не принимай близко к сердцу, это не касается друзей. Зачем они все? Зачем мне этот шум? Да ты ведь сам такой же, Макс!

– Да... Но я ведь не хочу, чтобы так было! То есть, я переживаю по этому поводу. Я не хочу быть одиночкой! Я просто... так совпало, что я такой.

– Ну а я хочу. – Уверенно и спокойно говорит Пёс, – Мне никто не нужен. Мне хорошо. Я сам по себе и меня это устраивает. И я не хочу видеть посторонних, и я их не вижу. И я не хочу, чтобы они видели меня. И теперь они не будут видеть. Должен остаться только я, мир и искусство. И больше ничего.

Медленно киваю. Это Пёс. Вот такой он.

Позже, когда ухожу, оборачиваюсь и долго гляжу на башню Пса. Башня невидима. Он раскрасил её всю. Лишь приглядевшись, можно заметить тонкий контур границы реальности и рисунка. Мягкие, изменённые цвета. Теперь она и вовсе исчезла. Её больше не существует. Остался лишь слабый контур, тонкие очертания исчезнувшего замка в небе. Где-то там, посреди ничего, Пёс рисует свои деревья.

В невидимой башне.

В городе, в котором нет людей.

Стена 3

Волшебство и Обезьяны

– Объясни. Я пойму, правда, – говорит Грей.

Я тяжело вздыхаю. Ну как вот это объяснить? Про озон и остальное. Тут не то что объяснишь, тут всё и не расскажешь толком. Но я пытаюсь. Он вроде умный, этот маленький щуплый парень. Умней меня. Мы сидим у серой стены склада. На склад время от времени приезжают грузовики. Краска на стене грязная и облупленная. Пара лого, но ничего особенного.

– В общем, есть одна девушка. Маленькая. Рыжая, зеленоглазая. Она странно одевается обычно.

– Как Линда?

– Нет. Не так. Не какие-то молодёжные штуки, а... в общем, не в этом дело.

– Ладно. А в чём? – Грей внимательно следит за мной. Он и в самом деле хочет понять.

– Я не помню. Ничего не помню, что было раньше. Но не в этом дело. Это всё равно. А дело в том, что эта девушка... она... она подсказывает мне, что делать.

– И ты её слушаешь?

– Да. Я её слушаю очень внимательно. Она дала мне лучшие советы, какие я только слышал. Они мне очень помогли.

– Ну. А в чём магия?

– Понимаешь, она...

Я снова тяжко вздыхаю и сдаюсь.

– Ладно, забудь. Это просто так не объяснишь.

Грей усмехается. У него есть странная идея. Он повсюду ищет магию. И не находит. Пока не находит. Ему очень надо знать, что магия – существует. И вот он с самого детства ищет.

– Да, тогда это похоже...

– На что?

– На магию.

– Почему?!

– Потому что... она часто себя так проявляет. Когда ты видишь, и точно понимаешь – это оно, и оно прямо перед тобой. А другие этого не видят. И это может быть и даже скорее всего будет самая обычная и даже обыденная вещь. Ну... Ну я не знаю – утюг! Или стакан. И ты смотришь на него, и с ним что-то такое происходит, что ты понимаешь – это оно! Понимаешь?

– Нет...

Грей печально кивает головой.

– Да. Это непросто объяснить словами. Это надо видеть. Вернее, почувствовать. Увидеть и почувствовать – это очень разные вещи. Особенно, когда речь идёт о магии.

– Расскажи.

Грей разводит руками.

– Не могу. Вот как ты не можешь...

Мы молчим. Что ж, не всё сразу. С ним я не чувствую себя, как в очереди.

Это трудно объяснить, но сейчас, у этой грязной стены, сидя на пыльном асфальте и чувствуя ладонями тепло камня, я чувствую себя в ладу с миром. И с собой.

• • •

Стою на берегу залива. Сюда трудно подъехать, надо знать как. Я один в своём Торино. Иногда сюда приезжают парочки, чтобы уединиться. А я один. Бывает...

Гладь воды рябит от ветра. Если долго смотреть, то забываешь, что это вода. Кажется – дальняя даль на непонятной планете. И она очень большая, просто смотришь издалека. И ты тут один, а остального мира не существует. Мурашки по коже.

Кручу ручку туда и обратно. Если окно закрыто, хочется свежего воздуха. Если открыто – тянет вечерней прохладой. Трудно отыскать равновесие. Как во всём. А может и не надо искать? Распахнуть окно, замёрзнуть, но дышать. Или терпеть духоту в тепле.

Я открываю дверь и выхожу на берег. С залива дует ветер. Волны и ветер. Повторяю это про себя. Волны и ветер. Мне кажется, в этих словах тоже заключена магия. Даже в самом звучании. Волны и ветер. Когда смотришь вперёд с края берега, то не видишь окружающей земли. Кажется, что ты на самом краю, и больше ничего нет. Впереди только вода, вода до самого края. И мир, и земля, и человечество, и даже ты сам – это просто непонятные обозначения для не очень реальных вещей. А ты сам – сейчас видишь эти волны и больше ничего не существует и никогда не существовало.

Волны и ветер.

• • •

Иногда мне кажется, что на самой вершине деревьев – другой мир. Мне двадцать пять лет. Я взрослый парень. И всё равно, глядя на самую верхушку, на самые высокие ветви в десяти этажах над землёй, я не могу сдержать трепета. Будто можно туда забраться и жить там годами, а то, что на земле – ну его.

Символ, конечно. Метафора.

Или самообман. Мне постоянно приходят в голову очень странные мысли. И всякий раз я убеждаю себя, что это метафора. Символ. Леди Ф – тоже метафора? Ну уж нет... Я поверил ей, и это было самое верное, что я когда-либо делал.

Отвлечься... Надо отвлечься от всех этих мыслей.

– Макс, – тихо зовёт Грей. – Ты не мог бы?..

Он указывает на ведро синей краски, виновато указывая на верёвку, которую сжимает в руках. Киваю, и тащу ведро ему.

На дворе ночь. Мы работаем. Вернее, работает Грей. Обычная стена обычной пятиэтажки сейчас превращается в произведение искусства. Грей выливает ведра краски разного цвета на стену. Потом поверх он нарисует мультяшные тучи. Получится, будто из нарисованных туч льёт разноцветный ливень, закрашивая серую стену яркими красками. По мне, так слишком по-детски, хотя не мне судить. Я – не художник. Художник – Грей.

Наверное, поэтому теперь они часто берут меня с собой. Я полезный и без амбиций. И не лезу с комментариями. Зато поддерживаю беседу. С Греем вот мы разговариваем о магии.

Часто о ней говорим.

— Это не... — живо и даже яростно говорит Грей, — не... не знаю, как точно сказать, не понарошку, чёрт возьми. Не такая святочная мораль, когда в конце рассказа добрый доктор спасает голодных детей. И вот оно, рождественское волшебство. Нет! НЕТ!

Он переводит дух, осторожно глядя вниз. Внизу высоко, да. Кивает сам себе. Он так эмоционально говорит, словно спорит со мной. Видно, он уже не раз доказывал себе всё это.

— Так вот. Вот сейчас подберу слова... Или когда маленький щеночек заболел и почти умер, а добрая девочка подобрала его на улице, и выходила. Посмотрите на этого дога в метр высотой. Это и есть тот самый щеночек. Ура. Доброта — это самое настоящее волшебство, детки. НЕТ! Я говорю о реальном волшебстве. Волшебном. О магии. Без притворства. Без допущений. О такой магии, как, типа, превратить воду в вино. Ну, не в том смысле, конечно. О такой магии, как вечная жизнь. Чёрт, да как без аллюзий-то... О магии... как волшебная палочка. Как у Гарри, мать его, Поттера. И она существует. Точно. Точно тебе говорю.

— Магия, — без выражения повторяю.

— Ну, конечно, без школы магии и прочей лабуды. А просто она есть и всё. Не нужен ведь этот весь антураж, чтобы она существовала. Не это главное. Но мне очень хотелось бы увидеть. Мне это нужно, прям нужно, вот как глоток воды. Когда он такой первый и самый вкусный. И иногда получается попробовать. Но никогда не напиться.

— А что увидеть?

— Что?.. Да неважно что. Даже если б единственное существующее выражение в реальном мире выражалось б в маленьком... камешке, лежащем под слоем вечной пыли на дне глубокой впадины на обратной стороне Луны, вот мне бы и этого было достаточно. Хотя бы знать про этот камешек. А не получается. Иногда получается увидеть тень камешка. Или звук. И уже сердце заходится.

— Круто, — говорю, — а вот то, что ты сейчас делаешь, это... Грей отчаянно машет руками.

– Нет, нет, нет, нет, нет, нет! НЕТ! Это не оно. Не оно... Ты увидишь ещё. Я тебе сам покажу. Если увижу ещё хотя бы раз. Я очень надеюсь, что увижу ещё хотя бы раз. Очень.

Я незаметно наклоняюсь за его спиной и поднимаю с крыши маленький камешек. Спонтанно.

– Грей!.. – тихо зову.

Он оборачивается. Я протягиваю руку и раскрываю кулак. На ладони лежит камешек. Глаза Грея расширяются, он замирает, да так, что я пугаюсь и уже не рад своей шутке. Так и обидеть можно. Вот о чём думал... Но потом он улыбается и начинает смеяться и мы хохочем оба, и всё окей.

Камешек летит в ночь с крыши дома.

• • •

Иногда хочется быть счастливым. Просто так, без сложностей и скрытых условий. Вот прям сейчас – раз, и всё. Неужели я не заслуживаю быть счастливым? Я что, плохой человек или что? Да даже если и плохой, вдруг. Ну и что? Я хочу быть счастлив, я не хуже других, дайте мне моё счастье! Я ведь в состоянии желать этого, мне это очень требуется, так значит, я и способен это принять. Ну а если я способен это принять, так дайте мне его! Дайте мне моё счастье!

И вот накатывает такое желание, яростное, как шторм, и заполняет всё существо. Забивает все клетки. И никак его не переорать. Не обмануть, не убедить, не отбросить. Нужно быть счастливым, а ты можешь только бежать и что-то делать. Пусть даже что-то хорошее, полезное и много. Но хочется счастья. А счастье – это ведь не кусок шоколадного торта с вишнями. И вот хочется счастья, а получаешь торт. И усталость.

– Леди Ф, вот ты же можешь сделать меня счастливым? – спрашиваю вслух.

– Не знаю, – отвечает она задумчиво.

Открываю глаза. Она стоит рядом. Я на работе, на своей крыше. По реке идёт огромный корабль. Гость, не наш.

– Всё равно спасибо, Леди Ф, – говорю я ей. – Мне кажется, ты меня понимаешь...

– Возможно, – мягко соглашается она.

– Помоги мне, Леди Ф, – прошу я.

— Уже помогаю, не так ли?..

— Да, конечно, извини.

Она подходит ко мне и кладёт руку мне на плечо. Её ладонь такая легкая и нежная. Воплощение облаков на горизонте на моем плече.

— Слушай внимательно, — говорит она, и глаза её смеются, — Пора приниматься за дело. Пора узнать то, зачем мы с тобой здесь. И кое-что вспомнить. Вот что я тебе скажу: не сдавайся! Жду ещё немного.

— И всё? — спрашиваю.

— А тебе мало? Да, всё!

Киваю с серьёзным видом. Леди Ф наклоняется и кладёт что-то на бортик.

— Ну, бывай. Увидимся!

— Очень надеюсь, — шепчу ей вслед.

Наклоняюсь и подбираю то, что она оставила. Это карточка. Из картона, размером с обычную визитку. Внутри пластмассовый прямоугольник и прозрачный пластмассовый фрагмент в форме лампочки в центре. Странно... На картоне написано: «ПятниZZa!» Ничего не понимаю.

Верчу карточку в руках и смотрю на реку. Громадный корабль застыл на воде.

• • •

— Лемминг, — говорит Грей. — Я — лемминг. Я никак этим не управляю. Вот как лемминг. Ему что-то там сказало, он встал, вылез из норы и побежал. И спрыгнул со скалы. Он же не мучается моральными дилеммами. To be or not. А потом побежал и спрыгнул. Или даже если и мучается внутри себя своими лемминговыми терзаниями, то это совершенно неважно. Всё равно спрыгнет. Не он выбирает.

Грей увлечённо орудует валиком. Забавно, из-за этого самого валика я очень хорошо понимаю, о чём он говорит. Сейчас он словно живая иллюстрация собственных слов.

— Вот и я, как лемминг, — продолжает Грей, — мне что-то там сказало, щёлкнуло — я встал и побежал. Проснулся ночью, хожу, рисую. И не мучаюсь. То есть, сначала я стеснялся, ну и риск есть, сам знаешь. Но потом я ведь понял, что не от меня это зависит. Искал ещё какие-то объяснения. Или повод для себя. Это знаешь, как людей гипнотизируют и говорят им под гипнозом – возьми зонтик и раскрой. И человек потом берёт в комнате и открывает зонтик. Его спрашивают: зачем?.. И он начинает – ну вот, я хотел зонтик рассмотреть, проверить хотел... Вот и я сначала объяснения искал. А потом смирился. Это внутри меня. Я этого не выбирал. Просто – щёлкнуло. Встал и пошёл. Все.

– Тоже ведь магия. – сказал я.

– Нееееет, – с озабоченным видом мотает Грей головой, – Нееееет. Это не магия. Я ж говорю, это всё чушь.

– Ну почему же чушь, – робко возражаю. – Вполне себе. Контроль другого существа без объяснения причин и логических обоснований – самая настоящая магия.

– Ну нет же, нет! Это просто обычное жизненное состояние! Таких людей, как я, знаешь, сколько? Сотни! Тысячи! Самое обычное дело. Возьми любого человека и посмотри, что он делает без всякой на то логической причины. Просто так. Себя возьми, рассмотри. Вот и всё. Это не магия. Магия – это... Когда рисуешь, рисуешь и вдруг – бац, а ты оказался на другой стороне переулка, на другой крыше. А внизу – семь этажей. И с дома ты не спускался. Вот перелетел как-то. И сам не заметил, как.

– И у тебя так бывало?

– Ну. Почти.

Валик ходит туда-сюда, заливает стену цветом. Ночь. Крыши. Вспышки воспоминаний.

• • •

Мы с Виктором идём мимо длинной стены железнодорожного депо. Стена изрисована вся. Граффити наползает на граффити, лого теснит лого. Стену не перекрашивали уже лет тридцать, и она вся покрыта граффити. В несколько слоёв. Некоторые из рисунков появились тут ещё тридцать лет назад. Сейчас тем, кто рисовал их, уже за пятьдесят. Странно думать об этом. Стрит-арт – это удел молодых. Молодая культура. Или дело не в возрасте?..

Виктор пытается фотографировать граффити. Задача непростая. Как тут выстроить композицию кадра, когда непонятно, где начинается рисунок, а где заканчивается. Виктор ругается, но видно, что задача ему нравится.

Фотографировать стрит-арт присоветовал ему я. Виктор машет фотоаппаратом, пытаясь схватить картинку спонтанно. Незамыленным взглядом. Это называется «ломография» и это его последнее увлечение. Большинство фотографий, говоря откровенно, ни к чёрту не годятся. Размытые пятна непонятного содержания. Но некоторые ничего так. Что-то есть. Может, для стрит-арта самое то.

– Что делаешь в пятницу? – интересуется Виктор.

– Работаю.

– В ночь?

– Ага... Кстати. Слышал что-нибудь про «ПятниZZy»?

– Не понял. – Виктор замирает.

Потом встряхивает головой, прилаживает камеру на плечо и сгибается пополам, стараясь сфотографировать граффити снизу вверх.

– Это, возможно, какое-то заведение. Или магазин. Или склад. Или что-то такое, я сам не знаю.

– А... Было такое кафе. Но сейчас, если не ошибаюсь, оно закрыто.

– А где было?

– Не помню... Где-то на Восточном... Лучше в справочнике поищи. Да и вообще, зачем оно тебе сдалось? Забудь. Слышь, Макс, а можешь капюшон накинуть и встать вот туда к стене... Ага. А теперь посмотри в сторону. Вот, хорошо... И руки в карманы.

Виктор машет фотоаппаратом из стороны в сторону, пытаясь поймать «случайный» кадр.

– Сливаешься со стеной... – хмурится он, – ты тёмный и вливаешься как бы в рисунок, контуры теряются...

Вливаюсь в рисунок. Тёмная фигура на фоне заполненной граффити стены, часть скрытого городского мира.

• • •

Я часто езжу один по окрестностям города. И по городу тоже. У меня есть несколько любимых мест. В промышленной зоне, у железнодорожного вокзала, на Окружной, на заливе. Мне от них ничего не надо. А им – от меня. Набираю чипсов, колы, мороженого и – туда.

Не знаю почему, но контуры пустых ангаров, вообще тишина и безлюдность этих мест вызывают во мне сладкое волнение. Странную и непонятную ностальгию по забытому и неясному прошлому. Может быть, даже не по моему прошлому. По утраченным воспоминаниям.

Я ничего специального не делаю там. Не фотографирую, не ищу людей, не читаю стихов. Просто приезжаю, заглушаю Торино и принимаюсь за мороженое. Тишина. Никого нет, городской вечер. Далёкие шумы вечернего города. И постепенно в моё сердце прокрадывается сладкая печаль городского одиночества. Тонкий чистый далёкий звук. Мне трудно определить, на какой инструмент это похоже. Что-то среднее между флейтой и скрипкой. Это всего одна нота, но она так чиста и прозрачна, что напоминает нежный луч света вдали. Луч светло-розового цвета, цвета неба в начале заката.

Всё это, должно быть, очень странно звучит.

• • •

Я не хочу быть кидалтом. А я, наверное, кидалт. Кидалты – это порождение современного мира, инфантильные взрослые. Где-нибудь в Японии – это субкультура. А у нас – что-то типа диагноза. Это, например, когда человеку уже двадцать пять, а он очень хочет быть счастлив. И не хочет браться за ум. Все же знают, что значит быть взрослым. Заставлять себя, заниматься тяжёлым, нелюбимым делом, завести семью. И так далее. Или это кидалты так считают? А на самом деле, всё иначе.

Эти мысли я излагаю Ксюхе. Ксюха слушает рассеянно. Ей неинтересно.

– По-моему, тебе надо выпить, Макс, – говорит она.

Мы берём пива и идём на крышу соседнего дома.

Отсюда всё кажется маленьким. Воздух дрожит, остывая и силуэты далёких зданий сливаются в одну угловатую линию, похожую на громадный дворец космического императора.

– Кидалты-шмидалты, – говорит она, – ты усложняешь. Люди не хотят проблем и люди хотят веселиться. Все хотят гулять по пятницам и никто не хочет нянчить сопливых детей. То есть, конечно, некоторые хотят. Или думают, что хотят. Но факт остаётся фактом. Все предпочитают гулять. И я их понимаю. Раньше – хоп, родила в девятнадцать и всю молодость пелёнки стираешь. А сейчас гуляют до тридцати. Гулять, конечно, веселее.

– Конечно, – говорю я.

Получается с укором. Хоть я и не хотел. Не мне решать, как правильнее.

– Или вы, мужики. Тоже ведь гулять хотите. А не зарабатывать и вкалывать до ночи. Всю неделю отдыхаешь, занимаешься, чем душе угодно на нетрудной какой-нибудь работе. Потом в пятницу идёшь на дискотеку и там снимаешь симпатичную девочку. Никаких серьёзных отношений. Правда? Так тебе хочется?

– Нет, – говорю, – Мне хочется не так.

– А как? Как?..

– Не знаю, – говорю. – Гулять, конечно, весело. Но всё равно.

– Вот. Не знаешь! А между прочим – двадцать пять лет уже. Взрослый мужик. Некоторые уже на квартиру зарабатывают к этому возрасту. Карьера, семья. И дети. А ты?

Я смеюсь. Мне это кажется смешным. Ксюха говорит, как могла бы говорить моя мама, если бы ей вздумалось меня распекать.

– Я тоже так умею, – отвечаю, шутливо искажая голос, – Сама-то! Двадцать пять, а всё туда же. Семьи нет, детей нет. Никаких серьёзных отношений. А скоро уже тридцать, между прочим! Кому ты тогда будешь нужна.

Ксюха вздыхает. Горше, чем я рассчитывал, но потом смеётся. Я тоже смеюсь. Мне хорошо. Два не успешных человека. Вместе веселее. Сидим, пьем пиво, наблюдая, как сумерки лениво наползают на город.

• • •

Пятница, ночь. Я сижу на крыше своего цеха. «Работаю», оглядывая окрестности. Порт ночью освещают и это действительно красиво. Иногда, раз в час, я спускаюсь, и обхожу территорию. У нас свет не везде. Много темноты. Освещён только небольшой пятачок у входа на завод, и кое-где стоят фонари по периметру забора.

Поэтому иногда страшно. А что такого. Ночь, темно, конечно страшно иногда. В голову лезет всякая жуть про привидения и мертвецов. Вот забавно, ночью стоило бы бояться одичавших собак. Или алкоголиков с ножами, которые могут забраться к нам в надежде чем-нибудь поживиться, прирезав сторожа. А боишься привидений, глупо же.

Я справляюсь с этим так – представляю себя хищником. Представляю, что это я охочусь на кого-нибудь. Осторожно пробираюсь через заросли, отыскивая жертву. Чутко оглядываюсь по сторонам, стараясь, чтобы никто меня не заметил.

И тогда не страшно. Расскажи я об этом обо всём начальству, меня бы точно уволили. Сторож, который представляет себя леопардом, чтобы не бояться привидений. В рабочее время всё это, замечу. Смеюсь. В тишине смех звучит неожиданно громко.

С крыши хорошо видно, что город спит. Бесшумно плещется вода, и цветные фонари отражаются в реке. Иногда медленно проходит баржа. И всё равно видно, что город спит. Даже в спальном микрорайоне глубокой ночью, когда со всех сторон чёрные дома с редкими горящими окнами, это не так заметно.

Темно и тихо, и так сладко сесть прямо на металл, и затаиться в самом центре этой чёрной ночи от дневной суеты, и думать, что где-то в ночи летят самолёты, и далеко отсюда, в самом центре моря, идёт большой корабль, и над землёй повсюду ночь и тишина. Как будто я одновременно и здесь и там, повсюду, в каждой клеточке этой ночи, и во всём этом есть сладкая тайна.

• • •

– Вспоминай! Давай, вспоминай, – терзаю я Ксюху.

– Ой, да когда это было-то! – отбивается она, – Клуб этот закрыли чёртову уйму лет назад. Я уж и не помню ничего. Здесь направо можно...

Я подвожу её до дома. Меня теперь часто просят подвезти. Я не жалуюсь. Хорошо, когда ты нужен. Зато в ответ пристаю со своими расспросами.

– Ну, напряги память, Ксюх! Очень надо.

– Да что ты пристал-то ко мне с этим?

– А тебе что, так трудно? – Мой голос очень спокоен, – Вспоминай про «ПятниZZy» давай. Ты сказала, что бывала там. Значит, должна была как-то добираться туда. Потом вызывать оттуда такси. Ну как-то, в общем, ориентироваться в городе, правильно?

– Я ж говорю, это триста лет назад было.

Фонари отражаются в красном капоте «Торино». Улицы ночного города пусты. Водить свободно и приятно. Даже думается лучше.

– Ну хоть район помнишь?

— Не помню я ничего...

— Слушай. Ты должна сказать. Напряги память! Ну я всё равно ведь узнаю.

Ксюха мнётся. Морщит лоб. Потирает лицо ладонью.

— Это где порт. В старом здании заводского клуба. Кажется. Только его точно закрыли. Так что забудь ты про него, Макс. Что он тебе дался? Сходи лучше в другой клуб... Здесь останови, не надо ближе!

— Это почему ещё?.. Мама заругает?

— Ай, отстань... То есть, спасибо!

Ксюха смачно чмокает меня в щёку и уходит. Я смотрю, как она спешит к подъезду и улыбаюсь. Чего вот я улыбаюсь, спрашивается? Откуда вот она ехала? Даже знать не хочу. Ведь дура же. А приятно.

* * *

Ну, привет мой город! Со всеми твоими улицами, площадями и переулками. С тёмными дворами и яркими проспектами. Помню твои парки и аллеи, помню небеса и озёра. Любишь ли ты меня? Помнишь ли обо мне? Или я затерялся на улицах твоей памяти, слился с горожанами, бегущими по своим повседневным делам, грустящим из-за своей бытовой чепухи.

Где сейчас твой взор, мой любимый город? На ком остановился с улыбкою взгляд, чьими помыслами ты увлекаем и куда направляешь свои шаги, мой любимый город? Я здесь, вот он я, жду, мой любимый город, не забывай обо мне, утешь мои печали, скрась мои будни, позволь мне вдоволь напиться и подари избавление от тоски.

Я твоя часть. Я твоя клетка, частица тебя. И ты моя часть. Где бы я ни был, где бы ни терялся посреди безбрежных просторов или многолюдных встреч, всюду я помню твои черты, всюду я храню память о тебе в моём сердце, всегда мечтаю о возвращении.

Эй, город! Смотри на меня, я улыбаюсь тебе. Улыбнись и ты мне! И я побегу по твоим проспектам, я прикоснусь ступнями к твоим площадям и буду лежать на мягкой траве, глядя в твоё небо. Эй, мой любимый город, эй! Не забывай обо мне! Не забывай обо мне...

* * *

Мы, Грей и я, посредине обыденности. Кушаем бизнесланч в недорогой кафешке. Стекло, пластик, металлические стулья. Вокруг постоянно ходят люди, покупают, едят, встречаются, разговаривают по телефонам, и поначалу это утомляет, но вскоре перестаешь замечать это окружение и оно превращается в размытый фон на фотографии, а после и вообще испаряется.

— Так что ты ищешь? — спрашиваю.

— Сто раз говорил, — отвечает Грей, — Магию. Магию!

— Да не, я не об этом сейчас. В искусстве ты что ищешь? Что рисуешь? Зачем?

— Я ведь тебе говорил про леммингов? — Грей смотрит в окно.

— Говорил. Ну ведь есть какая-то сверхзадача. У тебя же чем-то всё это объединено. Основная идея твоего творчества.

— Ты звучишь, как корреспондент районной газеты.

— А ты звучишь, как сноб. Ты мысль понял. Не придирайся.

— Я собираю воедино осколки.

— Осколки чего?!

— Дай подумать. Ты спросил и мне эта мысль сразу в голову пришла. В общем, это трудно объяснить...

— Ну-ка, ну-ка!.. — Я уже знаю — то, что трудно объяснить, интереснее всего.

— Так, так... Когда я рисую что-то, я словно залечиваю одну свою рану. Или воспоминание. Или наоборот, вспоминаю что-то. Будто у меня болит что-то, а я рисую, и чуть легче. Ну или даже не легче, а просто не так обидно. Причём то, что я рисую, оно вообще может быть не связано с моей жизнью.

Грей замолкает и долго смотрит в окно. Ему грустно.

— Грей! — говорю я, — Мне вот мысль в голову пришла. Очевидная, в общем-то мысль. Очевиднейшая. А ты не думал, что твои поиски магии и твоё творчество — это может быть связано. Может, это вообще одно и то же.

— Не думал, — говорит Грей, — Это не так. Магия — это...

После он замолкает. Долго молчит и думает, глядя в окно.

* * *

Порой хочется убежать. Без всякой на то причины. Прочь и подальше. Несмотря на важные дела. И даже лучше, чтобы во время важных дел. Чтобы сильнее почувствовать. Так, к примеру, собираешься ты на обед с коллегами. А после обеда совещание всего завода, причём явку отмечают. А потом зарплата и надо ещё какую-нибудь справку сделать. И обход объектов. И вы уже договорились с коллегами, куда пойдёте на обед, в какое-нибудь кафе. И заранее даже деньгами скинулись.

И все уже выходят с проходной, собираются, и ты тут такой: «я в туалет заскочу!»

Идешь в туалет. И всё. Ни с того, ни с сего. Просто всё. Финиш. Точка отрыва.

Ты закрываешь дверь и осторожно и тихо открываешь окно. И вылазишь через него, медленно и бесшумно. А снаружи сразу свежий воздух, и шум, и яркий свет по сравнению с полумраком коридоров. Пролазишь по стене, спускаешься на асфальт. Ты на территории завода. Но через проходную идти нельзя. Там коллеги. Да и через другой выход тоже нельзя. Могут увидеть. А ты уже всё. Ты уже не здесь.

И ты пробираешься между сараями, украдкой, как шпион на задании, добегаешь до забора, и перелазишь через него, пачкая одежду. И тебе даже на мгновение кажется, что тебя кто-то заметил. И ты очень хочешь, чтобы тебя никто не заметил, потому что ты должен исчезнуть незаметно. Невидимо. Как будто тебя никогда и не существовало. Бежишь от забора и тебя мучает эта мысль, а потом вдруг приходит облегчение – какая разница? Ты же никогда больше никого из них не увидишь!

Пробираешься на стоянку, садишься в машину и едешь, едешь, едешь за город. Швыряешь телефон в окно с улыбкой, и он лопается о мчащийся асфальт, разлетаясь на крохотные кусочки, и снова едешь-едешь-едешь, поворачивая на незнакомые, маленькие дороги с плохим асфальтом и доезжаешь, наконец, куда-то далеко, неизвестно куда, но где видно далеко и всё бескрайнее поле.

И останавливаешь машину, выходишь, бросая её и бежишь прочь, в поле, в размытую даль, бежишь быстро, как можно быстрее, изо всех сил, бежишь, как только можешь, так что сразу устаёшь, но всё равно бежишь, и во рту вязкая слюна и ноги уже не слушаются от усталости, а ты всё равно переставляешь их и переставляешь, ещё, ещё, чтобы совсем изничтожить в себе хоть каплю сил, и наконец падаешь полностью обессиленный, вовсе, выпитый до дна пустой высохший стакан, и падаешь посреди этого поля, где ничего нет. И чтобы ничего не осталось. Ничего. Ничего. Ни прошлого, ни будущего, ни мира, ничего важного, никакой вообще окружающей действительности, ничего. Чтобы тебя не осталось. Не было никакого тебя. А были только земля, небо и свобода.

Земля, небо и свобода.

И хриплое, оглушающее, рвущееся дыхание. Вдох, выдох. Вдох, выдох. Вдох и выдох сквозь беззвучный смех.

Свобода...

• • •

– Макс! Макс, ты должен мне помочь!

Ксюха почти плачет в трубку. Голос срывается. Я чувствую, что дело серьёзное.

– Забери меня отсюда! Пожалуйста, забери! Приезжай, Макс, я прошу тебя.

– Спокойно. Всё будет хорошо. Ты где?

Она называет адрес сквозь слёзы. На заднем плане слышен стук. Кто-то дубасит в дверь. Громкий голос кричит что-то. Матом, не разобрать, но понятно, что злая ругань.

– Пожалуйста, Макс!.. – Ксюха начинает всхлипывать.

– Уже еду. У тебя телефон не садится?

– Что?.. – Она не понимает вопрос.

– Телефон. Твой мобильник. На нём зарядки надолго хватит? Он не сядет в ближайшее время?

– Э... Вроде нет, – Слышно, как она убирает трубку от уха, – Нет, не садится.

– Хорошо. Еду, держись!

Выскакиваю из дома и завожу «Торино». Извини, родная, греться не будем, прости.

Лечу по ночному городу. Машина ревёт. Мысли текут на удивление спокойно. Даже плавно. Надо завтра-послезавтра выбраться, найти эту «ПятниZZу», наконец. Ведь это же всё значит что-то. Леди Ф не стала бы просто так давать мне эту визитку. Должен быть какой-то ответ или подсказка. Если только Ксюху сейчас заберу и живым останусь. Ну, останусь, конечно, чего уж там.

Гроза, что ли будет? Свежесть какая... Постойте!..

— Что, нервничаешь? — спрашивает она.

Леди Ф рядом, на пассажирском. Выглядит, как всегда, отлично. Огни города подсвечивают её волосы, и они вспыхивают пламенем в темноте.

— Прекрасно выглядишь! — говорю.

— Спасибо!.. — весело отвечает она, — А теперь к делу. Слушай меня внимательно, Макс. Осторожно!.. — Она упирается руками в приборную панель.

Бью по тормозам, и кошка успевает отпрыгнуть с дороги, яростно блеснув глазами в темноте.

— ...итак, — словно ничего не произошло продолжает Леди Ф, — Слушай меня внимательно. Подари зажигалку. Закрой шпингалет. Легонько подтолкни. Запомнил?

Мне уже весело. В крови начинает прыгать адреналин. Я вовсе не понимаю, о чём она говорит, но зная Леди Ф, чувствую, что будет интересно.

— Ты, кстати, с карточкой разобрался?

— Почти.

— Жаль. Ну да ладно. Тебе сюда, погоди, не пропусти поворот!..

Я притормаживаю, и заезжаю в проезд, который она указала. Обычный двор, заставленный машинами. Обычные дома. Выхожу из машины и меня сразу же окутывает тишиной и покоем. Темно и тихо. Безлюдно. Двор пуст и здесь так спокойно, так славно, что хочется остаться подольше. Я даже остаюсь на минуту. Но пора, Ксюхе там сейчас нелегко.

Так, второй этаж. Поднимаюсь. Сюда. Дверь вроде хорошая. Дорогая. Дверной звонок. За дверью громко играет музыка. Звоню. Ничего не происходит. Звоню опять.

Холодный удар воспоминания. Зажигалка. Леди Ф сказала про зажигалку. Это важно. У меня же была. Вчера прибирался в машине и сунул зачем-то в карман. Лихорадочно принимаюсь шарить по карманам. За дверью чьи-то шаги. Быстрее, быстрее!.. Зажигалки нет. Сорвалось. Значит, сорвалось.

Дверь открывается. Я достаю зажигалку из заднему кармана. Передо мной стоит очень пьяный парень с красным лицом неблагополучного вида и бессмысленно смотрит на меня. Глаза медленно фокусируются на мне, пока он пытается понять, что происходит. Вручаю ему зажигалку. Он секунду смотрит на неё.

– О!.. Точно!.. – он разводит руками и более ни слова не говоря удаляется в глубину тёмных комнат.

Прохожу. Мне налево. Ванная и туалет. В ванную беспорядочно лупит кулаками пьяный урод в грязных чёрных джинсах, не обращая на меня внимания. А на туалете щеколда. Шпингалет?.. Подхожу к двери туалета и закрываю её. В ту же секунду, словно кто-то неведомый нарочно ждал меня внутри, в дверь начинают колотить и громко ругаться. Ну и словечки.

Пьяный урод в чёрных джинсах наконец замечает меня, перестаёт дубасить в дверь и удивлённо пялится на мои ботинки.

– Ты кто... Кто вообще?.. – Изумлённо спрашивает он.

Не отвечая, я легонько подталкиваю его в грудь по направлению к кухне. Он делает несколько шагов назад, не сводя с меня изумлённых глаз, после чего спотыкается о табуретку и, неожиданно высоко взбрыкнув ногами в своих чёрных джинсах, громко рушится на спину, опрокидывая табуретку.

Тихо стучусь в дверь ванной. Надеюсь, она не слишком в истерике. Лучше бы нет.

– Ксюха. Это Макс. Открой. Быстро.

Замочек щёлкает. Дверь приоткрывается. За ней испуганное и заплаканное лицо Ксюхи. Вся косметика размазана по лицу. А так вроде цела. Беру её за руку и тащу к двери. Хорошо, что лето. А то бы куртка и прочее.

Мы быстро сбегаем по ступенькам вниз. Наверху остаётся возня и какие-то крики. Вдруг звон разбитого стекла. Плевать, нам быстрее вниз.

Когда мы выруливаем со двора, Ксюха снова начинает плакать.

Я расспрашиваю её как и что, но она ничего не отвечает, только горько, очень горько плачет. У меня аж сердце заходится. Она всхлипывает всю дорогу домой.

● ● ●

– Ты хороший художник, Грей? – спрашиваю я. Бестактно? Ну нет.

– Не знаю, – отвечает Грей, – Иногда.

– И как ты им стал?

Мы слоняемся у большой стены. Стена в переулке и чудом нетронута. Чистый холст. Ни одного рисунка и даже надписи. Хотя красили её давно. Мне про эту стену рассказал Виктор, потому что он её фотографировал, а я рассказал про неё Грею, и он сразу помчался сюда. Прям будто пожар мчался. Еле успевал за ним. Он бежал и твердил про идею, которая его посетила, про то, что это его лучшая идея за последний год, что это новая, принципиально новая идея, и какой в ней глубокий смысл.

Мы бежали, как сумасшедшие. Роняли сумки с баллонами.

А потом мы прибежали, и оказалось, что Грей свою идею напрочь забыл. Он остановился с поражённым видом, и стал ещё шептать, что «вот же, это было так важно, я не мог забыть, не мог, сейчас-сейчас, я обязательно вспомню...»

Он ещё минут пять повторял, что сейчас вот вспомнит, что так не бывает, что это был настоящая вспышка озарения. Потом он уткнулся лбом в пустую стену, зажмурился и замолчал. Потом стал ходить туда-сюда вдоль стены.

На него жалко было смотреть, лица просто не было. Казалось, он сейчас расплачется.

Вот и попытался его отвлечь. Иногда, чтобы вспомнить что-нибудь, которое прячется в голове, надо просто отвлечься. И оно само вспомнится.

– И как ты им стал?

– Да никак. Я никем специально не становился. Я тебе рассказывал про леммингов?

– Много раз.

– Ага. Вот. Сначала нарисовал что-то на стене. Простое.

Самолётик, что ли, который над городом вверх ногами летел. А потом началось. Вот так схватит и не отпустит, пока не нарисуешь. Эх, вспомнить бы...

Грей вдруг резко хватается руками за голову и сгибается пополам, словно его ударили. Может, вспомнил? Но нет, он мычит, будто от боли.

— Близко, близко, близко, близко... — шепчет Грей, — вот сейчас было близко. Почти. Почти вспомнил.

— А стиль? У тебя есть свой стиль?

— Ну, не то чтобы стиль... Я с красками определённым образом работаю. У меня не совсем чистые тона. — Грей отвлекается от своей забытой навязчивой идеи.

– А как думаешь, я мог бы заниматься стрит-артом? – спрашиваю.

Он пожимает плечами.

– Это ещё не факт, кто кем занимается... – задумчиво отвечает Грей.

И тут глаза его расширяются. Он принимается лихорадочно расстегивать сумку. Трясет баллончиком и подбегает к стене. Чертит длинную волнистую белую линию. С любопытством слежу за ним.

Грей меняет баллончик и проводит вторую линию рядом с первой. Останавливается. Долго мнётся и напряженно смотрит на стену. После косится на меня.

– Слушай, Макс, – виновато говорит Грей. – Что-то я сейчас не могу, когда на меня смотрят. Ты же знаешь, обычно всё ок. А сейчас вот что-то не могу.

– Ок, не вопрос, – весело отвечаю ему. – Давай, увидимся!

Машу ему рукой и ухожу. Грей сразу забывает про меня, возвращаясь к своему холсту. К стене, то бишь. Художник, что с него взять. Мне вовсе не обидно. Видно же, что человеку это всё важно. Это важно, когда тебе что-то важно. Серьезно.

• • •

Дано: я, колода карт, крыша моего завода. Выходной, тишина, никого нет. Я занимаюсь странным делом: бросаю карту рубашкой вверх и называю её вслух.

– Семёрка треф! – объявляю во всеуслышание.

Переворачиваю карту. Валет треф. Ну, почти. Масть угадал. Следующая.

– Дама бубен!

Это оказывается двойка червей. Красный?..

– Десятка пик!

Валет бубен. А только что была дама. Забавное совпадение.

Таким странным образом я пытаюсь исполнить странную идею Грея – отыскать магию в реальном мире. Пока получается не очень. За полчаса я угадал одну карту, и ту наполовину подсмотрел.

Бросаю карты ещё минут десять, потом мне это надоедает.

Что ещё?.. Ищу взглядом катер на реке. Ага. Вот сейчас я закрою глаза, а он исчезнет. Крепко зажмуриваюсь. Ну, давай! Исчезни, о катер! Боже, чем я занимаюсь... Это же совершенно детские игры. Мне же не десять лет. Может, я умственно отсталый?..

Открываю глаза.

Его нет. Совсем нет.

Сердце даёт сбой, и кровь прыгает в виски.

Еще через секунду после катер выныривает из под моста. Выдыхаю с сожалением. И немножко с облегчением. И почему я испугался?.. Мост, ну конечно. И, главное, сам поверил. Сам себя обманул, называется.

— Волшебство... — Смеюсь.

— Ищешь в себе спецспособности? — с улыбкой спрашивает Леди Ф.

— Да не в этом дело, — отвечаю, — Привет. Рад тебя видеть!..

— Взаимно. А в чём дело? Угадывать карты — это что? Ясновидение? Переносить корабли мыслью... Телекинез!

— Да я просто у Грея идеей заразился. Один знакомый художник. Даже не заразился, а так. Заинтересовался. Мне ведь тоже очень хочется!..

— Чего?

— Чтобы волшебство — существовало. Чтобы на самом деле волшебство — существовало. И всё не кончалось этим.

— Чем — этим?

— Уф... Реальной жизнью, что ли. Работа, быт, отношения, дружба. Цинично, наверное, звучит. Или, наоборот, по-детски. Но мне мало. Просто мало. Я хочу ещё.

— Чего же?

— Хочу больше... Больше, чем есть. Хочу знать, что за этой стороной реальности существует что-то ещё. За рамками научных законов, социальных связей, жизненных закономерностей. Что-то такое... я, если честно, и сам не знаю что... Камень, в который упирается радуга.

— Иногда, Макс, иногда... людям труднее всего заметить волшебство, когда оно прямо у них под носом! — замечает Леди Ф.

Улыбаюсь.

– Понимаю твою иронию, Леди Ф. Или шутку?.. Я ведь понимаю, что твои советы тоже выходят за рамки... обыденного. Это и есть волшебство?

– Решай сам, – говорит Леди Ф. – Решишь сам.

– Попробую!.. Скажешь... Скажешь что-то ещё?

– Ммм?.. А... Так, ну сдай три карты!

Я сдаю. Карты лежат рубашкой вверх. Пока ничего не происходит.

– Что дальше?

В ответ тишина. Оборачиваюсь. Её уже нет.

Переворачиваю карты. ААА. Три туза. Забавный Фокус. Ведь к колоде она не прикасалась?.. Или да? Смешиваю карты, думая о ней.

В дальней дали уплывает прочь белый катер.

• • •

Иногда я чувствую, что счастье – есть. Существует где-то. Ждёт, алеет углями, светится в небе. Лучше всего почему-то это ощущается, когда дождь и слякоть. Сейчас вот ощущается.

Сижу под козырьком чужого подъезда чужого дома. Дождь. Просто вот захотелось так. Ехал-ехал, разглядывал город через лобовое стекло, потом припарковал «Торино» и сел у ближайшего подъезда.

Дождевая вода стекает струями. Кругом вода и сырость, на небе пасмурно, а на душе светло.

Мне на удивление хорошо. Блаженное ощущение покоя, которое так трудно поймать. Как морской прибой. Не штиль, когда тишина, а так. Обычный прибой, волна за волной. Это ведь так спокойно, если присмотреться. Дело ведь не в шуршании волн. А в том, что за одной волной всегда будет вторая, а за ней – третья. И так всегда. Вечно. Это слово всегда успокаивает меня. Вечно. Что значат мои проблемы рядом с этим словом. Рядом с морским прибоем и бесконечностью волн.

Странно. Ведь по логике бесконечность пространства и безмерность времени должны угнетать. А меня наоборот – радуют и даже успокаивают. Мы ведь такие крохотные. Все наши проблемы, беды, чаяния – ничто. И мы сами ничто. Ну и хорошо. Что бы ни случилось – это не так уж и важно. Мне всегда хорошо от этой мысли.

Смотрю на канитель капель. Вечный круговорот воды. Такой же дождь, как и вчера. Как год назад. Или миллион лет.

• • •

– Грей, – спрашиваю, – расскажи мне. Пустота в сердце – это хорошо? Когда ничего нет, а только покой.

– Это не очень хорошо. Но это комфортно. – Его волосы стоят дыбом, будто Грей хорошо наэлектризован.

На самом деле секрет в том, что мы с ним висим вниз головой на эстакадном мосту. Верёвки привязаны к фонарям. Под нами – река. Над нами – городской шум. Звуки кажутся странными. Может, потому что отражаются от реки, может – потому что мы вверх тормашками. Грей рисует, а я подаю баллоны. Он немножко торопится, долго висеть вниз головой нельзя.

– А почему пустота – это не очень хорошо?

– Потому что пустота не заставит тебя прыгнуть выше головы. Не заставит идти вперёд, не взирая ни на что. Не подарит вдохновения. Всё это может тебя уничтожить... но пустота тоже может уничтожить, а вдохновить – нет.

– А если не уничтожит? Ты же сам говоришь: комфортно.

– Хорошо, если не уничтожит. Тогда постепенно привыкнешь. Даже можно радоваться жизни. Находить счастье в простых удовольствиях.

– Ну и замечательно. И что ещё надо?

Грей сосредоточенно ведёт линию.

– Кому как. Впрочем, мне вот вообще нечестно рассуждать на эту тему. Я ничего сам не решаю. Я тебе, Макс, сто раз об этом говорил. Мне щёлкнуло – я встал и пошёл. У меня там терзаний не имеется, пустота, не пустота...

– Ну вот как щёлкнуло, – продолжаю выяснять я, – ведь ты же сам принимаешь какое-то решение? Мог бы и не идти рисовать. Или наоборот – взял бы, да и рисовал каждый день, а не только когда хочется.

Грей перестаёт рисовать и ошеломлённо глядит на меня. Ветер шевелит его волосы. Мы медленно раскачиваемся над пропастью.

– Ты чего то очень не понимаешь, Макс, – говорит мне Грей, – если я не пойду рисовать, это как если я пить не пойду, когда захочется. Ну да, можно не идти. Терпеть жажду. Пока совсем плохо не станет. Но зачем себя мучать? А если я, как ты говоришь, пойду рисовать каждый день, то я не рисовать буду, а водить краской по бетону. И рисунка из этого не получится. Понял?

– Понял, – говорю, – доступно объяснил. Удобно у тебя получается. Ты сам – ничего не решаешь. А как же цели, достижения, стремления. Творческие высоты и новые горизонты?

– И причём тут высоты? Будешь ты хоть каждый день водить краской по бетону. Новых высот от этого процесса не появится. Да и вообще, фиг с ними, с высотами. Здесь можно долго говорить на эту тему, я тебе так скажу...

Грей толкается ногами, делает кульбит и переворачивается, снова упершись в опору моста. Пытаюсь повторить его манёвр, толкаюсь. Мир начинает крутиться и становится непонятно, где верх и где низ, и где вообще реальность. Мне не удаётся перевернуться, и я снова повисаю вверх ногами, раскачиваясь над рекой и жалобно глядя на Грея. Грей перевёрнут. Хотя на самом деле – это я перевёрнут.

– Так вот что я тебе скажу... – продолжает Грей, – Если ты будешь специально водить краской по бетону, и при этом постоянно думать о новых высотах, которых ты при помощи этого процесса надеешься достичь, то что-то, собственно, нарисовать у тебя никогда не выйдет.

– А как же целеустремлённость, упорство, работа?

Я делаю несколько безуспешных попыток кувыркнуться, и, наконец, едва не расшибив голову, переворачиваюсь головой вверх.

– А что работа? – Грей с иронией наблюдает за моими попытками совладать с верёвкой, – Работа – это не лениться, когда пришло время. А биться головой о стену – это не работа.

– А как отличить, когда ты работаешь, а когда бьёшься о

стену?

Вот тут я его поймал. Грей было открывает рот, чтобы уверенно ответит, но вместо этого молчит и думает. Потом опять закрывает рот и опять думает.

– Не знаю, – говорит он, покачав головой и усмехнувшись, – Просто знать. Вот я – знаю. Или верить. В себя. И продолжать рисовать.

– И чем это тогда отличается от битья головой о стену?

– Тем, что... Ну... Тем, что ты делаешь это не «зачем», а «почему». Понимаешь?

Теперь уже я замираю в изумлении.

– Да. Понимаю. Скажи, скажи, Грей, ты вот это про «зачем» и «почему» – от кого услышал?

– Да ни от кого. Сам. Вот только что. А может, раньше об этом думал, не помню. Удивительно, что ты понял, если понял. Я и сам с трудом понимаю.

– Ничего удивительного, Грей.

• • •

Ночь, молчащий город, окраина.

Мы нарушаем закон.

– Зачем вам это надо? Зачем?! – Ноет Ксюха. – Макс, я притащилась сюда только ради тебя!

– Терпи, дорогая! – С ухмылочкой заявляет Линда, не оборачиваясь, – И фонарик повыше.

– Да тише вы... – Говорит Торт. – Но фонарик повыше, да.

– А ты мне не командуй, – огрызается Ксюха, но поднимает фонарь.

Мы на одной из боковых улиц. С нами ещё Грей. Ребята рисуют. Мы с Ксюхой сидим поодаль, и наблюдаем.

Они бомбят одну из стен, вместе закрашивая огромное лого. Это противозаконно. Если нас поймают, у всех будут серьёзные проблемы.

– Если б ты рисовала, не командовала бы, – парирует Линда, – а раз ты не умеешь, так держи фонарик. Когда Макс начнёт снова рисовать?...

– Помолчи! – Вдруг неожиданно выкрикивает Ксюха, так что я с удивлением гляжу на неё.

– Да вы чего так. – Мягко замечаю им, – Я и не умел никогда.

– Тебе-то зачем фонарик?! Ты ж только по трафарету умеешь! Ты и в темноте можешь. Подставила наощупь да закрашивай.

Торт хихикает, не опуская баллон. Грей что-то недовольно бормочет себе под нос.

– Слушай, ты, – поворачивается Линда, – Ты вообще тут что делаешь? Ты даже рисовать не умеешь!

– Больно надо! – Заявляет Ксюха, – Хотя такой же вопрос я могу и тебе задать!

– Пожалуйста, прекратите! – Вполголоса говорит Грей с напряжением.

Он будто пытается вжаться в стену, желая сосредоточиться на рисунке и пустая ссора девчонок его сильно отвлекает. Торт смеётся. Такое ощущение, что ему перепалка даже нравится.

– У меня такой стиль! – яростно говорит Линда, – Я умею рисовать!

– Ну конечно! – Лениво говорит Ксюха, – Именно поэтому ты работаешь продавцом мобильников. «Чем могу помочь?» «Сегодня суперскидки!», «Дорогие покупатели...»

– Прекратите!.. – Шипит Грей.

– Да что ты знаешь вообще об этом! – Линда упирает руки в бока, – Ты... кто вообще?! У меня такой стиль, ясно?! Ты можешь это понять? Ты знаешь слово «стиль», а? Я художница! И актриса! Я – художница! А ты – нет!

– Очень надо! – Лениво отвечает Ксюха, покачивая фонариком, – Все художники – психи!

– Заткнитесь! – Грей бросает баллон под ноги и кричит, не в силах остановиться, – Заткнитесь! Заткнитесь! Заткнитесь, дуры придурочные!

– Вот, пожалуйста, – ровно говорит Ксюха.

Торт хохочет, сложившись пополам и держа руками живот. Стена позабыта.

Яркий свет в конце улицы ослепляет нас. Машина.

– Это... – Торт вглядывается, – Менты! Шухер!

Машина включает мигалку и едет к нам.

Бросаемся наутёк. Торино за переулком, надо добежать до него.

Ксюха жалобно шепчет: «Подождите, подождите меня!». Она снимает туфли и бежит босиком.

«Шевели копытами!» – Бросает ей Линда, пробегая рядом. Линда в кедах. Бежим сквозь ночь. Где-то позади остаются крики и сирены. Прохладный ветер в лицо и улыбка на губах.

• • •

Иду по портовой улице, ежеминутно озираясь. Ищу «ПятниZZу». Большие расстояния, большие размеры. Улочка маленькая, вдали от шумных центральных улиц, но здесь много больших и просто огромных складов, заводов, промышленных зданий. Вдалеке колоссальные гиганты корабельных цехов; такие громадные, что их размер не укладывается в голове, и они кажутся маленькими и ближе, чем они есть. Истинная их величина чувствуется лишь при эффекте параллакса в результате движения, и тогда на мгновение внутри сдвигаются все масштабы и кружится голова.

Улица тиха и безлюдна. Машины проезжают лишь изредка. Днём здесь куда более оживлённо, но сейчас всё закрыто. На заводах остались только охранники, такие как я. Некоторые автосервисы и шиномонтажки работают круглосуточно, но больше никого нет. Кажется, будто город вымер, и оттого жутко.

Среди замершего этого мира и безлюдья невозможно поверить, что в десятке минут езды отсюда сейчас кипит жизнь, огромные пробки, гудки автомобилей, потоки людей и неон магазинов. Здесь тишина и краски приглушены. Можно услышать тихие волны реки. Большие корабли недвижно застыли в воде. Нет никаких теней, потому что нет яркого света.

Эхо моих шагов звенит, отражаясь от камня. Эта улица в эту минуту похожа на сон. Но это не сон, это просто городской вечер на улице в промышленной зоне.

Ксюха сказала мне, что «ПятниZZa» находилась в здании старого заводского клуба. Я примерно помню, где это, но точный адрес не знаю. Оставил «Торино» в начале улицы, дальше пешком.

Навстречу компания. Перехожу на другую сторону улицы. Не собираюсь сейчас ввязываться в истории. Впрочем, ложная тревога. Обычные подростки, даже не пьяные. Компания остаётся позади.

Так, знакомый ориентир! С правой стороны торчит в небо ржавая водонапорная башня. Её давно не красили, и она уже много лет бесполезно ржавеет под угрюмым небом промышленной зоны.

Следующее здание — и должно быть старым заводским клубом.

Забор меняет цвет. Значит, где-то здесь. Сверху колючая проволока. Похоже, что клуб давно закрыт. Не думаю, что это должно меня остановить. Мне ведь неважно, работает он или нет. Мне надо попасть внутрь, чтобы узнать, что это всё за история с карточкой «ПятниZZы».

Иду вдоль забора. Ни единой двери, ни единого просвета. Дохожу до угла. Здесь переулок. Похоже, что на припортовую улицу с закрытой территории хода нет. Сворачиваю, следуя вдоль забора. Может, где перелезть? Проволока мешает. Да и лучше сначала разобраться, что на проходной.

Забор всё не кончается. Сплошная серая линия.

Дохожу до следующего угла. Третья стена. Кажется, впереди я вижу проход. Ускоряю шаг. Стена по прежнему нерушима и безлика. Почти нет граффити. Странно, почему?

Подхожу ближе к проходу, и в паре метров от него понимаю, что в сумерках я принял затенение на заборе за ворота. Но никаких ворот нет. Вместо них на бетон падает чёрное пятно от ржавой водонапорной башни.

Механически дохожу до следующего поворота, уже зная, что там увижу.

Глухой бетон. Я вернулся в исходную точку своего путешествия. Закрытый квадрат. Ни щели, ни просвета. Как это? Так бывает? Странно и жутко. Фильм ужасов какой-то. А если внутри? На мгновение кровь прыгает в виски, мне вдруг кажется, что я оказался внутри, что выхода нет, и сколько бы я не следовал вдоль этой стены мне не вернуться, никогда не вернуться, и никакой жизни больше нет и никогда не было, а я сам... я сам... Мне кажется, я слышу запах гари. Где-то пожар? У меня кружится голова.

Разворачиваюсь, и ускоряя шаг, иду прочь от этого места. Хочется побежать, но я сдерживаюсь, словно кто-то страшный, хищный зверь тут же сорвётся, побежит и догонит, влекомый инстинктом хищника.

Перевожу дух только внутри «Торино». Сердце бешено колотится. Автомобиль кажется маленькой крепостью. Еду домой, стараясь скорее выехать на людные улицы.

• • •

Иногда мне кажется, что я не справлюсь. Не смогу справиться. С жизнью. Как с экзаменом. Жизнь, как экзамен. Страшнейшая глупость ведь. А вот. Ведь откуда-то есть это ощущение. Что можно проиграть. И надо биться. А с кем биться? За что? И что можно проиграть?

Давайте подумаем вместе, что может случиться самого плохого. Например, я разобьюсь на своём «Торино». Сильно разобьюсь. Насмерть. Разве это поражение? Думаю, нет. Это трагедия. Бедный парень, такой молодой, такой талантливый, подавал большие надежды... При этом, заметим, уже не столь важно, подавал ли я их на самом деле. А почём знать? Луи де Фюнес получил свою первую большую роль в 44 года. Может, и я – работаю-работаю охранником на заводе, а потом раз – и выстрелил. Обрёл вдохновение. Или проснулись скрытые таланты, доселе дремавшие. Никто ведь не застрахован от внезапного пробуждения скрытых талантов.

Или такой вариант – я разбиваюсь на «Торино», но не насмерть. А остаюсь парализованным. Тоже трагедия! Жизнь моя, несомненно, будет ужасна и скудна. Но опять же – никто ведь меня не осудит. Не повезло парню. А как могла жизнь сложиться!.. И прочее в том же духе.

Давайте дальше. Если я в самом деле не справлюсь. Если так и буду работать охранником на заводе до сорока пяти, не сделаю карьеру, не женюсь, не заведу детей. И вообще ничего не добьюсь. Буду пить по вечерам, начиная спиваться. Вот это, пожалуй, провал. Стыдиться старых знакомых, избегать встреч одноклассников, ненавидеть вопросы: «Привет, дружище! Ты где сейчас?..» или «Ну что, старина, женился-то, наконец?». Кисло улыбаться, отшучиваться, прятать глаза в пол.

А почему это провал? Почему я вообще должен стесняться? Или чувствовать себя виноватым? Я что, им что-то обещал? И кому вообще «им»? Кто такие эти «они», что я должен чувствовать себя перед ними виноватым за свою персональную жизненную неудачу? И почему вообще – «неудачу». Ну не женился там, карьеру не сделал. Зато – жив, здоров, в тюрьму не сел, жизнь никому не испортил. Откуда взялась эта моя обязанность быть социально успешным? Под обязательствами я никакими не подписывался, когда универ заканчивал, договоров не заключал. С молоком матери впитал, что ли? Чушь, чушь, чушь... Но ведь она есть, есть эта подсознательно ощущаемая обязанность! И ведь тяжесть её, боязнь неудачи, сравнима с тяжестью самой неудачи. И жизнь эта тяжесть портит очень здорово. Пригибает ведь. А вдруг бы добился большего, если б не боялся рискнуть и проиграть?..

Хорошо. Идём ещё дальше. Что если я сделаю нормальную карьеру, став, скажем, начальником отдела снабжения (в голове мелькают лысина, пузо, галстук). Женюсь на симпатичной и хорошенькой девушке. Двое детей. Машина. Квартира или даже дом в пригороде. Ну, в общем, всё, что можно, улыбаясь, медленно и степенно излагать встреченным одноклассникам.

А счастлив при этом – не буду. Вот не буду и всё.

И что тогда?

Перед одноклассниками, конечно, не стыдно. С двумя детьми и карьерой. А перед собой? Или опять крах? А если ты вообще не мог быть счастлив. Никогда не мог. Если тебе для счастья надо уметь летать, допустим. Или надо было родиться в двадцать втором веке. Ну или вообще нечто невозможное, неважно что. Главное, что тебе для счастья нужно именно это, а этого не существует или невозможно добиться. Как быть?

Существует ли вообще допустимый выбор? Или, как говорит Грей, я просто лемминг, которому может повезти? То есть, если быть очень упорным и везучим, то, конечно, можно гарантировать себе безбедное существование и благополучную семейную жизнь, но для счастья гарантий-то никаких не существует! Ты можешь всю жизнь не сдаваться, стараться, биться, надеяться, верить, а счастлив – так и не будешь. С кого за это спрашивать?

И опять же – почему я обязан быть счастлив? Я ведь – не обязан. Я не обязан быть счастливым. Я – не обязан быть счастливым!..

Я не обязан быть счастливым.

• • •

Мы с Греем идём вдоль бесконечной стены, покрытой граффити. Здесь есть всё. Надписи, лого, эмблемы, рисунки и настоящие картины, у которых я невольно замедляю ход. Грей и не думает останавливаться. Он занят классификацией и комментариями.

– Неумело. Нетвёрдая рука, линии плохие.

– Небрежно. Торопились.

– Слишком правильно. По трафарету делали.

– Плохие цвета, не хватило красок.

– А здесь человек просто цвет плохо чувствует.

– А вот это очень талантливо. Завидую!

Смотрю на последний оценённый рисунок. Контур птицы с раскрытыми крыльями. Птица очерчена одной тонкой белой линией. Мне трудно уследить за всеми аспектами художественного видения Грея.

Предыстория: мы начали говорить о стрит-арте и я имел неосторожность заявить, что стрит-арт – это явление совершенно индивидуальное и общих правил нет и быть не может. Грей сурово опроверг меня. Я бы даже выразился: «указал на место». По его мнению, любое уличное граффити, неважно, портрет или лого – это такой же рисунок, как ваза на холсте художника, и для него действует те же самые законы. Нельзя нарисовать огуречик с руками и ногами на стене вокзала и заявить, что сие есть великое искусство.

– Как же, – возразил я, – А если рисовать такого человечка повсюду? Чтобы он сам по себе стал символом города? Ведь это тоже становится стрит-артом. И здесь искусство проявляется уже не самой технике рисунка, а в единстве изображения и города.

– Так. – Рассмеялся Грей, – Пошли-ка на улицу. Я тебе сейчас покажу, где стрит-арт, а где мазня.

И мы пошли. Суждения Грея быстры, лаконичны, бескомпромиссны.

– Баллон кончался, тянули краску.

– Перерисовали, не попали с первого раза.

– Слишком угловато. Резкие углы без стилистической необходимости.

– Рисовали в сумерках. А жаль, могло бы быть симпатично.

И так далее. Грей безжалостен.

– Стоп, хватит! – Не выдерживаю я. – Ну откуда такая категоричность? Откуда ты вообще всё это знаешь?!

– У меня художественное образование. Да и чувство стиля имеется. Хочется в это верить.

– А если ты ошибаешься? Если всё, что ты говоришь и даже видишь – это заблуждение? А на самом деле всё иначе? И ты не просто заблуждаешься, но заблуждаешься агрессивно, критикуя других! Вдруг ты попросту неправ в своей оценке или поторопился в суждениях, а?

Грей спокоен и непоколебим.

– Я верю в свои силы. И как мне кажется, могу более или менее объективно оценивать стрит-арт. И составить объективную оценку тоже могу.

– Объективную оценку? Объективную оценку стрит-арта? Это что за зверь такой? Вот та роза три метра назад, которую ты так хладнокровно окрестил «выцветшей до рождения» мне очень даже понравилась. Я видел её где-то, точно видел. Она очень мне знакома! И мне показалось, что эта бледность – это очень даже интересно. Мне кажется, художник хотел показать быстротечность воспоминания!

А это лого?! Вот, вот это лого, которое ты назвал «слишком симметричным». А ты заметил, что симметрия тут не только в рисунке, но повторяется и в цвете, от краев к центру и в засечках букв.

Грей пожимает плечами.

– Дело ведь не в засечках. А во впечатлении.

– Конечно, во впечатлении. А впечатление у всех разное. И тебе что-то может не понравиться. А мне понравиться. А автор вообще может рыдать перед своим рисунком, потому что он для него стоил полжизни.

Я поколебал его веру в собственную непогрешимость, но, подумав, Грей всё равно качает головой.

– Знаешь, это вечный спор. Шедевр становится шедевром в момент создания или в глазах зрителя? Но этот спор не исключает того, что можно рисовать безусловно плохо. Неталантливо. Неумело.

– И ты возложил на себя функции неоспоримого арбитра?

– Не возложил. Просто вижу.

– Видишь? Хорошо!..

Я к своему удивлению начинаю горячиться. Не потому ли, что вздумай я нарисовать что-то важное для меня, как Грей немедля окрестил бы это «мазней», и прилепил бы пару комментариев про «цветовую слепоту» и «слабую руку».

– Так вот, Грей, представь безусловный шедевр! Мону Лизу! Рождение Венеры! И вот лежит этот шедевр, как ты когда – то говорил, на самом дне глубокой впадины с обратной стороны Луны под километровой толщей космической пыли. Лежит?

– Ну! – Кивает раззадоренный Грей, с интересом глядя на меня.

– И что же? Никто никогда его больше не увидит. Ни единый человек. Никто никогда не восхитится. В каком-то смысле его вообще более не существует. В физическом смысле это ни что иное, как рутинный фрагмент мёртвой материи! Объединённый мириад атомов, которые представляют собой скучное нечто; нечто, ни на грамм более интересное, чем любой другой бездвижный кусок Луны. Сейчас шедевр ничем не отличается от соседнего камешка в пыли. И что же? Где теперь твоя объективность?

— Дело не в том, где... — Начинает Грей, но я не даю ему закончить.

— А если теперь мы возьмём это засуженное тобой лого и покажем ему одному человеку. Одному единственному человеку. Например, мне. И этот человек, например, я, посмотрю и скажу — «это же замечательно!» Мне очень нравится. Это совершенно! То есть, вся без исключения аудитория этого граффити единодушно выразила мнение, что перед ними — шедевр. Что тогда? Где черта? Каков критерий?

– Дело не в количестве зрителей. Не в том, где находится произведение... – Начинает было объяснять Грей, но затем машет рукой, обрывая себя на полуслове. – Во мне критерий. Во мне! Понимаешь?

– Понимаю. – Тихо отвечаю я, улыбаясь. – И во мне.

Грей несколько секунд взирает на меня с любопытством, а затем, рассмеявшись, хлопает меня по плечу.

– Ладно. Прав. Прав! Пошли. Чёрт с ней, с твоей розой. Пусть для тебя она хороша. Пошли пива выпьем!

И мы идём пить пиво, сидя у изрисованной стены. День клонится к закату. Город окрашивается в вечерние тона. Роза наливается алым.

• • •

Еду на «Торино» домой. Еду с работы, с обычной смены, не с круглосуточной. Уставший, впрочем. Ничто не предвещает неожиданностей. В голове спокойные обстоятельные планы помыться, поесть, кино глянуть. Хорошие такие планы, упорядоченные. И ещё можно думать, чем поужинать, чтобы вкуснее и больше удовольствия.

Поворачиваю налево на светофоре. Загорается стрелка, мне пора. Но встречные всё едут и едут. Жёлтый уже, никто хода не сбавит. Подползаю на колесо ближе, на полколеса. Красный! А они всё летят, рискуя врезаться. Вот же свинство!

Сзади начинают сигналить. Смотрю в зеркало – синий джип. Ну куда ж ты сигналишь, не видишь, что ли, как эти едут?

Наконец, проскакиваю поворот и сразу по газам. Через сто метров ещё один поворот налево через перекрёсток, но уже без светофора. И опять встречный поток тянется и тянется, никто и не думает пропускать.

Синий джип позади начинает сигналить. Раз за разом, медленно и назойливо. Начинаю нервничать. Что за гадость! Встречный поток не уменьшается. Джип сзади начинает сигналить неотрывно, длинным тягучим оглушающим гудком. Да что ж это такое! Злость съедает меня, ну что за глупость, что же такое!

Запах озона.

Поворачиваю голову. И, конечно же, рядом она.

– Привет, Макс!

– Привет, Леди Ф. Нет, ну ты посмотри, что творится. Можешь помочь?

– Да тебе не нужна помощь. Ты, главное, успокойся! Я тебе так, напомнить пришла. Будь внимательнее. Смотри по сторонам. Ладно?

– Конечно! Спасибо, хороший совет. Больше бы таких! Спасибо, Леди Ф!

– Не за что...

Краски обретают яркость и гудок вновь врывается в уши. А ну его, в общем-то.

Заглушаю двигатель и врубаю аварийку. Ну его. Пусть сам с собой ругается. Мне торопиться некуда. Тик-так, тик-так...

Водитель синего джипа впадает в бешенство. В исступлении он выруливает вторым рядом, объезжая меня. Что-то там крича и размахивая руками, он пытается встроиться в летящий встречный поток.

Встречный микроавтобус яростно гудит в ответ, и, не успевая затормозить, сносит джипу полморды. Визг тормозов. Громкий удар. Гудки замолкают. Тишина. За ними отчаянно тормозят другие машины. Оба водителя в изумлённом оцепенении глядят друг на друга. Встречное движение полностью перекрыто.

Я завожу «Торино». Медленно и аккуратно выезжаю на перекрёсток и объезжаю аварию. Объехав незадачливых гонщиков, сворачиваю налево и еду в сторону дома. Иногда успокоиться и в самом деле полезно. Бывает же.

Смеюсь себе под нос, представляя ругань и злость водителя джипа. Нехорошо, конечно. С другой стороны, человек сам себя наказал. Явно, что так сигналить может только...

ААА. Передо мной чёрная «Хонда» с номерным знаком А цифры, АА. Три А. Три туза. Неаккуратно бросаю педаль газа, и «Торино» укоризненно дёргается.

Это ведь не просто так? Хотя сколько машин с таким номером в городе. Тысяча. Может быть, совпадение.

А может быть, и нет.

Давлю на газ и еду за машиной. На следующем перекрёстке она встаёт в центральный ряд. Ей прямо. А мне тут – направо.

Пристраиваюсь за «Хондой». И что дальше делать? Шпионить за незнакомой машиной? Гудеть, прижимая к обочине? И то и другое выглядит безумием. Что же я делаю!

Ругая себя, не прекращаю преследовать машину. Она едет куда-то в сторону от центра. На следующем перекрёстке встаю в соседний ряд, пытаюсь рассмотреть водителя.

И на моих губах самостоятельно, безо всякого моего участия, и даже вопреки моей строгой воле расцветает улыбка. Я знал. Спасибо, Леди Ф. Всё не просто так. Понимаете, это важно. Не так важно, что ты получаешь, как то, что это всё не случайно. Не напрасно.

Обгоняю «Хонду», начинаю сигналить, пытаясь мягко прижать её к обочине. Водитель «Хонды» с недоверием вглядывается в окно. Он не хочет останавливаться, но я настойчиво подвигаю «Торино» вплотную, не сбавляя ходу. Наконец, он узнаёт мою машину.

«Хонда» останавливается у обочины. Я останавливаюсь рядом. Выхожу из машины и иду к ней.

Из «Хонды» вылазит Пёс и с удивлением глядит на меня. Непонятно ещё, рад он меня видеть, или ему неприятно, что я вынудил его остановиться.

– Макс? Привет! Ты что? Все в порядке?

Я подхожу к нему и он крепко пожимает мне руку, настороженно глядя в моё лицо.

– Я в полном порядке, Пёс. Извини, что заставил тебя остановиться или напугал. Я с тобой хочу поехать.

– Да не напугал... Что?! Поехать со мной? Откуда ты знаешь?

– Знаю что?

– Ну что я в область на фёст. Тебе Грей сказал?

У меня нет желания его разочаровывать, хотя сам факт, сама тайна обладания волшебным знанием(я не слишком ли разговорчив, Леди Ф?) жжёт изнутри. Хочется и рассказать, показав особый дар, и насладиться секретной властью, изредка выдавая крохотным жестом, лёгким изгибом интонации, что ты особенный. И тебе ведомы тайные пути.

– Примерно, – широко улыбаюсь ему. – Ну так что, поехали?

– Поехали... Но мне самого Грея-то надо забрать ещё!

– Ну и отлично. И в молл какой бы заехать, мне закупиться надо к путешествию. Надолго там?

– Не знаю. На пару дней точно.

Чёрт... Придётся отзваниваться на работу. Ну и ладно. Мне явно туда. Мой путь лежит в ту сторону, и сворачивать с него не след.

– Только подожди, мне машину припарковать надо...

Заезжаю на «Торино» в ближайший двор. Ставлю в тихое местечко, где она никому не помешает. Прыгаю в «Хонду» Пса. У него темно, но уютно. Чужая машина – как чужой дом или характер. Если он хороший, конечно. Сперва всё кажется непривычным. Но надо привыкнуть, и тогда начинаешь замечать уют и привлекательность.

Пристёгиваюсь.

– Ну что, едем?

– Едем! – Весело киваю Псу.

Мне хорошо. Судьба ведёт меня за руку, и сейчас я влюблён и в Леди Ф, и в себя, и в скорость, и в Пса, и во всех этих ребят, и в тёплую светлую улицу, и в тёплый летний воздух, и в трепет зелёной листвы, и во всех горожан, и в дальний простор, и даже в синее небо со смутными силуэтами высоток, отсвечивающих искорками окон далеко-далеко-далеко вдали.

• • •

День клонится к вечеру. Мы трое: я, Грей и Пёс выезжаем из города. Пёс за рулём, я на пассажирском спереди, Грей – сзади. Мы проезжаем табличку с перечёркнутым названием города, и всё сразу меняется. Свет, цвета, мир становятся иными. У города своя атмосфера. Не плохая и не хорошая. Кому-то нравится, кому-то нет. Но – своя.

– И как она тебе? – спрашивает Грей.

Едем. Они говорят о Ксюхе. С Ксюхой их познакомил я, что примечательно. Я бы рад, чтобы у неё завелись нормальные друзья. Но как-то она интереса не проявила. По прежнему шарится чёрт знает с кем. Потом вытаскивай её по ночам. Очень надо.

– Не знаю, – говорит Пёс. – Не влюблялся б ты в неё, Грей.

– С чего ты взял, что я собрался влюбляться, – изумляется Грей.

А ведь чересчур, пожалуй, изумляется! Любопытно. Пёс немногословен. Он никак не комментирует Грея. Его резкие, индейские черты лица неподвижны.

– Что скажешь, Макс? – спрашивает Грей. – Как думаешь, не стоит мне влюбляться?

– Не стоит, Грей, – отвечаю.

– Почему?! – Вот теперь Грей действительно заинтересован.

– У неё своеобразное отношение к мужчинам. Которых она выбирает. Всегда было и теперь есть.

Пёс кидает на меня мимолётный внимательный взгляд.

– Расскажи! – Требует Грей.

– Не буду... – Качаю головой, – Просто так и есть, поверь мне.

Грей обиженно утыкается в окно.

Едем. За окном – простор. Моя любимая бесконечность. Небо, далёкие облака, поле до края. Шоссе идёт посредине огромной равнины, слева и справа – ширь, ограждения нет. Дорога, словно луч, рассекает мир надвое. Краёв нет, есть только одна сторона и другая.

Небо очень высокое, с волшебными градиентами голубого и розового, лёгкие прозрачные облака летят на самом верху, и от того кажется, будто мы очень крохотные, и едем по самому дну огромного здания, например, собора. Сумерки сгущаются и мир меркнет, уменьшаясь, но переливы цветов становятся всё ярче и груди начинает расти то самое, знакомое чувство волнения, ностальгии и тоски по сокрытым воспоминаниям, по забытому чуду...

Темнеет ещё долго. Чернота сгущается вокруг нас на неосвещённой трассе. По расчётам Пса мы должны быть на месте за полночь. Свет фар режет темноту и сейчас реальность скомкана до размеров яркого ромба перед нами, растянутого по дорожному полотну.

Едем. Часы тянутся медленно. Устали и мы с Греем, а Пёс, думаю, устал вдвойне, хоть и не показывает этого. Спина и ноги затекли неимоверно. Тело охватывает страстное желание растянуться во всю длину, раскинуть руки и ноги, чтобы кровь яростно пробежала по всем венам, артериям и сосудам, напоив клетки кислородом.

Наконец, Грей не выдерживает.

– Пёс, может, привал где сделаем? Ты не устал?

– Устал, – говорит Пёс.

Я рад слышать это. Я тоже бы размялся немного, но жаловаться мне неохота.

– Ехать нам не так уж много ещё, – продолжает Пёс, – остановимся на полчаса, попить купим. Пить хочу.

Все согласны без возражений. С нетерпением ждём следующей деревушки. Тёмные контуры одиноких домов и даже деревьев издали кажутся селом. Но нет, и нет.

Наконец, видим фонарь вдали и сразу же понятно – ура, ларёк! Мы с Греем наперебой указываем, хотя Пёс заметил и сам. Он никак не выказывает радости, но прижимает педаль газа и «Хонда» подлетает к магазинчику на всех парах.

Выбираемся из машины, и первое же, что делаю – изо всех сил тянусь вверх, к ночному небу, к звёздам, к тонкому месяцу, так, что хрустят кости и сводит мышцы. Хорошо... И немного больно. Больно, но хорошо.

Заходим внутрь. Обычный сельский ларёк. Ничего нет. Спиртное и чипсы, которым сто лет в обед. Шоколадки здесь я бы покупать не рискнул. Заспанная продавщица угрюмо достаёт нам минералку. Сдачи нет. Приходится взять чипсы на сдачу. Ладно, чёрт с ней.

Настроение приподнимается. Через часик, другой будем на месте! Обещали устроить. Надеюсь, обойдётся без приключений. И спать. О да, спать! Дома в это время я даже сонным не буду, а сейчас кажется – положи голову на подушку и отключишься.

Выходим на улицу и сердце сразу падает. Нас встречает толпа местных парней. Удивительно, сколько их. Больше десяти. Некоторые дети совсем, некоторые – мои ровесники. Я бы не сказал, что в этом селе живёт столько народу.

– Чё, катаемся?.. – Выплёвывает один из них.

Опуская подробности. Мы убегаем в темноту сквозь хлещущие по лицу ветви. Убегаем сосредоточенно и молча. Передо мной – Пёс, за собой слышу Грея. За нами, кажется, гонятся. Крики и свист.

Потом они отстают. Пёс останавливается у лежащего ствола дерева и вслушивается. Я встаю рядом, уперев руки в колени. Кислорода категорически не хватает. Грей и вовсе падает на землю.

– Сволочи, – говорю я, – Все живы-то хоть?

Грей молча кивает. Пёс показывает разодранный рукав куртки. Больше повреждений нет.

– Вовремя, – говорит он, – Эти бы пинали долго. Лишь бы стёкла не побили. Могут.

– А ты закрыл? – Спрашиваю.

– Закрыл, – отвечает Пёс, – Это на автомате.

Грей поднимается и шумно дыша, откашливается.

– Пить кто хочет? – хрипло спрашивает он.

Он показывает минералку. Мне вдруг становится очень смешно. Адреналин, наверное. Ну да неважно. Всё равно смешно.

– Ты что... – спрашиваю, и уже начинаю хихикать, – Ты что, её с собой тащил всю дорогу?

– Ну... да. – Отвечает Грей и сам уже улыбается.

Я начинаю хохотать. Смешно до умопомрачения!

– Ты так... так с ней и бежал?!

Жестами показываю, как Грей бежал через лес, размахивая бутылкой. Смех уже не остановить; ржу, как ненормальный, стуча кулаками по поваленному дереву. Грей хохочет рядом. Даже Пёс хихикает, глядя на нас.

Мы смеёмся ещё долго, выбрасывая адреналин и нервное напряжение, смеёмся до слёз. Наконец, понемногу успокаиваемся.

– Что дальше-то? – спрашивает Грей. – Не ночевать же здесь.

– Зачем же ночевать, – говорит Пёс, – Потихоньку вернёмся кругом к машине.

Мы осматриваемся. Кругом деревья и очень темно. Вдруг сразу слышны мириады ночных шорохов, шумов, звуков. А мы ведь в ночном лесу. Живых людей рядом нет, только мы. Становится не по себе...

Пробираемся к открытому пространству, озираясь. Насыпь трассы вроде видно отсюда, а вот машину – нет. Мы пробежали метров триста, четыреста по перелесью, а то и больше. Дорога должна быть за холмом впереди. Между холмом и нами несколько рощиц, деревья и кусты. На вершине холма – огонёк.

– Дойдём до дороги, а там до машины осторожно, – предлагает Пёс.

Мы соглашаемся. Идём на огонёк. Идти вроде не так уж и далеко, но очень тяжело. В темноте не разобрать, где ровная земля, а где бурелом и ветки. Приходится постоянно смотреть под ноги, напрягая глаза и продираться сквозь кусты. Ветви царапаются и цепляются за одежду. То и дело путь преграждает канава.

В темноте трудно точно оценить расстояние. Ночь почти безлунная, на чёрном небе только тонкая полоска молодого месяца и россыпи звёзд. Темно. Огонёк на холме всё мерцает и мерцает вдали, но никак не приближается.

– Слушай, мы как-то вправо уходим, нет? – Неуверенно спрашивает Грей. – Фонарь этот... или костёр вроде влево сместился.

Пытаюсь понять, о чём он. Большой изгиб холма вдали виден нормально, но он ещё далеко. Прямой путь преграждает рощица.

— Возможно, — кивает Пёс, — Пошли прямо на огонёк.

Заходим в лесок. Огонёк мигает сквозь деревья. Чёрные стволы деревьев окружают со всех сторон. Вдруг подкатывает страх. Чего вот бояться? Взрослый парень. Людей бояться надо. Людей, а не неведомых ночных страхов. Тебе местная шантрапа уже убедительно это доказала полчаса назад. А всё равно страшно. Иррационально страшно. Звериное что-то. Стараюсь не выпускать Пса и Грея из виду.

Проходим лесок насквозь. Ещё кусты и несколько канав. Ещё один лесок. Проходим и его. Огонёк по-прежнему мерцает вдали. Изгиб холма виден так же хорошо. Странно. Много же уже прошли. И заблудиться вроде нереально. Я замечаю, что мы начинаем ускорять шаг. Кусты. Поваленные деревья. Высохшие заросли. Ну и занесло же нас...

Так проходит какое-то время. Никто из нас ничего не говорит. Я начинаю считать про себя. Сколько мы идём? Час точно. Сколько средняя скорость пешего человека? Пять километров в час. Возьмём три километра в час из-за пересечённой местности. Сколько мы должны были пройти? Полтора километра. Сколько мы убегали? Минут пять-десять. Пятнадцать максимум. Могли мы пробежать полтора километра за десять минут? Вряд ли. Что ж это такое, а?

Внимательно смотрю вперёд. Ну да, всё хорошо видно. Огонёк — фонарь или костёр, холм впереди.

— Что-то долго мы идём, не? — Спрашивает Грей, стараясь не показать страха, но я слышу страх в его голосе и меня самого вдруг охватывает страх.

Пёс небрежно пожимает плечами. Он тоже нервничает.

Идём быстрее. Всё ускоряем шаг. Дыхание сбивается и я слышу такое же неровное дыхание Грея рядом. Что-то непонятное происходит, да. Глупость какая-то. Сколько людей здесь так осталось? И где они сейчас? Ну это уже слишком. Хочу себя остановить, но никак не выходит. Всякая чушь так и лезет в голову. Может, нас заманили сюда? А спутники мои... Грей с Псом... Может, не напрасно их зовут так, как зовут?

Они посматривают на меня. Ужас наполняет меня, ужас, и хочется выместить как-то этот ужас, убрать, иду всё быстрее после начинаю бежать, а они бегут тоже, и непонятно, со мной бегут или за мной.

Огонёк все мерцает вдали. Мерцает и мерцает. Быстрее бы ты был здесь, огонёк. Или я рядом. Сколько же бежать ещё? Мысли сбиваются, становятся путаными. Прочь, прочь, быстрее, пока не догнали!..

Запах озона.

Где она, где? Неужели?..

– Ты куда торопишься так? – спрашивает она с улыбкой

Останавливаюсь, хочу отдышаться. Вот её не боюсь. Её очень рад видеть. Мысли понемногу приходят в норму.

– Осматриваю... окрестности... Рад тебя видеть!

– Это хорошо, – улыбается Леди Ф, – Я погляжу, ты прям наслаждаешься прогулками по природе.

– Ага. Люблю прогуляться. Ночью воздух такой свежий! Особенно в лесу. Полезно для здоровья.

Голова приходит в порядок. Успокоиться. Зачем бесцельно бежать. Сначала понять надо, куда и зачем, верно?

Леди Ф словно читает мои мысли.

– А куда бежим?

– Да так, вообще... – говорю.

– Ясненько, – она пожимает плечами, – Ты, главное, не забывай, что ты – хищник, ладно?

Гляжу на неё, хлопая глазами. Хищник?.. Я? Сейчас?!

– Ладно.

– Вот и славно, – кивает она, глядя мне в глаза, – а я, кстати, думала, что вам туда!

И она указывает в сторону, совсем в сторону от огонька, на какой-то крохотный светлый конус, но в то же мгновение, несмотря на расстояние и ночь, я отчётливо понимаю, что это «Хонда» Пса, а светлый конус – это горящие фары.

Спасибо!.. – шепчу, – В который раз спасибо...

Возвращается ночной лес. Я – хищник. Я охотник. Надо затаиться и не выдать себя, чтобы не спугнуть жертву. Голова моментально проясняется. Становится даже приятно. Жду, пока меня догонит Пёс.

– Пёс! – указываю – Туда! Там!

Пёс вскрикивает и тормозит, споткнувшись. Падает на землю. Он упирается руками, и ошарашенно глядит на меня снизу вверх. Затем смотрит в том направлении, в котором виднеется машина. Постепенно до него доходит. Он встаёт, улыбаясь. Нас догоняет Грей, с подозрением глядя на наши довольные лица.

— Чёрт, — говорит Пёс. — Всё время туда не бежали.

Я усмехаюсь, потом начинаю хихикать и второй раз за эту безумную ночь мы начинаем хохотать в темноте, бессмысленно и весело глядя друг на друга.

Отсмеявшись, мы бежим к машине и она ощутимо, хоть и медленно приближается. Иногда идём, чтобы отдохнуть.

— Только бы аккумулятор не сел, — озабоченно говорит Пёс.

Проблема переведена в практическую плоскость. Страха больше нет. И не хочется вспоминать, что он был.

Мы сворачиваем прочь от странного огонька, который уже и не кажется таким страшным. Может, это странная звезда, а может — далёкий маяк. Или ещё что. Не хочу думать об этом. Он навсегда останется здесь. Мы уже не станем его жертвами. Не стали в тот момент, когда Леди Ф указала мне дорогу.

«Хонда» приближается. И тут я начинаю замечать какую-то странность в её контурах. Мягкость линий. Матовый цвет кузова вместо чёрного глянца. Она будто прозрачна в слабом свете тонкого месяца. Что же это такое? Может, это всё мне чудится? Я сбавляю скорость на минуту, перехожу на шаг, и вижу, что остальные тоже заметили.

Нет. Леди Ф не могла меня обмануть. Только не она.

Снова перехожу на бег. Я уверен в ней. И чувствую, как остальные, почуяв мою уверенность, бегут вслед за мной.

Минут через десять всё становится ясно. Мы подбегаем вплотную к машине. Мне одновременно страшно и весело. «Хонда» Пса стоит в двуста метрах дальше по дороге у киоска, и фары у неё выключены. Её хорошо видно

Мы стоим и молча смотрим на машину с включёнными фарами.

— Вот так-так... — Говорит Пёс.

Грей просто молчит. Мне кажется, я знаю, что он чувствует. Вот оно. Вот. То, что он искал. Как бесконечные светлые искорки в сердце. Молчаливый восторг.

– Знаешь, что это, Грей? – спрашиваю.

– Знаю... – Отвечает он.

Так не бывает. Но так есть. И это неслучайно. И это для тебя. Пусть вам повезёт почувствовать это однажды.

Машина с включёнными фарами вечно летит по дороге под огромной луной, устремляясь в ночь города в стиле нуар. Ночь, луна, дорога, машина и яркий свет фар нарисованы на обратной стене старой бетонной остановки на обочине шоссе.

Стена 4

Обратная Сторона

Куда ты ведёшь меня, моё сердце? К добру или пропасти? Ты ли заставляешь меня идти, когда ничего уже не хочется? Или это я сам всё себе придумал, и нет никакого сердца, а есть лишь кусок мяса? Пусть бы ты было, пусть бы ты было, сердце моё!

Ведь это ты рождаешь эти странные мысли и ты внушаешь эти нелепые желания. Мне же мало быть человеком! Мне мало, мало, мало, мало... Мне мало быть человеком. Мне очень хочется больше. Чтобы всё было возможно. Чтобы прожить тысячу жизней. И всё испытать. И чтобы вот только почуял — а оно уже свершилось. И чтобы никаких правил. Но при этом чтобы все счастливы. А ведь не бывает же так. Камень, брошенный вверх, падает на землю. И жизнь проходит. А потом все умирают.

А мне хочется иначе. Чтобы вечно, и чтобы всё, и сразу в полную грудь. Почему так? Вот хочет человек пить — это потому, что он может напиться. Или если больно, то это потому, что надо отнять руку от огня. И всё так устроено. Если есть желание, есть и способ его исполнения, ибо так устроена природа. А с этим-то как быть? Откуда это берётся? Что мне с этим делать? Сердце, сердце, моё сердце, скажи мне, пожалуйста, ответь...

• • •

— Ты знал, что собаки не видят цвет? — Спрашивает Грей.

— Да, слышал. — Пожав плечами отвечает Торт.

— Вообще не видят. С рождения. Они не знают, что такое насыщенный цвет. Яркий изумрудный. Глубокий гранатовый. Представляешь?

— Неа, — говорит Торт, — Они же собаки.

— Наверное, они думают то же самое про нас. — Говорит Пёс. — Про запахи.

— Тебе лучше знать, — смеётся Торт.

Пёс морщится, откручивая болт на диске. Мы совместными усилиями меняем пробитое колесо Торино. Жарко. Улица за городом.

— Дай Грею, пусть попрактикуется, — Подкалывает Торт.

— Я в состоянии поменять колесо, — Ровно отвечает Грей, и именно это нарочитое спокойствие в его голосе выдаёт его расстройство.

— Ну так давай, — продолжает Торт, — Вперёд.

Пёс никак не реагирует на подколки Торта.

— Слушай, — говорит Грей, — Прекрати. Мне не очень-то весело это вот слушать. Да, я не могу найти работу. И зря ты мне об этом напоминаешь.

— Да я что... — Тушуется Торт, — С чего ты взял-то... Я вовсе не в твой адрес. Я так, просто пошутил...

— Ну конечно. Просто пошутил. Ты-то всегда мог найти себе заработок. Не знаю, как у тебя это получается. Вечно тебе подворачивается что-то!

— Да я не делаю ничего специально, ты не обижайся!

— Я не обижаюсь. Я переживаю. Да, у меня художественное образование. Мне не просто найти работу. Я бы рад подзаработать, как ты, но ты вечно уводишь у меня клиентов! Я уже не студент! А нормальной работы нет и не предвидится! Думаешь, это меня радует? Это вовсе меня не радует. То есть, совсем. Вообще никак не радует. У меня тоже есть жизнь. Мне тоже нужны деньги. Всем нужны деньги!

— Разве это слова художника?! — Виновато говорит Торт, — Деньги, деньги... Я и не делаю ничего специально. Они сами ко мне идут все.

— А вот представь себе, — Говорит Грей.

Он волнуется, видно, что эта тема его беспокоит.

— Представь себе! Есть какие-то бытовые вопросы. Кушать надо. Жить где-то. Одежду покупать. Да те же баллоны, насадки, это всё денег стоит. Да, деньги нужны. Я не хочу об этом думать. Но так есть. Деньги нужны! Хорошо быть, конечно, вольным беспечным художником, как Бен. Только если ты не знал, он не только подрывает устои общества. И не только стрит-артом занимается. А в свободное от антибуржуазной борьбы время он занимается дизайном. Элитным. За очень хорошие деньги, между прочим. Конечно, легко ему быть вольным художником, когда он может себе это позволить! У него всегда деньги были. И краски были, и трафареты, и всё. С самого начала. Ещё когда они с Максом только начинали бомбить...

— Ну-ка, хватит, — Говорит Пёс, — Не в деньгах счастье.

— С каким Максом?.. — Спрашиваю.

— С другим. — Отвечает Грей, — Ты его не знаешь.

Он долго молчит.

— А просто... Я уже взрослый парень ведь. А ни работы нормальной, ни семьи, ни успеха... И непонятно, что будет. И зачем мне этот талант?

— Аххаха! — Смеётся Торт, — Ох ты бедный-несчастный! Вот же не повезло! Наградил Бог талантищем, что теперь делать с ним непонятно!

— Смешно, — Соглашается Грей с грустью, — А в самом деле. Вот что мне делать? Я умею рисовать. Средне так, будем откровенны с собой! Иногда, правда, бывает, очень, очень хорошо! Но я не выбираю эти моменты! И что рисовать — не выбираю. Не могу специально пойти и нарисовать так, чтобы все поразились, увидев. Вот что мне делать? Руками работать, как Пёс? Так ведь тоже уметь надо. Не грузчиком же идти. В салон мобильной связи, как Линда? Да с моим характером я там и дня не проработаю. Чёрт знает что. Чёрт знает что...

— Не тушуйся, бро! — Говорит Торт, — Всё образуется! Москва не сразу строилась!

— Можно и грузчиком, — Замечает Пёс, вставая, — Готово. Макс, держи ключ.

Убираю пробитую шину в машину. Новое колесо выделяется чёрным пятном чистой резины; другие — серые, уставшие, покрытые пылью дорог.

— Всё будет хорошо, бро! — Говорит Торт, — Всё будет хорошо!

* * *

– Так это свидание? – Игриво спрашивает Ксюха.

– Зачем сразу свидание! Мы же друзья. Мы друзья? – Спрашиваю.

– Конечно, друзья! – Говорит Ксюха и хмурится.

Мы в Торино. Теперь я замечаю, что Ксюха оделась ярко и даже сексуально. Неужели она в самом деле приняла моё желание погулять сегодня, как приглашение на свидание? Я ведь не думал сегодня о ней в этом смысле. Или думал?

Похоже, я совершенно её запутал. И себя заодно. На самом деле я вообще не хочу размышлять об этом. Просто пригласил друга погулять. И девушку тоже. Я знаю очень красивые места в городе. Казалось бы, что тут может быть замечательного, среди машин и улиц? Надо просто знать. У города много сторон.

Едем в промышленный порт. Это недалеко от моей работы. В будние дни здесь кипит работа, постоянно ездят грузовики и суетятся рабочие. Вечером в выходные – тут тихо. Многие из причалов пустуют.

Паркуюсь на набережной у бетонного причала.

– Пошли, – говорю, – Здесь никого не бывает, а вид отличный!

Ксюха с сомнением осматривается.

– Да пошли, тут никакой охраны!

Мы переходим по узкому железному мостику на бетонный причал. На нём цементный куб с вмурованными железными кольцами. На нём очень удобно сидеть.

– Да уж, – говорит Ксюха, – Я думала, мы в ресторан пойдём!

– С чего вдруг? – Изумляюсь, – Какой ресторан в такой вечер? Ты туда посмотри!

И я указываю рукой на открывшийся вид. Здесь и в самом деле красиво. У порта к реке примыкают гавани и оттого тут она в два раза шире, шириной с футбольное поле. На другом берегу высятся портовые здания и склады, перемежаемые грузовыми кранами. На рейде стоит несколько судов. Вода на реке идёт лёгкой рябью, отражая оранжевый свет угасающего дня, и над водой летают десятки чаек. Я замираю на минуту, стараясь до конца почувствовать красоту места и времени.

– Ну разве не красиво, а? – Спрашиваю.

– Да, – без особого энтузиазма соглашается Ксюха, – Красиво.

Подстелив полиэтиленовый пакет, она осторожно садится на бетонный короб. Чувствую, она всё же не в особом восторге. Сажусь рядом. Ну как так? Мало в городе мест красивее этого. Тут можно провести много часов безо всякой цели, так тут хорошо и спокойно. Суровая красота индустриальных кварталов.

– Ксюха, – говорю, – что не так? Ты чем-то расстроена? Что за история с рестораном? Или у тебя опять стряслось чего?

Она усмехается и смотрит на свои ноги в туфельках.

– Стряслось... – С неохотой отвечает, – Ничего не стряслось. В том и дело, что ничего не стряслось. И уже давно ничего не стрясается. И вряд ли стрясётся.

– Ты о чём?

– Да так, ни о чём. Ты, Макс, многих вещей не замечаешь, – Горько говорит она.

– Каких вещей? – Осматриваю реку. С другой стороны плывёт прогулочный катер.

– Да простых вещей. Помню, ты тут прикалывался недавно. Что мне уже двадцать пять. Понятно?

– Нет, – говорю, – Непонятно. Мы же просто прикалывались. Ты прикалывалась. Сейчас тоже?

– Не тоже. – Я чувствую, что она начинает злиться, – Тебе понятней сказать? Да, двадцать пять. И детей нет. И не замужем. Вот моя жизнь. Поэтому дай мне немного позлиться уж. Моё право.

– Ну извини. Я не знал, что у тебя настроение плохое. Так бы и сказала сразу. Хотя это хорошее место для настроения. Меня всегда успокаивает. Посмотри вокруг! Эта даль, эта свежесть, эти цвета... Ну разве это не прекрасно?.. Как бы я хотел это нарисовать!

– Ну так нарисуй! – Со злостью говорит Ксюха.

– Да я бы рад, не умею.

Ксюха закрывает лицо ладонью. Тянет себя за волосы.

– Знаешь что... – Вдруг резко и холодно говорит она, – Знаешь что, Макс... На самом деле всё не так. На самом деле...

Она умолкает. Трёт переносицу.

– Что «на самом деле»? – Спрашиваю с любопытством.

– Ммм... Да ничего, – с непонятной мукой отвечает она, – Я не вправе, конечно. Ничего. Просто ты пойми. Не всю же мне жизнь шататься по этим улицам и крышам с ненормальными приятелями!

– Ну почему это не с ненормальными сразу, – Шутливо отвечаю.

Она ведь шутит, так?

– Да потому что... Потому что! Как бы я хотела, Макс, чтобы ты был просто обычным, нормальным парнем! Как бы всё могло быть по другому, а... Без этих улиц, без твоих мутных приятелей-художников и... всего остального.

– Чего остального-то?

– Ох... Да всего! Понимаешь... Давай будем откровенными, ладно? – Ксюха приглаживает рукой волосы, – Я просто хочу, чтобы у меня всё было хорошо. Всё было правильно. Хочу быть счастливой самым обычным, банальным образом! Разве это так сложно? Почему у других получается! Подумай, Макс, это ведь и тебя касается! Время идёт! Оно не ждёт, пока ты насладишься своей волшебной страной из воображения! И ты его потом никак не вернёшь! Разве я что-то делаю не так? Разве я какая-то неправильная?

– Нет, – Говорю, – Ты очень правильная и хорошая. И красивая. Мне нравится, как ты выглядишь сегодня.

– Спасибочки, – Говорит Ксюха.

Видно, что ей приятно. Она не может скрыть улыбки.

– Это хорошо, что ты хочешь быть счастлива! Это естественное для человека желание. Но при чём тут я?

Улыбка слетает с её лица. Она мрачнеет.

– Арргх... – Ксюха бьет себя по лбу, – Я не понимаю, идиот ты или прикалываешься! Какая же я дура... Сиди тут, в общем. Наслаждайся до старости. Пока.

Она спрыгивает на причал и торопливо идёт прочь, цокая

каблуками. Растерянно смотрю ей вслед. Она проходит мимо машины и идёт прочь.

Завожусь, догоняю, еду рядом, открыв окно.

– Ксюх, – Говорю, – Ну что ты в самом деле.

Она идёт молча, поглядывая в асфальт.

– Далеко тут идти-то, – Замечаю. – А ты так прям в ресторан хочешь? А может, кафе устроит?

Она ничего не отвечает, но я чувствую, что её настроение изменилось.

– Ну, – говорю, – поехали в кафе, чего уж там. Извини, думал, тебе тут понравится. Поехали в кафе.

Проезжаю чуть вперёд и открываю дверь. Сядет?

Стук каблуков приближается.

Ксюха залезает в машину, не глядя на меня.

– Ну, поехали! – Говорит она, стараясь, чтобы её голос звучал недовольно.

– Как скажешь, – Говорю, – Как скажешь.

• • •

– Привет, мам!

– Заходи, заходи... Позвонил бы, я б приготовила чего. У меня и нет ничего готового. Сейчас макарон с сыром сделаю.

– Да ладно. Я не голодный, – вру я.

– Через пять минут сделаю, проходи быстрее. Там колбаса есть, давай бутерброды, пока вода закипает... Сейчас чай поставлю.

Захожу на кухню. Сажусь на своё обычное место. Сам не знаю, почему я решил заехать к маме. Не планировал. Просто усталость какая-то навалилась. От всего этого. От себя самого и от того, что я сам себя не понимаю. От ощущения собственной ненормальности, от напряжения, от постоянного сумбура в голове.

– Ага, мам, хорошо...

Мне всегда было очень хорошо тут. У мамы уютно. И сейчас, как и всегда, мягкий комфорт успокаивает разбереженное сердце и сметает прочь разбитые и острые осколки мыслей. Темнота внутри отступает.

– Сейчас с сыром макароны сварю. Ты же любишь с сыром.

– Да, хорошо.

Мама суетится на кухне, будто одновременно достаёт кастрюлю, ставит на газ воду, натирает сыр. Она не злится, не ругает меня, что я пришёл без звонка, а только хочет быстрее меня накормить, потому что я хочу кушать, и она это чувствует. От всех этих простых, понятных, знакомых действий на душе разливается уютная теплота, будто принял обезболивающее и боль уходит.

– Ты дома с сыром делаешь макароны?

– Да, обычно да.

– Ну и правильно. У тебя какая тёрка, та, старая? Или новую купил?

– Старая...

Мне приятно разговаривать с мамой ни о чём. О каких-то глупых, ничего не значащих пустяках, на которые можно отвлечься и забыть хотя бы на время про мучительные, пугающие вопросы в голове. Просто отдохнуть от всего этого. Взять передышку. Когда всерьёз обсуждаешь ничего не значащие вещи, жизнь ненадолго становится проще и понятней.

– Мам, ты веришь в ангелов?

– Ангелов? Ну... Я крещёная, ты же знаешь. Не думаю об этом. Чего это ты вдруг?

– Да так. Просто. А ты когда-нибудь разговаривала с ангелом?

– Разговаривала?.. Ну уж. Нет. Никогда. Макс, с тобой всё хорошо? – Мама с тревогой глядит на меня.

– Да всё хорошо, мам. Я просто... просто передачу по телевизору смотрел недавно.

– Ну эти передачи, напокажут там тоже... Сына, ты... – Я чувствую, она не знает, как лучше спросить, чтоб меня не обидеть, – Тебя ничего не мучает? Сны какие-нибудь или ещё что?

– Не, всё в порядке, мам...

Я не хочу рассказывать ей ни что ходил во сне, ни что со мной происходит. Она ведь расстроится, а потом будет беспокоиться и волноваться за меня. Так что лучше промолчу.

Она не верит мне, но почему-то боится спрашивать. Наверное, не хочет расстраивать. Мама, мама...

Мама смешивает сыр с макаронами и ставит передо мной дымящуюся тарелку.

– Ты уж извини, сына, на скорую руку... Колбаску бери.

– Ага, спасибо.

С жадностью набрасываюсь на еду. Резко приходит голод. Кажется, я сейчас целое ведро слопаю. Мама садится рядом и смотрит, как я ем.

– Сына, Макс, ты, главное, если вдруг почувствуешь беспокойство или тревогу какую-то – ты сразу мне звони, ладно? Не терпи.

– Угу.

– И не стесняйся. Я тебе помогу, обещаю. И мы сделаем, как тебе будет лучше. Хорошо?

– Угу, мам, хорошо...

Мама вздыхает и наливает себе чай.

– А если меня стесняешься, можем с Дмитрием Александровичем встретиться.

– Ну ладно, хватит... Всё со мной хорошо.

Доедаю макароны.

– Ладно, мам, мне бежать пора.

– Ты хоть чаю попей.

– Да надо бежать. Спасибо большое. Люблю.

Чмокаю её в щёку.

Мама суется, собирает в пакетик непонятно откуда взявшиеся конфеты и булочку.

– Возьми вот, завтра чаю попьёшь.

– Спасибо, мам, я побежал.

Выхожу из двери. В лицо веет холодом.

– Ты если что, сына, сразу звони, ладно? – Кричит она вслед. – Не терпи. Я всегда жду, ладно?

Молча сбегаю по лестнице. Выбегаю из подъезда. Снаружи темно и прохладно. Смотрю по сторонам. Всё равно, куда идти. Городская ночь. Темнота в моём сердце.

Где-то во дворе нестройно поёт пьяная компания.

• • •

Устраиваемся поудобнее в городском сквере. Виктор роняет колу.

— Вот же... Хорошо, что с крышкой!

— Ох, сейчас поедим! Я сегодня только один гамбургер взял, да! — Отвечает Торт, хотя никто его не спрашивал, — Я же на диете. Приходится себя ограничивать. Только один гамбургер и всё.

— Это диета? — С любопытством спрашивает Виктор.

Он с сомнением осматривает обед Торта. Гамбургер, две картошки и большая кола.

— Интересная диета, — Без выражения замечает он.

— Диета!.. — Уверенно отмахивается Торт, — Конечно, диета! А так я знаешь сколько ем? Уууу... Меньше двух гамбургеров не беру ни разу. А то и три! Вот когда голодный, как волк, кажется, я б десять съел! А потом — на тебе, пузо.

Торт хлопает себя по пухлому «прессу».

— А куда деваться, главное? — Продолжает он, — Нельзя же не есть! Я когда голодный, ни о чём другом думать не могу! А есть же хочется! Ем много — толстею. Ем мало — голодный хожу всё время. Какая-то ошибка природы! Почему если мне хочется есть, я всё время толстею?

— Тебе надо тратить эти калории, — Говорит Виктор, — А ты не тратишь. Вот и результат. Всё в запас идёт.

— Так зачем тогда он просит ещё? — Жалобно спрашивает Торт.

— Кто он?

— Ну, организм... А так я всё время на диетах! Вот, сейчас на диете, пожалуйста... — Торт откусывает смачный кусок гамбургера, и едва прожевав, продолжает, — Хотя срываюсь, конечно, да. Больше недели трудно продержаться. Кажется, соседа съешь, так кушать хочется! Вот в прошлом месяце. Целую неделю сидел на одном мясе. И что же? В итоге, чуть с ума не сошёл, пошёл купил целый батон и заточил его. Представляешь? Весь батон просто так. Казалось бы, обычный батон, а такой вкусный оказался, собака! Такой кайф был...

Торт мечтательно закатывает глаза.

— Ну это уж совсем опасно.

— Опасно! — С готовностью соглашается Торт, — А куда деваться? Голодать тоже опасно. А если у меня голодный обморок случится посередине улицы?

– Голодный обморок, – С сомнением повторяет Виктор, глядя, как Торт поглощает картошку.

– Угу...

– Интересно, – говорит Виктор, – ты же художник? Стрит-арт, граффити, социальный протест.

– Ну, – говорит Торт с набитым ртом, – А как же!

– Сколько раз замечал. Очень популярная тема в вашей среде – протестовать против фаст-фуда. Типа, обыватели едят фаст-фуд, как свиньи едят заготовленный для них корм. Нация порабощена фаст-фудом. Транснациональные корпорации повсюду захватили мир, в общем, всё в таком духе. А реально каждый второй, если не первый, постоянно лопает этот самый фаст-фуд. Гамбургеры и кола.

– Ну не скажи... – Мотает головой Торт, – Вот Линда вообще, по-моему, ничего не ест в принципе. Или Макс. Он вообще вегетарианец. Макс, ты же вегетарианец?

– Неа, – Говорю, – С чего ты взял?

– Да что-то запомнилось вроде... Это, короче, только я такой. Ничего не могу с собой поделать. Организм, короче, так устроен. Ага. Слушай, а ты давно Макса знаешь?

– Давно, – соглашается Виктор, – Лет десять точно.

– Правда? – говорю, – Ну ничего себе. Десять лет! Вот ведь, а я и не помню. Дай-ка вспомнить...

Странно. Я знаю, что знаком с ним давно. Но совсем не помню сколько. И не помню, как мы раньше дружили. Когда же это было?

– Не могу ничего вспомнить почему-то, – Говорю, – Непонятность какая-то!

– Футбол-то смотрели вчера? – Спрашивает Торт, – Вечером.

– Какой футбол? – Интересуется Виктор.

– Ну, футбол. Ирландия-Андорра. Кажется. Ты, Вить, увлекаешься футболом?

– Да не особо.

– А чем увлекаешься?

– Ну... Фотографированием увлекаюсь. Технику старую собираю. Объективы.

– Ну, круто, молодец...

Торт молчит, потирая лоб и смотрит на меня.

– А знаете что, – говорит он. – Ну его эту диету. Пойдёмте со мной, я себе ещё закажу. Вечно вот обстоятельства. Пойдёмте. Я вам мороженого куплю!

Виктор ухмыляется. Мы отправляемся за добавкой.

• • •

Огромный парк.

Высокие, до самого неба деревья. Сотни деревьев. Громадные, с развесистыми кронами. Деревьев так много, и кроны такие большие, что местами они сливаются, образуя тяжёлый густой полог над парком.

Раннее, очень раннее утро. Ветер. Пасмурно и небольшой туман. Деревья, полные сочной влажной листвы, шумят под порывами ветра и листьев так много, и кроны столь тяжелы, что этот шум напоминает прибой или грохот водопада.

Огромный, древний парк.

Я иду по узкой аллее, с удовольствием глядя по сторонам и вдыхая свежий утренний воздух. Нет яркого солнца. Свет с трудом пробивается сквозь тучи. Не светло, но и не темно. Мне что-то мешает смотреть, как-то непривычно, но я не могу понять, что же это.

Мне очень хорошо. Свежий и влажный воздух наполняет мои лёгкие свободой. Шум миллиардов листьев надо мной рождает в сердце чувство сопричастности... сопричастности к бесконечности.

– Привет! – говорит Леди Ф.

– Привет, – отвечаю.

Я не удивлён и рад видеть её.

– Как ты? – спрашивает она.

– Очень хорошо!

– А это место?

– Ещё лучше!

– Правда? – Леди Ф выглядит удивлённой.

Её ресницы вздрагивают. Она задумчиво глядит перед собой. Любуюсь ей – она как всегда прекрасна и грациозна в своих белых одеждах. В парке свежо, но ей, кажется, вовсе не холодно.

– Да, конечно! – Отвечаю я, – Здесь так... умиротворённо.

– А ты не чувствуешь тут опасность?

– Опасность?.. – Я удивлённо оглядываюсь по сторонам, – Ну...

Аллея, по которой мы идём – уходит за поворот. Со всех сторон нас окружают деревья и склоны холмов, горизонта не видно. И перспектива здесь странная... Или это что-то с моими глазами? Но мне не страшно. Напротив, мне очень спокойно тут. Я мог бы остаться тут навечно.

– Возможно... Тут есть опасность, – говорю я, – но эта опасность... лишь естественная часть этого места.

Смотрю на небо. Тяжелые серые тучи на небесах бурлят и переливаются, что будто противоречит их видимому весу.

– А где мы? – Вдруг приходит мне в голову очевидный вопрос.

Леди Ф растерянно улыбается.

– А ты не знаешь?

– Нет...

– Посмотри внимательно! – Говорит Леди Ф.

Она запрокидывает голову и со странной усмешкой на лице глядит в серое небо. Её тонкая шея будто светится изнутри.

– Это опять загадка, Леди Ф? – спрашиваю, – Это подсказка?

– Подсказка?.. Я и сама не знаю. Тут особые правила.

– Тут?

Я оглядываюсь по сторонам. Я начинаю понимать что-то, но сам пока не разберу, в чём же дело. Мне словно что-то мешает смотреть, мешает увидеть нечто важное.

– Мешает? – С улыбкой спрашивает Леди Ф.

– Да... Кажется...

– Так сними! – Говорит она.

Растерянно изучаю её лицо. Странная она сегодня. Пробую буквально: подношу руку к глазам и вдруг натыкаюсь на что-то незнакомое... чужое. Это... не мое! Какая-то шапка?

Или маска? Ощупываю, сжимаю ладонью и стягиваю с лица. В моей руке странная белая маска. Очень белая.

– Правда, белая? – Говорит Леди Ф. – Хорошо отстирали. Не пугайся, это просто маска. Голову ведь не постираешь! – Она смеётся.

Смущённо улыбаюсь в ответ.

Деревья будто становятся гуще. Начинает медленно и еле заметно темнеть.

Темнеть? Но ведь сейчас раннее утро... Я подхожу к одному из деревьев и кладу руку на кору. Она шершавая и влажная. Провожу ладонью сверху вниз и кора вдруг начинает меняться под моими пальцами, течь, повторяя контуры моих пальцев.

Да что же это... Вопросительно смотрю на Леди Ф. Она смотрит на меня, ласково и печально.

Я ещё раз внимательно осматриваю парк.

– Это твой мир? – спрашиваю.

– Нет, – качает головой Леди Ф, – Это твой мир.

Я начинаю догадываться, но не хочу верить.

– Это сон?

– Да. Думаю, да.

– А это... этого места не существует? – Мне не так важен ответ, я просто тяну время, перед тем, как задать самый страшный вопрос..

– Как знать.

– А ты? Ты просто мне снишься?

В глубине аллеи показываются тёмные тени. Они движутся к нам. Это не люди. Вопросительно перевожу взгляд на Леди Ф. Но её нет. Оглядываюсь, смотрю по сторонам. Её нет. Её нигде нет.

– Леди Ф? – кричу я, – Леди Ф?!

Отчаяние охватывает меня. Как назло, в этом мрачном и прекрасном парке, в этой зыбкой материи сна я не могу определить, что реально, а что нет; что случилось десятилетие назад, а что явилось мне только что. Тени приближаются, я могу рассмотреть их лучше. Это чёрные собаки. Большие чёрные собаки, только бегут они на задних лапах. Кошмар. Это всего лишь кошмар. Меня разорвут, убьют, но это не важно, это сейчас абсолютно неважно, ведь самое страшное, что может быть, что могло только случиться, самое ужасное, гибель моего мира – это то, что я придумал её себе, что она мне приснилась вот только что, секунду назад, и когда я проснусь, я узнаю, что её нет и никогда не было, и ничего не существует... а я... а я...

– Леди Ф! – кричу я, – Леди Ф!!!

Собаки ближе, я вижу их пасти, их морды, жёлтые зубы, мышцы под шерстью.

Леди Ф... Леди Ф...

– Проснись... – ласково шепчет она мне на ухо.

Сон ещё живет, ещё шевелится в моей голове, но всё уже перемешалось, я забываю его логику, его ощущение, оно кажется далёким и сумасшедшим. Кажется, я еще бежал вместе с этими псами, путешествовал куда-то далеко, видел небеса и изумрудные стены в эти крохотные мгновения пробуждения; глупости, глупости, чушь! Самое главное, самое сильное, самое важное для меня – это ласковое «проснись...», которое я точно до сих пор слышу, отчётливо и реально, будто она повторяет его для меня раз за разом.

Она приснилась мне?

Боюсь пока думать, боюсь знать ответ на этот вопрос, но теплота и радость уже заполняют меня изнутри и ужас отступает в тень.

Пора вставать... Я сладко потягиваюсь и встаю было, и тут вдруг последней, сильной волной накатывает печаль по утраченному волшебному миру сна, по несбыточной реальности призрачного парка. По миру, где всё могло произойти, и Леди Ф была рядом со мной.

• • •

Совершенство... Что есть совершенство? Где его источник? Откуда нам известно, что такое есть совершенство? Ведь не является же источником этого знания – реальность. Нет, нет, конечно же, нет. Смотри: вот существует в голове идеальная картинка. Скажем, тот самый парк осенью, пасмурно; мягкий, очень мягкий дождь, почти туман. Крики ворон и громадные деревья до самого неба, шумящие листвой и листопад. Тысячи, тысячи листьев.

Но в самой реальности ты никогда не дотягиваешься до этого прекрасного и единственного мгновения, никак не можешь заполнить впечатление полностью, на все сто процентов. То ветер слишком сильный и тебе холодно, то в парке шляются какие-то орущие алкоголики, то чересчур грязно и слякоть, а на следующий день и листья уж облетели. И как бы близко ты не приближался к желаемой идеальной картине, всё время будут оставаться какие-то два-три мучительных процента неполноты, какой-то досадный и неизбежный промах мимо цели.

Отчего? А оттого, что действительность не спешит играть написанную тобой пьесу, оттого, что реальность живёт по своим громоздким неповоротливым законам существования физических предметов, и оттого, наконец, что сам ты в этом реальном мире – животное под названием «человек» и никогда не сможешь впитать и насладиться полностью великолепием идеального уже только в силу как непоправимого несовершенства собственных органов чувств, так и собственного непоправимого несовершенства.

А как же хотелось бы! Как же хотелось! Гулять среди изумрудных стен в сияющих чертогах, вечно смеяться и радоваться ослепительному бесконечному небу всей огромной чистой душой, быть идеальным, безупречным и непогрешимым и улыбаться искренне и светло столь же идеальным непогрешимым существам рядом с тобой. Где же, где же это? Отчего и откуда в нас это желание? Ведь не из реальности же. Что за мечты! Что за мечты?..

Реальность.

Я открываю глаза.

Темнота. Я ничего не вижу. Я ослеп? Моргаю. Нет, тут просто очень темно.

Где я?

Ничего не понимаю. Слышу журчание воды. Это какой-то туннель. Здесь мрачно, сыро и плохо пахнет.

Это был сон. Всего лишь сон. Ведь так?

Я не помню, как я попал сюда. Дело серьёзное. Может, я

напился? Нет, кажется, нет. Вчерашний день я помню хорошо. И позавчерашний. Мы ездили с Псом и Греем на природу. Потом работа. Потом дом, а после лёг спать. Никаких особенных приключений.... Если не считать этого сна.

Пытаюсь осмотреться по сторонам. Темно. Журчит вода. Это похоже на подземелье. Непонятно, куда идти. В душе зарождается паника. Что же со мной происходит. Может, ударили по голове? Ощупываю себя. Вроде цел. Ни ушибов, ни крови. Только одежда, кажется, порвана. Не разобрать как следует в темноте.

Надо выбираться отсюда.

Постепенно глаза привыкают к темноте. Речка, если это вообще речка, закована в цементные берега. Бреду по течению.

Напрягаю память, пытаясь понять, как тут оказался. Ничего. Проверяю всё остальное. Я Макс. Мне двадцать пять лет. Леди Ф. Ксюха. Виктор. Мама. Вроде всё помню. Всё, кроме того, как я здесь оказался.

Надо мной цементные своды. Это точно подземелье. Или... да это же канализация. Вот чертовщина. Расскажу, не поверят. А может быть, не стоит о таком рассказывать?

Проходит пять минут. Ничего не меняется. Всё тот же мутный поток, уходящий в темноту, цементные своды, покрытые плесенью, и беспросветный мрак. Сердце начинает сжимать страх. Гоню его прочь. Надо просто идти вперёд. Просто идти вперёд и тогда всё получится.

Или нет?

Что если я навсегда останусь тут. Или всегда был. И ничего больше не было. Что, если я всё себе придумал. Всё. У меня плохо с памятью. Я ведь не знаю, что за границей этого подземелья. И существует ли хоть что-нибудь ещё. А может быть, ничего и нет. Можно представить, что всё это – пьеса. И я – её участник, играю третий акт, как раз после завязки и перед смертью второстепенного персонажа. Вокруг меня – только темнота. Я не вижу ни пыльных декораций на заднем плане, ни зрительских глаз, ни даже будки суфлёра. Всё, что для меня существует – это небольшой круг видимого, и шум из темноты. И что для меня реально? Нет, неправильный вопрос... я не хочу философствовать! Давай так: как я могу определить, что реально, а что нет? Вот сейчас – я пробираюсь по темному подземелью, или я участник пьесы на тёмной сцене или я просто сплю... Единственное отличие вымысла от реальности – это мысли в моей голове. А если я на мгновение перестану думать? Или просто... забуду? Или уже забыл?

Что, если мои мысли – это всего лишь часть пьесы? Неважно... Суть в том, что сейчас, три участника представления существуют одновременно и на равных правах... Где-то по реальному подземелью пробирается один Макс, другой – идёт по тёмной сцене, слушая шум из-за невидимых кулис, а ещё один – на самом деле лишь спит. И все трое отличаются только мыслями в их головах, а если на мгновение перестать думать или забыться – все эти люди мгновенно перестанут отличаться, станут единым целым, перепутаются меж собой, а то и вовсе позабудут, кто из них кто...

Хватит. Хватит, Макс. Это ведь своды, тяжёлые цементные своды давят на тебя. Хотя дело ведь не просто в декорациях. Декорации – это только условность. В любой момент твоей жизни можно представить... что где-то ещё есть такой же человек, который в этот же момент оказался точно в таких же декорациях... и ты отличаешься от них самым призрачным что только бывает – мыслями в твоей голове. Стоит только закрыть глаза... И ты не знаешь, кем будешь, когда откроешь их.

Свет. Впереди свет. Или мне кажется? Но там чуть светлее. Иду вперёд. Почти бегу. Выход рядом. Выход должен быть рядом. Я не могу вечно блуждать здесь, в темноте. Я хочу проснуться. Или выйти.

Если выход вообще существует. Должен, должен существовать. Почему она оставила меня, почему, почему?

Упираюсь в стену. Тупик.

Здесь светлее. Здесь достаточно светло, чтобы рассмотреть свои руки, одежду, мутную воду. Речка исчезает. Но здесь нет выхода. Я его не вижу. Он закрыт от меня. Я не могу его увидеть. Что же это такое. Тупик, тупик.

Упираюсь руками в стену. Давай рассуждать логически,

Макс. Давай рассуждать логически. Здесь есть свет. Вода уходит прочь. Значит тут должен быть выход. Он спрятан от тебя. Почему он спрятан? Я не знаю. Главное, что он здесь есть. Должен быть.

Ищу по стенам, иду на ощупь. Вдруг накатывает дежа вю. Будто я был здесь. Был здесь уже. И было плохо, и холодно, и слёзы. Не понимаю. Как это может быть. Иду по стене. Мне было плохо. Меня искали. Кричали. Мамин голос.

Взгляд упирается в царапины на стене. Сперва я не верю своим глазам. Должно быть, мне показалось. Здесь же очень темно. Ещё раз. Внимательно. Макс, отвернись и посмотри ещё раз.

На стене нацарапано: «Моя Леди Ф» Это мой почерк? Я не знаю. Наверное. Я был здесь раньше? Я не знаю. Наверное. Спускаюсь на корточки у стены. В глаза бросается жуткий рисунок. Нечеловеческое, страшное обличье и множество странных перемешанных знаков; штрихов, силуэтов, иероглифов, скрывающих тайный девиз, секретное знание. Это тоже нарисовал я? Я не могу понять, что именно скрывает рисунок, но не могу оторвать от него взгляд.

«А теперь я останусь здесь. Навсегда» – мелькает мысль, от которой не успеваю спрятаться. «И я хочу остаться!», – следом.

Глупость какая. Откуда это? Тут холодно. Ну и пусть. Зато хорошо. Тут спокойно и хорошо. Я не хочу знать, что там снаружи.

Снаружи. Я могу выйти. Озон.

– Макс. Ты заболел?

– Нет. Мне нормально.

– Это ты называешь нормально? Посмотри на себя!

– Леди Ф, почему тут на стене твоё имя?

– Не знаю. Какая разница! Ты же знаешь, как меня зовут, вот и написал. Ты мне скажи, что ты вот делаешь сейчас?

– Не знаю. Мне тут хорошо.

– Неправда. Тебе тут плохо. Пора выбираться, Макс.

– Там снаружи... там снаружи есть что-то...

– Макс! Макс, послушай меня! – Она наклоняется ко мне, и

я чувствую, как её волосы щекочут мою шею, – Сейчас ты встанешь и подойдёшь к стене. Сточные воды – уходят за решетку. Ты её увидишь. Справа от неё – дверь. Ты выйдешь через неё и больше не будешь сюда возвращаться. Хорошо?

– Не знаю.

– Макс. Не разочаровывай меня! Встань и иди. Хорошо?

Тишина. Мне хочется сказать ей: «не хочу, не хочу, я не хочу выходить отсюда, я хочу сжаться в маленький тёплый клубок и остаться здесь навсегда, в этом тёмном, мрачном, безлюдном подземелье. Потому что здесь... потому что здесь... здесь тихо. И не надо думать ни о чём. О том, что снаружи. Это всё неважно. Я хочу врасти в стену навсегда, и чтобы не быть больше».

Вместо этого я говорю:

– Да, Леди Ф. Я сделаю, как ты скажешь.

Я встаю и подхожу к стене. Вода действительно уходит за решётку. Несколько минут назад я стоял на этом же самом месте. Но я не видел этой решётки. Справа от неё и в самом деле дверь. Я стоял в двух метрах от неё. Но не замечал её.

Толкаю дверь и та открывается. Выход был прямо передо мной.

Снаружи уже вечер. Скоро совсем стемнеет. Мне повезло, что я не остался тут на ночь. Моя одежда испачкана. Я спал прямо на грязном полу. Я по-прежнему не помню, ни как спустился в канализацию, ни зачем.

В голове тяжело и неприятно ворочается мысль: я стоял в двух шагах от двери и не видел её. Со мной что-то не в порядке. Очень не в порядке и я должен с этим разобраться.

За моей спиной остаётся жуткий рисунок.

Стена 5

Обретение

Несовершенство повсюду, а совершенства мало. Его знаки повсюду, если быть честным. Бесконечность совершенна. Зелёный – совершенен. Красота – совершенна. А люди – нет. В реальности нет видимого совершенства. Кругом помарки и трещинки. Полное совершенство – недостижимо. На какое бы человеческое и природное творение не падал бы взгляд, сколь много прекрасного ни было в нём, обязательно отыщется какой-нибудь крохотный мучительный изъян, терзающий душу.

А вот Леди Ф – совершенна. Я вспоминаю о ней и улыбка сама появляется на моих губах. Совершенна... Совершенна, как концепция чистого цвета, как звёздное небо, как тонкая нота, изданная не человеческим инструментом, но звучащая в несбыточной небесной дали мечтаний.

Я один. Сижу на крыше обычного дома в обычном районе. День. Внизу так себе вид. Улица, машины, пешеходы спешат по своим делам. И вроде ничего особенного сейчас. Ничего такого, что я люблю. И все любят. Ни заката, ни тёплой звёздной ночи, ни радуги и грозы. А всё равно как-то вот хорошо.

От одиночества, может, или от воспоминаний. Или от мыслей. Обычных мыслей, не каких-нибудь там волшебных мыслей о высоком, а от обычных. Что вот погода сегодня хорошая. Не прям уж так идеальная погода, но, в общем, не холодно сегодня и дождя нет. Немного пасмурно, ну так даже и хорошо – нет жары и не печёт. И тревог никаких специальных нет, нормально всё, путём. На работу мне ещё только послезавтра. И вообще, я могу сколько угодно сидеть тут на крыше, улыбаться в небо, и всё будет хорошо. Проголодаюсь, схожу в магазин, возьму чего-нибудь перекусить и скушаю прямо тут, на крыше. Может, пива возьму. Неважно. Как захочу, так и будет.

Она не пришла сегодня, хоть я и ждал. Что ж, увидимся в другой раз. Мне всё равно хорошо. Я не знаю, нормально это или нет. Просто улыбаюсь. Внизу мой город.

• • •

— Иногда это поразительно, ну вот поразительно просто, — торопливо объясняет мне Линда, — как будто специально. Вот ты сам догадываешься, а на самом деле получается, что и не сам... Ой, ну вот что я говорю... Сейчас, дай сосредоточусь и расскажу.

Мы стоим у обшарпанной задней двери театральной студии, в которой занимается Линда. Она опаздывала с работы на репетицию, и я подбросил её. Линда пытается мне рассказать, как к ней приходит вдохновение. Ещё она нервно курит и так машет руками, что дым разлетается в стороны клочьями, как испуганная мошкара.

— Итак, — она затягивается и смотрит вдаль, — Итак. К примеру. История из жизни. Меня приглашают на вечеринку. Так, на левую совсем вечеринку, о которой я и думать не знала, и вообще не по поводу. Но я иду. И встречаю там парнишку, с которым сто лет не виделась. И вообще он мне не нравился никогда. А я ему наверное да. Потому что он всё так ведет, что как бы мне ему меня проводить. А мне этого не хочется. Потому что он скучный был семь лет назад, а это не лечится. И конечно же он до сих пор один. И он меня все ж таки умудряется провожать. И я предвкушаю просто ужасное время, и как бы сбежать. А тут бах – и он рассказывает интересную очень вещь про фильм, который он смотрел. Причём в детстве смотрел, в детстве! Интересно рассказывает. Ну и дальше неважно уже как у нас с ним, а главное фильм. Потому что на следующий день я нахожу этот фильм, смотрю его, и мне в прямой связи с увиденным приходит в голову замечательная идея! Великолепная идея! Не просто идея, а настоящий и чёткий ответ на вопрос, которым я уже неделю мучаюсь в связи с постановкой. И я начинаю думать, как же так, как же так, как так совпало, и понимаю, что выкинуть ни одно из звеньев этой цепочечки невозможно. Что вот только так, и деваться некуда.

Я с улыбкой наблюдаю за ней. Линда внимательно смотрит на меня.

– Ты понял? Нет, ты понял? Это будто подстроено! Нет, ты не понял! Ты не понял ни фига! Я серьёзно это имею в виду! Будто это действительно подстроено! Будто запланировано так...

Она очень увлечена. Я такой её раньше не видел. Она глубже, чем я мог подумать.

– Кем?

– Не знаю... Но это не преувеличение. Трудно конечно с мыслями всё это понять, с идеями. Вот давай материальное представим. Представим? Вот представляй. Ты дома собираешь паззл. Большой такой сложный паззл из коробки. Давно собираешь и почти уже собрал. И вдруг на тебе – в коробке не хватает одного кусочка. Вот не хватает и всё. Брак. Потеряли. Или ты сам потерял. Или его никогда там не было, положить забыли, не важно!

Линда почти выкрикивает последнюю фразу и опять машет руками. Не сводя с меня глаз, она достаёт вторую сигарету и прикуривает от первой.

– Для такой маленькой девочки ты слишком много куришь! – Говорю.

– А... – Отмахивается она, – Нашёлся тоже. Я когда как. Ну так вот! Нет этого кусочка. Сам придумывай. И сам делай. И ты мучаешься, думаешь, ищешь заготовки какие-то. А потом раз, идёшь на вечеринку. Неожиданно. И встречаешь там человека. Неожиданно. И он тебя ведёт куда-то или вы даже едете в другой город – это я чисто теоретически, это не как было, – ну так вот, едете вы в другой город. А там ты встречаешь свою подругу. И вдруг оказывается, что у неё день рождения – сон получился, ну и чёрт с ним, слушай дальше – у неё день рождения и надо идти в магазин выбирать торт. И ты выбираешь торт. И упаковываешь его и вы идёте к ней на день рождения. Следишь?

Киваю с улыбкой.

– И ты приходишь и даришь торт. Все ура, ура, коробку открывают, а там пусто!

Она взмахивает руками, показывая, как «все» удивлены.

– Скандал! Ужас! Торта нет. А позор какой! Ладно, позор тут ни при чём, не углубляйся. Просто что-то такое, что не будет связано... И вот такой казус странный, торта в коробке не оказалось, что очень странно, а ты глядишь в эту коробку, и обнаруживаешь в ней какой-то странный маленький предмет. Что это интересно такое? Глядишь, и тут у тебя челюсть отваливается, руки отваливаются и вообще всё отваливается, потому что это быть не можешь, но в этой коробке от торта на дне рождения подруги, которую ты сто лет не видела, в другом городе, в другой ситуации вообще, на другой какой-то трамвайной ветке, там лежит тот самый недостающий кусочек от твоего паззла.

Линда разводит руками и делает большие глаза. Я киваю, поджав губы. Я понимаю, что она имеет в виду. Бывает такое. Совпадения такие, что и не совпадения вовсе.

– Опа! – Кричит она, – Опа! Понял? Вот теперь понял? Вот такое бывает! Было! И вот что с этим делать? Как об этом думать вообще? Это как? Это спланировано? Ведь не бывает таких случайностей, не бывает, не может такое случайно получиться! Сколько не пробуй, оно так не совпадёт! И что теперь себе воображать? Это что, какой-то замысел? Какой? Кому это надо? Как такое могло сложиться? И к этому ещё добавляется, что можно ли так думать вообще, что это всё неслучайно. Потому что если думать, что это всё неслучайно, то это с ума сойти можно!

Она вдруг сбавляет тон, и грустно глядит в сторону. Вторая сигарета наполовину сгорела в её тонких пальцах.

– И хорошо, конечно, что паззл в итоге сложился. Но ведь не случайно же, значит, он сложился. И если не случайно, то значит всё это организовал кто-то. И он что-то имел в виду наверняка. А что он имел в виду? Для чего? Почему тебе? А если ещё подумать, как сложно было всё это организовать на самом-то деле. Вот представь – у тебя задание организовать такую ситуацию. Подстроить. Спрятать этот паззл. Или сразу его не положить. Потом искать связи, знакомых с субъектом, уговаривать их. Ну я образно говорю. Фильм снять сорок лет назад. Ну, фильм, это не про паззл, это у меня... И всё это подстроить и запустить. Чтобы у меня вот так чудесным образом сложился этот паззл... Ай!

Линда роняет на асфальт сигарету, обжегшую ей пальцы.

– Уфф... Чёрт. Вот что ты думаешь?

– Я?.. Я думаю, дело не в паззле.

Она смотрит на меня снизу вверх своими пронзительными ясными глазами.

– Издеваешься?

– Нет, не издеваюсь... Всё я понимаю тоже. Бывает.

Киваю и задумчиво смотрю на неё. Не знаем мы друг друга. Не мы с ней вдвоём, не только. А вообще. Можно десять лет с человеком общаться и не знать его. А за месяц ничего не выучишь. И за год.

Линда топчет кроссовкой сигарету.

• • •

Пустая стена. Не совсем пустая, будем честными. Внизу справа кто-то написал: «Деньги решают всё!». Но я стараюсь туда не смотреть.

Итак, пустая стена. Вечер. Тихая городская улица, далеко от больших шумных проспектов. И я. Немного нервничающий.

Пустая стена.

У меня есть три баллончика краски. Не новых. Я даже не помню, у кого из наших я их взял. Или утащил. Кажется, они остались у меня от Грея, от того вечера, когда мы висели с ним вниз головой над ночным городом.

Пустая стена. Есть некоторый страх. Небольшой. То есть, я уже взрослый же парень, и есть уже защитные механизмы. От боязни неудачи. Что самое плохое может случиться? Да ничего вообще не может плохого случиться. Наоборот, ничего если не случится, то и хорошо. Но некоторый страх присутствует. Страх, что у меня не получится. Что пустая стена станет испорченной.

Что я вообще рисовать-то хотел? Оно вообще надо?

Достаю баллончик из сумки. Трясу его. Слышу, как внутри прыгает шарик. Это понятное действие. С ним ошибиться никак. Так что можно потрясти подольше. Так, на всякий случай. Подумать.

Подношу баллончик к стене.

А вот страшно, кстати, вдруг стало. Это уже не такой страх, что не получится, или запортишь или вдруг не выйдет вдруг у тебя ничего. Это простое. Другой, более обычный страх делать первый раз.

Мне кажется, или пахнет озоном? Смотрю на небо. Наверное, скоро гроза.

Трудно первый раз провести баллончиком по пустой стене. Потому что результат так на ней и останется. Будто зайти в чёрную дверь. А что там будет дальше? Ты не знаешь. А мы же знаем... не хочется говорить, но мы же знаем – что это нелегально. Это запрещено властями и законом. И ты только надеешься, что результат будет стоить этого нарушения. И люди будут думать, что стоило, и главное, ты сам будешь знать. А если нет? И вдруг ничего не получится, а вернуть ничего нельзя. А ты уже натворил дел. Наверное, что-то похожее испытывает молодой хирург, склонившись со скальпелем над первым пациентом. Не буду настаивать. Во-первых, не уверен, а во-вторых, не хочу пафоса. Всё-таки хирург рискует жизнью пациента. Но страх есть.

Пустая стена.

– Долго так стоять ещё планируешь?

На сердце сразу легко.

— Сам не знаю.

— Композицию выискиваешь?

— Да... Вроде того. Морально готовлюсь.

— Почему же ты медлишь?

Она подходит и встаёт справа от меня. Её рыжие волосы развеваются на ветру, а улыбка задумчиво-печальна. Я любуюсь идеальной белизной её одежды. Какой прекрасный цвет! Сверкающий, ослепительный, поражающий своей совершенной чистотой. Лучше, чем самая лучшая картина.

— Как жизнь?

— Потихоньку. Хорошо. Вот... сама видишь. Решил попробовать.

— А зачем?

— Да сам не знаю... Тянет.

— Это хорошо, если тянет... Скажи... — Она делает небольшую паузу и внимательно глядит на меня.

У неё такие глубокие и такие чистые зелёные глаза. Какой прекрасный цвет... Фактурный рисунок на зрачках словно складывается в таинственные письмена, кажется, в её прекрасных глазах начертана целая книга.

— Скажи, ты ни о чём не хочешь меня спросить?

— Наверное.

— И о чём же?

— Почему в мире так мало совершенства, Леди Ф?

Она поражённо глядит на меня. Потом начинает смеяться чистым, звенящим смехом. Она весело хохочет, заливаясь смехом так заразительно, что я и сам начинаю смеяться.

— Вот это вопрос, Макс! Вот это я понимаю!

— Я спросил глупость?

— Нет, вовсе нет... Не в том дело.

— Так почему?

— Ты правда ждёшь ответа, дорогой мой?

Пожимаю плечами.

— Если ты не хочешь, можешь не отвечать. Я не обижусь.

Она молчит, глядя на чистую стену. Она всё ещё улыбается, но улыбка уже становится задумчивой. Мне вдруг становится нестерпимо жаль её, такую загадочную и такую несбыточную.

Не в том смысле, что мне жаль её, потому что ей трудно и тяжело, но хочется потискать её, как котёнка. Тут же заставляю себя осечься. Как я посмел! Глупое и неуместное желание! Глупые и наглые мысли мерзкого животного!

Леди Ф. Задумалась о моём вопросе, иначе наверняка бы почувствовала мой дурацкий и смехотворный порыв. Кто я такой, чтобы жалеть её? Чтобы даже думать об этом! Её, идеальную и совершенную, её волшебную и безупречную. Какой чистый цвет. Какой чистый цвет...

— Скажи мне, Макс, — вдруг спрашивает она, — А эта стена — совершенна?

Смотрю на стену перед собой. Я так и не успел провести по ней баллончиком. Стена пуста.

— Но здесь ничего нет, — растерянно отвечаю.

— Это я и сама, конечно же, вижу, мой дорогой, — говорит она с лёгким намёком на досаду. — И, надеюсь, видишь и ты. Так что я спрашиваю тебя: эта стена — совершенна?

— В каком-то смысле...

— Поясни!

— Ну, ты ведь спрашиваешь, не про стену, как объект. Сама стена, разумеется, несовершенна. Здесь полно трещин и грязи, и кладка неровная. Ты спрашиваешь про стену, как про холст. И, как холст, она в каком-то смысле совершенна.

— В каком?

— Она может превратиться во что-то прекрасное. И совершенное.

— Правда? — Она смеётся, — А ты себе не льстишь?

— Ну, я же образно!

— А если буквально?

— А если буквально, то скорее всего, этот холст неминуемо приобретёт все изъяны, свойственные окружающему миру. Цвета будут неточными, композиция неидеальной, да и сам материал, на котором сделан рисунок, создаст массу проблем.

— И конечный результат будет несовершенен, так?

— Да, скорее всего.

— Вот тебе ещё вопрос: думаешь, ты единственный, кто способен это видеть?

– Я...

Она снова поставила меня в тупик. Мне приходится задуматься. Крепко задуматься.

– Думаешь, ты единственный, кто обладает таким чутким восприятием и безупречным пониманием прекрасного?

– Я... Нет, конечно, нет. Наверняка есть... да точно, абсолютно точно есть люди, которые видят и понимают гораздо больше и гораздо лучше меня! Те же художники. Со многими из которых я знаком. Или Виктор, фотограф. Он очень любит критиковать многие рисунки.

– Интересно... Так как думаешь, они видят те... проблемы, те недостатки, которые видишь ты?

– Ну... наверное. Думаю, да.

– Тогда зачем же, интересно, зачем они продолжают рисовать? Если речь идёт о художниках. Или фотографировать. В общем, созидать. Зачем же добавлять несовершенства в этот и так несовершенный мир. К тому же, если эти люди так чутко воспринимают действительность, они наверняка должны понимать, что создать нечто совершенное практически невозможно. А то и вовсе без «практически». Зачем же они продолжают творить?

Я думаю. Долго думаю. Летний тяжёлый закат нисходит на город. Ещё долго будет жарко. Моя стена – я уже фамильярно называю её своей – всё еще пуста. Баллончик в моей руке нагрелся, а рука немного устала сжимать непривычный предмет.

– Не торопись с ответом, – говорит Леди Ф.

– Есть ли он, этот ответ...

– Я дам тебе надежду, – говорит Леди Ф. с улыбкой, – Этот ответ есть.

– Ещё одна загадка... – С грустью говорю.

– Ещё одна? Ах, да... Я всё хотела тебя спросить – ты не забросил свои поиски? Помнишь, ты же что-то искал, не правда ли? Есть новые идеи?

– Идеи? А, да, ты знаешь, один мой друг, сам того не зная, дал мне очень хороший совет.

– Интересно, – говорит она, – Ну так что, будешь рисовать?

– Надо бы попытаться... – отвечаю я.

Пустая стена. Встряхиваю баллончик ещё раз. Подношу к кирпичам. Сейчас здесь появится линия. Вот здесь, слева от набежавшей тени. Тень... Пока я ждал, в город пришёл вечер, и на мою чистую стену наискось легла тень от козырька соседнего здания. Теперь очень трудно понять верность цвета и плотность линии – она будет различаться на свету и в тени.

– Знаешь, Леди Ф, наверное, придётся мне сегодня отступить, – шутливо говорю ей.

Она не отвечает. Оборачиваюсь. Её уже нет. Ну что ж. Сегодня придётся уйти ни с чем. Вероятно, вечер просто был неподходящий. Не сегодня, так в другой раз. Ничего страшного. На сердце легко.

Убираю баллончик. Собираюсь и иду восвояси. Пустая стена осталась пустой. Не сегодня. Моя лёгкая тень скользит по оранжевому асфальту.

• • •

– Давай! Просто рисуй то, что видишь!

– Я и рисую! – Оправдывается Линда.

– Нет. Ты рисуешь не то, что видишь, а то, как это себе представляешь! – Горячится Торт, – Смотри на линии. На контур, на силуэт. Просто повторяй в точности то, что в твоих глазах! Представь, что обрисовываешь фотографию!

Вечер. Полуразваленное здание, предназначенное на слом. На одной из стен огромная дыра из которой торчат кирпичи. Рядом Торт пытается научить Линду нарисовать чайник. Обычный фаянсовый чайник для заварки. Мелом. Оригинал стоит в этой самой дыре. Пока не очень-то получается. Стена усеяна кривыми копиями. Будто у карикатуриста поехала крыша и он свихнулся на чайниках. Мы с Псом наблюдаем за процессом.

– Какую фотографию?! Я просто рисую чайник!

– Да не просто! – Возбуждённо объясняет Торт, – Ты из головы его рисуешь. А он вот он. Перед тобой стоит. Просто обведи его мысленно. И веди линию. Рисуй не чайник, рисуй линии.

Линда аккуратно рисует контур. Вроде получается лучше. Потом начинает пририсовывать носик. Неудача. Носик неестественно торчит набок, как будто чайник проектировал Эшер. Даже я вижу, где она ошиблась.

– Да нет же, – говорю, – Смотри! Забираю у неё мел и рисую несчастный чайник.

Вроде получается.

– Вот как надо, – говорю. Просто повторяй контуры. Даже я понял.

Вручаю мел обратно. Смотрю на свой рисунок. А неплохо получилось! Никогда бы не подумал, что это так легко. Линда со злостью глядит на меня. После на мел.

– Чёрт, – срывается она, – Чёрт! Чёрт! Я провалю это собеседование, провалю на хрен! Она бросает мел на пол и топчет его.

– Успокойся ты! Ну провалишь и провалишь. Подумаешь, ещё одно проваленное собеседование... – Пробует пошутить Торт

Неудачно. Линда испепеляюще смотрит на него.

– Я не могу вечно работать продавщицей в магазине. Не могу, ясно? Ты хочешь этого? А, тебе плевать... А я не хочу. Вот что, так и пройдёт моя жизнь? За прилавком в жёлтой майке? Я же талантливый человек. Талантливый, я знаю это!

– Линда, послушай...

Торт уже жалеет о своей шутке и утешает её. Линда чуть не плачет.

– Не послушаю! – Кричит она, – Мне надоела эта тупая работа! До смерти надоела! Я художница! Я актриса! Я же прекрасно режу...

– Ну... Может, попробуешь трафареты завтра?

– Какие трафареты?! Я на дизайнера иду. Мне надо уметь рисовать руками, надо уметь! Опять я опозорюсь... Вот это ещё хуже... Вот это проваленное собеседование, это ещё хуже... – Линда всхлипывает, – Когда они потом так ещё переглядываются, такие, типа, а, ну конечно, художница как же. А второй типа, я так и знал. Взглядом так. Сволочи... Ну почему я такая дура... Бездарь...

Она начинает плакать. Искренне, навзрыд.

– Я бездарь, бездарь, бездарь, бездарь... – повторяет она как заклинание, раскачиваясь из стороны в сторону и закрыв лицо руками.

Торт стоит совсем растерянный и не знает, что делать. Его обычные шутки тут не помогут. Обнял бы её, что ли.

– Линда, не плачь, – вдруг говорит Пёс. – Зачем тебе вообще сдалась эта работа художником. А вдруг это не твоё.

– Моё!.. – Сквозь слёзы выкрикивает Линда.

Пёс вздыхает.

– Я же знаю, ты прекрасно шьёшь. И придумываешь одежду, или как там это называется. Крой. Эскизы. И прочее. Мне кажется, если ты попробуешь этим заниматься, у тебя очень хорошо получится.

– Шить? Шить?! – Злится Линда. – Ну я же не швея, блин! Я художница!

– Ну и я художник, – спокойно говорит Пёс, – И ничего себе, ремонтом занимаюсь. Людям нравится. Это очень помогает. Не вижу ничего плохого в том, чтобы шить. Тем более, если у тебя к этому талант и склонность.

– Талант и склонность... – Ворчит Линда, – Не так я себе всё это представляла. Не так. Чёртовы чайники...

Она вытирает слёзы и почти с ненавистью смотрит на злосчастный чайник. После вдруг резким и точным движением сбивает его ногой. Тот летит оземь и разбивается вздребезги.

– Пошли, – Говорит Линда.

На её щеках дорожки от слёз. Она больше не ждёт, разворачивается и уходит прочь. Спешим за ней.

• • •

Ох и весело!

– А давай ещё одну шампанского? – Говорит Ксюха.

– А давай! – говорю.

– Вообще, я не люблю эту дрянь, – Говорит она, – Пузырьки и сладкое. Горький лимонад. Но сейчас почему-то хочется!

– Аналогично, – Соглашаюсь.

Мы в клубе. Тут шумно, музыка, куча людей и очень-очень весело! Мы начинали вчетвером. Нет, впятером! Пили вино на бетонных ступеньках. Были я, Ксюха, Пёс, Грей и Линда.

Потом Линда ушла, потому что ей завтра рано на работу. Ну, ничего, мы продолжили, пока не стемнело. Трепались по душам. Было очень романтично!

Но потом стало темно и холодно. А расходиться не хотелось. Ну мы и решили пойти выпить куда-нибудь. И потанцевать. Вот только Пёс с Греем отказались. Пёс вообще такие места не любит, а Грей сказал, что у него денег нет. Я предлагал ему занять, но он отказался. Так что в итоге мы пошли вдвоём с Ксюхой. Ну и ладно. Всё равно весело!

– Эй, – Кричу, – Эй! Есть тут кто-нибудь.

Чёртовы официанты вечно шляются в другой половине зала. Прям как специально. А если руку тянешь, так будто нарочно отводят глаза.

– Полундра, – Машу руками, – Караул! У нас катастрофическая нехватка шампанского, сюда!

Официант с мрачным видом принимает заказ и удаляется.

– Скажи мне, Макс, – говорит Ксюха, – Ты меня давно знаешь?

– Тысячу лет. Или около того.

– И что ты обо мне думаешь? Только правду!

Притворно размышляю.

– Думаю, что ты страшная лгунья и злыдень!

– Макс... Ну я серьёзно, – Ноет она.

– Ну если серьёзно, нормально я о тебе думаю. Ты хорошая. И славная.

– И добрая?

– И добрая.

– И красивая?

– И красивая.

– И умная?

– И глупая.

– Ну Макс!

– Ну а что ты задаёшь дурацкие вопросы, если такая умная!

– Пфф... – Отмахивается она. – Матушка моя меня осчастливила вчера.

Ксюха пытается отпить из бокала, и обнаруживает, что он

пустой. Она уже слегка под градусом. Да и я, пожалуй! Яркие вспышки сливаются в цветное месиво. В голове шумит. Хорошо! На всё можно наплевать. Ничто ничего не значит.

— И как же?

— Опять очередная лекция. На два часа до истерики. До моей, конечно же. Что я вся из себя неправильная. И веду неправильный образ жизни. И что все мои одноклассницы уже замуж повыходили. Некоторые даже по два раза. А я тут, понимаешь, одна такая сижу в девках. И это всё потому, что я такая неправильная.

— Ай, — Говорю, — Не обращай внимания. Всё это ерунда. Она просто по инерции всё это несёт. Из хороших побуждений.

— Не знаю, что и куда она несёт! — С обидой говорит Ксюха, — Но заколебало конкретно уже! Будто это я такая неправильная. И она мне об этом постоянно напоминает. Пора, пора, пора, пора. И вечно версии свои. То я себя неправильно веду. То я много гуляю. То я себя не так ставлю. Вчера знаешь что заявила?

— Что?

— Что я целоваться не умею! И типа никто на меня не ведётся поэтому.

— Вот так раз! Ей-то откуда знать! Забудь, она просто так сказала.

— Легко тебе говорить. Не умею целоваться. Сама небось и забыла, как это! Я прекрасно целуюсь. Никто не жаловался! Думаешь, я не умею целоваться?!

— Не знаю, — смеюсь, — Не пробовал!

— А хочешь? — Вдруг серьёзно говорит она.

Смотрю на неё. Ксюха внимательно наблюдает за мной. На её губах неуверенная улыбка. В глазах искорки. Она немного пьяна... но не вдрызг. Сердце вдруг страшно и весело покалывает. Она не шутит. Если я захочу, она сделает это. Поцелуй? Почему нет. Поцелуй — это просто поцелуй. Весёлый вечер, почему не сделать его ещё интереснее!

Официант приносит шампанское. Мы глядим друг на друга, сквозь его натренированные движения. Открыть бутылку.

Поставить бутылку. Убрать бутылку на поднос. Разлить по бокалам. Его руки мелькают между нами, отражая цветные пятнышки дискотечных огней.

Потом он уходит.

Пересаживаюсь к ней. Теперь она совсем близко. Её улыбающиеся глаза кажутся такими большими. Чувствую запах её духов.

— Давай шампанского, — Говорит она шёпотом.

Киваю.

Холодные пузырьки щекочут нёбо. Горечь во рту.

Её губы сладкие и прохладные от шампанского.

А руки горячие.

• • •

— Хорошо, ещё раз! Только руку подними, руку! Не надо вот этих эмоций, не надо крика, не надо тут из себя изображать звезду кордебалета... я тебя об одном прошу — подними руку! Ты это можешь?

— Могу, — смиренно отвечаю.

— Вот и отлично, — успокаивается режиссёр, — Начали ещё раз.

Мы начинаем. Линда затащила меня на репетиции любительского театрального кружка. И мне даже дали небольшую роль. Меркуцио. Да, они играют «Ромео и Джульетта». Я сам не хотел, но так получилось. Теперь у меня зелёный костюм не очень реалистичного вида, и двадцать реплик на всю пьесу. Постановка классическая, без всякого авангарда. Все по очереди выходят на сцену. Священники, балконы, балы, дуэли. В конце Ромео и Джульетта умирают. Мрак и печаль, и гора трупов. Шекспир же. У меня дома есть целый сборник его пьес. Старая книга советского ещё издания. Помню, одно время перечитывал регулярно.

У Линды роль Джульетты, чем она очень гордится. Она переживает, и не скрывает своего волнения, погони за вдохновением и исканий своей творческой сущности. Ей не всё равно. Второй человек, которому не всё равно, это режиссёр. Молодой, в принципе, парень, чуть старше меня. Пухлый и волосатый. Он бегает вдоль сцены, сверяется с ворохом своих записок и грозно кричит на актёров. Когда ему всё нравится, он благосклонно кивает, плавно помахивая руками, как дирижёр, следящий за верным развитием музыкальной темы. Если что-нибудь идёт не так, режиссёр нервничает, шумит и изобретательно ругается. Порой он вскакивает на сцену и сам показывает неуклюжему Ромео, как следует играть. Если честно, кажется, что вся эта ругань, и «ужас от покрытой паутиной игры» (цитата) – это всё немного напоказ.

Складывается такое ощущение, что на самом деле и режиссёр и Линда, играющие Ромео и Джульетту, играют не их самих, а играют они известных и талантливых людей, участвующих в большой настоящей театральной постановке на одной из знаменитых сцен. То есть, это такая игра в театр. И им не столь важно верно поставить ключевые сцены, как правильно вписаться в соответствующий образ. Так, чтобы самим поверить. А уж про зрителя никто и не помнит.

Остальным же участникам действа и вовсе безразлично. Мне кажется, в основном местные актёры воспринимают этот любительский театр, как клуб по увлечениям. Такой, знаете, клуб, где не столь важно, чем, собственно, в нём занимаются, как возможность регулярного общения и знакомства с новыми людьми. Так, познакомиться, время провести, встретиться с кем-то новым. Нормальное, в общем-то, дело. Ромео, вот мне кажется, втюрился в Джульетту. В Линду, в смысле. И теперь регулярно смотрит на неё томными глазами, словно репетируя свою роль. Весело тут, короче.

Спустя пять минут Линда снова курит. Не понимаю, как в её хрупкую фигуру влезает столько дыма. К концу дня она должна улететь, как воздушный шарик.

– И вот я пытаюсь найти, понять. Найти и понять. Как она себя чувствует. Как бы это было на самом деле. Думаю, думаю, думаю, думаю... И не сплю.

– А это так важно? – Не могу удержаться от вопроса.

Линда возмущённо смотрит на меня, словно я спросил страшную глупость. Может и так.

– А что важно? – спрашивает она.

Действительно, что... Что важно? Если человеку нравится

играть в любительском театре, нравится чувствовать себя актрисой и проникаться переживаниями персонажа – это важно? Где взять критерии?

Разумеется, если вдуматься, то ничего особо значимого в постановке любительского театра средней руки быть не может. Денег никаких она не заработает. Славы и популярности – тоже. Признание и почёт? Очень вряд ли. Самоуважение? Скорее всего, нет. А вот душевных сомнений и терзаний это ей принесёт множество. И бессонница в придачу.

Но это ей важно. Потому что она так решила. Или не она, но так чувствует. И где критерий?

Что человек считает для себя важным? И почему? Один собирает марки, корпит над ними, пересчитывает свою коллекцию, надеется отыскать какую-то жемчужину среди марок. Покупает себе дорогой альбом, знает наперечёт все редкие виды, историю, географию и культуру марок. Другой занимается резьбой по яичной скорлупе. Допустим. Только он знает, какое яйцо выбрать лучше всего, как правильно его подготовить, и где ставить первый надрез. Со временем он начинает понимать, какой орнамент будет приятен глазу, а какой казаться ошибочным, от чего яйцо будет прочным и что поломает его, и многие, многие годы своей жизни потратит он на это. И это будет для него очень, очень важным. Выстави его увлечение смехотворным, бесполезным, «не стоящим выеденного яйца», он или примется жарко спорить или угрюмо замкнётся, но ни за что не бросит.

И посмеяться бы над этим беднягой, да только в чём он не прав? Он выбрал себе занятие по душе, и считает его центром своей жизни. Чем резьба по яйцу хуже, скажем, того же любительского театра? Или сочинения стихов? Или увлечения стрит-артом?

Да ничем, если рассуждать с практической точки зрения. С практической точки зрения, большинство человеческих занятий вообще бесполезны. Мы же биологический вид. Рассуждаем логически. Пользу будет приносить или занятие, улучшающее благосостояние, или занятие, ведущее к размножению и сохранению вида. Всё остальное – бесполезно в принципе. Всё остальное – эскапизм в той или иной степени. Ведь правда же. Всё прекрасное – эскапизм.

Всё прекрасное – не преследует никакой практической цели. Прекрасное – и есть самоцель.

Обо этом я думаю, пока Линда испытующе пронзает меня своими прозрачными глазами. Сигарета дымится в её пальцах.

Но что я ей скажу. Я и сам не лучше. Моё увлечение вообще странное. У него нет названия и смысла. Я люблю наблюдать за окружающим миром. Это вообще может считаться увлечением?

Я не знаю.

– Не знаю, – говорю, – Наверное, да. Твой театр – это важно. Мне очень нравится, как у тебя получается твоя роль.

Линда улыбается. – Спасибо. – Говорит она, – У тебя тоже всё получится хорошо.

• • •

Мы с Ксюхой гуляем по аллее парка. Молчим. Разговор не клеится, хотя мы вроде как вместе. Она мне нравится, я давно её знаю, но у меня не всегда есть желание специально о чём-то разговаривать. Да и о чём? Я интересуюсь стрит-артом, она – нет. Специально выискивать темы для разговора ради самого разговора – я не люблю. Она тут ни при чём, в общем-то. У меня со всеми людьми так. Вообще со всеми.

– Почему ты её недолюбливаешь?

– Кого «её»?

– Линду. Уж не ревнуешь ли.

– Кого? Тебя?! К ней?! – Ксюха машет рукой, – Макс, ерунду не неси. Они мне вообще все не нравятся.

– Да почему?

– Да потому. Чокнутые они у тебя все. Чокнутые.

– Они не чокнутые. Они необычные. Это не недостаток.

– Называешь, как знаешь, суть не меняется. У них у всех шарики за ролики, и они на тебя влияют так же. – Ксюха кривит губы, – И эти их имена дурацкие! Как у зверей, клички какие-то!

– Ну зачем ты так. Мне кажется, им идёт. Торт – он действительно такой... торт. Уверенный, смешливый, розовощёкий. Грей – серый... таинственный, задумчивый. Пёс – действительно Пёс. Или даже Волк. Неторопливый. Спокойный, молчаливый, как индеец. И даже Линда – действительно, Линда.

– Ой, прекрати. Линда, Пёс. Детский сад! Они что, дети, что ли?

– В душе. Не думаю, что это плохо. Они хорошие.

– А я?.. – Ксюха поджимает губы.

– Ты тоже хорошая!

– Тоже? Но не такая хорошая? Давай-ка продолжай. Я хорошая, но не такая, как они, да?

– Нет. Ты совсем не такая. Но мне ты нравишься, какая есть. Ты искренняя и не лицемеришь никогда. И всегда говоришь, что думаешь. Ты свой человек! С тобой классно дружить. Ну и не только... И ты красивая! У тебя нежные губы. И ты мне нравишься.

– Ну, наговорил, наговорил всякого, – Говорит Ксюха, будто ругая, но видно, что ей приятно. Они всего лишь твои друзья. А я твоя девушка. Не забывай об этом, ясно?

– Ясно, – легко соглашаюсь я, – Ты моя девушка. Извини, если обидел.

– Тоже мне обидел! Просто от тебя только и слышишь, что об этих твоих друзьях. Будто ничего другого нет! Как ребёнок только и знаешь, что о друзьях. Да и они сами как дети себя ведут. Взрослеть пора. И им и тебе.

– Так. Ну они же художники! – Начинаю заводиться, – Я же объяснил...

– А ты не кричи! – Перебивает Ксюха.

– Да не кричу я... Дальше опять идём молча. И чёрт меня дёрнул... Буду знать.

– Извини, – говорю, – Ты мне очень нравишься. Ксюха. Забудь. Дай поцелую и забудем об этом, хорошо?

– Хорошо...

Обнимаю её, целую. Ксюха улыбается, опустив глаза. Мягкие губы. Это вот сейчас ссора была? Нет, скорее всего, нет. Даже не размолвка. А хороший денёк, вообще говоря. Солнце, парк, ветерок небольшой. Лето, кайф!

– Пошли, – говорю, – Ксюха, мороженое есть!

– Пошли! – отвечает она.

И мы идём есть мороженое.

• • •

Ксюха щёлкает фонариком. Вкл/выкл. Луч света прорезает темноту, уходя в ночное небо.

– Ну и чушь, – говорит Ксюха, – Ну и чушь. Не могу поверить, что связалась с вами. Только ради тебя, Макс.

– Да уж, – говорю, – Ты извини. Со мной просто что-то странное происходит. Мне кажется... Мне кажется, я мог не заметить вход.

– Не заметить вход? – Хмурится Ксюха. – Думаешь, мы такие глазастые?

– Не в этом дело... Просто... Я запрещаю себе видеть, что ли. Некоторые вещи. Недавно только понял. При странных обстоятельствах. Я тебе говорил. Про туннель. Ксюха глядит на меня со странным выражением в глазах.

– Макс... Макс, может не надо? Может, пойдём отсюда, а?

– Надо. Ты же сама... сама всегда говоришь, что мне надо стать нормальным. Придти в себя. Вот это, вот это оно и есть. Мне надо разобраться. Понимаешь?

Она смотрит прочь. Я не могу разгадать её. Не могу понять, о чём она размышляет.

– Может, ты и прав. Может, это тебе поможет... Я очень хочу, чтобы помогло.

Яркая вспышка разрезает темноту, на мгновение обращая нас в яркие белые статуи.

– Ай! – Кричит Ксюха, – Ты предупреждай, а!

Потираю глаза. В черноте под веками пляшет гаснущее пятно света.

– Да, извиняюсь, извиняюсь, – бормочет Виктор, щупая камеру.

– Извиняется он. Ты меня слепой оставишь! – Жалуется Ксюха.

– Сейчас ещё раз будет. Зажмурьтесь. Зажмурьтесь... – Говорит Виктор.

Честно закрываю глаза. За темнотой закрытых век загорается свет, будто на мгновение наступил день. Гаснет. Темно. Открываю глаза. И тут же попадаю на ещё одну вспышку. В зрачки впечатывается лежащий на капоте «Торино» нехитрый наш инвентарь — фонарики, верёвки, инструменты.

— Ай! Да ты специально, что ли?! — Кричит Ксюха, и угощает Виктора добротным тумаком.

Тот терпит, уставившись в экранчик фотоаппарата. Моргаю. Чёрт, ну нельзя же так...

— Извиняюсь, извиняюсь, — Кивает Виктор, смиренно принимая возмездие от Ксюхи. Ночь. Тихая припортовая улочка вдали от шумных проспектов. Нас трое: я, Ксюха и Виктор. Это я их сюда притащил. Ксюху пришлось уговаривать, Виктор согласился с радостью. Я соблазнил его «интересным абандоном» — старым заброшенным зданием. Зданием заброшенного клуба. Того самого — ПятниZZы. В прошлый раз я пришёл днём... и просто не смог войти. Возможно, я просто не заметил вход. Торт рассказал мне, что он заходил внутрь ночью. Может, в это время проще заметить дверь или что-нибудь такое. Так что я решил попробовать ночью.

Никого из художников я решил не брать. Их воображение может им только навредить. Торт со своими жуткими приколами — тоже не лучший вариант. А вот Виктор и Ксюха — идеальные кандидатуры. Виктор — вечно увлечён своим фотиком и думает только об идеальном кадре. А старое заброшенное здание — отличный объект для поиска его любимых «странных» кадров. Бояться он не будет, ему некогда.

Ксюха — тоже не мистик. Её цинизм — то, что надо. Ночью, в старом заброшенном здании, в котором творится непонятная чертовщина (не говоря уже о странной цепочке обстоятельств, которые меня сюда привели) Ксюхин цинизм — это просто то, что доктор прописал.

Дело не в том, что я отважный и бесстрашный капитан, который подбирает команду себе под стать. Скорее наоборот. Мне будет легче идти дальше, зная, что никто, кроме меня... ну, не боится.

Если мы вообще туда зайдём. В конце концом, Торт мог просто ошибиться и перепутать здание. Вход могли заложить кирпичом. Да мало ли что. Причин тому, что входа в здание не существует, а мы этой ночью развернёмся и уйдём ни с чем, может быть множество.

Но в глубине души я чувствую, что будет не так.

Я чувствую, что мы войдём

Ещё раз просматриваю снаряжение. Набор простой и доступный каждому. Первым делом – фонарики. Каждому полагается один большой яркий фонарь размером с видеокамеру и один маленький запасной. Верёвка – на случай, если где-то сломана лестница и придётся подниматься или спускаться на этаж. Простые инструменты – плоскогубцы, отвёртка и ножи, если надо будет открутить или перерезать проволоку, которой перемотана дверная ручка.

Больше ничего особенного. Можно сказать, мы идём на разведку, поэтому особо нагружаться снаряжением не стали. Фотографировать будет Виктор.

Вот такая простая вылазка. А я волнуюсь. В каждом городе есть заброшенные строения. Бывшие заводы, склады, старые базы. Почти на каждом квадратном километре городского пространства есть такие здания. В их интерьерах можно снимать фантастику или фильмы ужасов безо всяких декораций. И, конечно же, они окружены множеством легенд. Таких зданий гораздо больше, чем может подумать неискушённый человек. Есть даже такое хобби у людей – они выискивают старые и заброшенные объекты, так называемые «абандоны», и организуют туда экспедиции. Городской туризм. Фотографируют, исследуют, собирают исторические материалы и легенды, связанные с этими строениями. Интересное, страшное и порой опасное занятие. Конечно же, не потому, что подвалы этих домов полны таинственными и враждебными существами или призраками. Просто здания старые, часто полуразрушенные, и очень легко упасть в какой-нибудь провал, и сломать себе ногу или разбить голову. И главное, на что надо надеяться в таком случае, что ваш телефон не выйдет из строя. Потому что в этом здании никто не появится, чтобы прийти вам на помощь. Никогда.

Я не турист. У меня особенный интерес. Там, в глубине этого здания, на чёрных и пустых этажах должен находиться ответ. Ответ о моей жизни, ответ на загадки Леди Ф, ответ ко мне самому. Поэтому я иду туда. Поэтому я собрал своих друзей, надеясь на их помощь.

– Ну, чего, мы тут так и будем стоять? – спрашивает Ксюха, недовольно глядя на нас. Виктор смотрит на меня.

– Пойдём, – говорю коротко.

Мы идём по моему старому маршруту. Вдоль стены, поглядывая по сторонам. Улица плохо освещена и приходится как следует вглядываться, чтобы заметить дверь. Иногда темноту озаряют яркие вспышки. Виктор фотографирует стену, прилаживаясь к ней под странным углом. Кажется, будто он изображает непонятную пантомиму, когда изогнувшись, фотографирует испещрённую трещинками стену, нацелив объектив в чёрное небо.

Первый поворот.

Стена уходит в глубину ночи. Здесь уже нет фонарей. Стена уходит в темноту и оттого представляется бесконечной. Общим знаменателем всех стен, абстрактным изображением перспективы без горизонта. Мир разделён пополам, и справа – бесконечная стена сходящаяся в невидимую точку за гранью темноты, а слева – мы.

Вспышка. Я замечаю три идеально чёрных тени на неровной поверхности стены и сердце даже успевает ёкнуть, прежде чем я понимаю, что эти тени — наши.

Ксюха шёпотом чертыхается. Я слышу, как она возится в сумке, но не сбавляю шага. Яркий луч прорезает темноту. Она включила фонарь. Белый круг света скользит по стене и асфальту, убегает глубоко в темноту, выхватывая чужие и нездешние предметы на другой стороне: провода, столбы, изломанная арматура, торчащая из бетонных плит.

— Ну и в местечко ты нас завёл, — ворчит Ксюха, водя лучом света из стороны в сторону. Весело тут, аж обхохочешься.

Вспышка.

— Слушай, может, хватит! — Нервно говорит Ксюха Виктору.

Он улыбается, но ничего не отвечает. Просить его фотографировать бесполезно. Он может даже пообещать, но через минуту забудет о данном обещании.

Второй поворот.

Здесь есть один уличный фонарь. Его желтоватый свет делит эту сторону на две части, и оттого она кажется длиннее. Его тусклый свет почти не освещает начало и конец стены, но всё же это лучше полной темноты. По крайней мере, видно, куда идёшь. Но Ксюха не выключает свой фонарик. Я её понимаю. Когда водишь ярким лучом среди темноты, когда ты сам управляешь, что видеть и куда посмотреть — чувствуешь себя куда увереннее.

Проходим половину третьей стороны. Пока ничего. А если мы ничего не найдём? Что тогда? Просто вернемся. Наверное. И не будет никаких ответов, не будет разгадки, не будет раскрытых тайн. Сейчас, в этой мерцающей под уличным фонарём темноте, я начинаю думать, что может, оно и к лучшему. Кто знает, что там может скрываться в этом здании. Ведь всё это странно. Всё это очень странно. Что, в конце концов я могу узнать там внутри. Какой секрет? Страшную тайну своего рождения? Что за глупости... Фонарь над нами гаснет.

Ксюха вскрикивает и я, застигнутый врасплох, быстро и тяжело вздрагиваю. Луч фонарика скользит по нам. Ксюха с недоверием на лице оглядывает нас с Виктором. Со всеми всё в порядке. Просто темно. Я молчу несколько секунд, пока успокаивается сердце, чтобы не выдать себя голосом. Смотрю наверх. В огромной серой лампе еле светится тонкая угасающая нить, растворяясь в темноте.

— Это что за чушь такая? — Недовольно спрашивает Ксюха неизвестно у кого.

— Всё в порядке, — Бодро отвечаю, надеясь, что голос мой не дрожит, — Просто освещение отключили. Просто совпало.

— Совпало... — Повторяет она с сарказмом. — Ну и дела!..

Киваю, улыбаясь и поворачиваюсь к ним спиной, чтобы идти дальше. Невольно ускоряю шаг. Сейчас мы обойдём этот чёртов забор со всех четырёх сторон, точь-в-точь, как я в прошлый раз и поедем себе обратно. И всё будет хорошо. Так, надо включить свой фонарь...

— Эй.., — Говорит вдруг Ксюха, и тут же осекается, и по голосу, по её напряжённому, изменившемуся голосу, я сразу же понимаю, что всё. Пути назад нет. Вот оно, вот оно – нашли...

– Странно, они её не закрыли, – Говорит Виктор.

Смотрю на них обоих. Как-то это прозвучало... нехорошо.

– А почему это они должны были её закрыть? – Спрашиваю.

Виктор не отвечает. Глаза в пол.

– Мне кажется, этот клуб давно заброшен, – говорит он.

– А вот и проверим! – говорю.

В стене железная дверь. Она не закрыта, но петли перемотаны проволокой. И что ещё странно... и дверь, и дверной косяк покрыты чем-то... каким-то веществом. В темноте не разобрать.

Подхожу ближе, щупаю дверь. Пальцы сразу пачкаются чёрным. Руку под фонарик. Да это же сажа! Обычная копоть. Здесь что-то сгорело или дверь поджигали. Может быть, обычные хулиганы?

А может, и нет. Может быть, кто-то хотел сжечь то, что находится там внутри.

Так, хватит. Взрослые люди.

Достаю плоскогубцы. Раскручиваю проволоку.

– Может, не надо, – вдруг жалобно спрашивает Ксюха.

Ничего не отвечаю, молча и методично продолжая раскручивать. Проволока не поддаётся, не желает вылезать из петель. Упорно продолжаю гнуть её из стороны в сторону. Наконец, металл лопается. Яростно отбрасываю изогнутые куски прочь. Берусь за рукоять двери, чувствуя, как гарь въедается в ладонь. Ну и что. Смотрю на Виктора и Ксюху. Они молча ждут. Ждут моего решения.

Дёргаю дверь на себя. Та с глухим скрежетом поддаётся.

Внутри темно. В нос ударяет запах гари.

Странно, очень странно себя чувствую. Голова кружится. Может, здесь дым? Много дыма. Задохнусь, сейчас задохнусь. Успокоиться. Надо успокоиться, помнишь? Нет никакого дыма. Только мерзкий запах гари.

Захожу в темноту. Здесь совсем нет света, полностью. На ощупь достаю фонарь, включаю. В первое мгновение свет ослепляет; зажмуриваю глаза, как от боли. Успеваю заметить скамьи, светильники, столы. Но всё какое-то странное, как в чёрно-белом кино. И что-то ещё. Странное на стенах, я не могу понять. Надо открыть глаза. Открыть глаза и посмотреть.

– Макс, ты в порядке? – Тихо спрашивает Ксюха.

– В полном, – Громко отвечаю ей. – А почему я должен быть не в порядке?

Не в порядке. Но я знаю, что я не в порядке. Не хочу думать об этом. Не хочу. Что-то не так.

Открываю глаза.

Ничего особенного. Темнота. Белый круг света от фонаря. В круге скамья. Хорошая скамья и даже с обивкой. Очень странно для заброшенного здания. И почему мне всё показалось чёрно-белым? Сдвигаю луч в сторону. И вздрагиваю, делаю шаг назад. Край скамьи чёрный, обугленный. И всё дальше, всё, чёрное, горелое, разбитое, уничтоженное. Покорёженный металл, деревянные головёшки. Голова кружится. Как же странно. Как же странно я себя чувствую.

Вспышка.

Озеро. Тихое спокойное озеро, под утро. Летом светает рано. Озеро. Июньской ночью, когда ночь уже сгустилась над лесом, особенно светло бывает лишь над большой водой – над морем или над озером. Так прекрасно стоять на пирсе, глядя в этот призрачный свет! И это вовсе не страшно. Даже странно, почему кто-то может бояться ночью?.. Уж точно не я!

Мне немного зябко. Я только что плавал. В воде совсем не холодно! Летом вода в озёрах прогревается за день до теплоты, и ночью упоительно плыть на спине, глядя с беспечной улыбкой на огромное чёрное небо над головой, на блестящие россыпи точек-звёзд, и слушая с удовольствием, как звук твоих ленивых шлепков рук о воду далеко разносится над безмолвной гладью. В воде очень тепло, но когда вылезаешь, то капли на твоей покрытой мурашками коже неожиданно становятся холодными, и ты сразу, со смешной дрожью, чувствуешь, когда одна из них, быстрая, ледяная вдруг скатывается по спине.

Большое мохнатое полотенце ложится на спину. Тепло... Мы стоим на пирсе, глядя на тихое, спокойное озеро июньской ночью. Скоро рассвет.

– Может, пойдём спать уже, – спрашивает она, зевая.

Темно. Темнота. Что со мной было сейчас? Поднимаюсь с колен, держась за голову. . Меня поднимают. Ксюха и Виктор.

– Макс, ты как? – Слышу её голос.

– В порядке, – отвечаю автоматически.

Но на самом деле я не в порядке. Совсем нет. Важное. Не могу вспомнить важное. Сейчас я в клубе. Ночью, в заброшенном здании, вместе с друзьями. И мне стало плохо. Что же это было сейчас. Никак не пойму. Я что-то забыл. Голова до сих пор кружится. Где мы? Это странное место. Я больше не я.

Свечу фонариком вокруг. Стены, я видел странное. Поднимаю фонарь.

И вижу их.

Надписи. Много надписей. Сотни, тысячи слов. Бессвязные буквы, цифры, имена. Перекрещивающие, наползающие друг на друга слова. Что это, что? Голова кружится. Больно. Они внутри меня, эти слова будто внутри меня. Отойти, отойти на шаг, нельзя смотреть. Темно, очень темно, я же включил фонарь, я точно помню, что включил фонарь. Во что оно меня превратило, это место?..

Озеро. Летнее озеро. Я стою на пирсе. Мохнатое полотенце на моих плечах. Позади кто-то есть. Я не могу обернуться. Не могу. Я изо всех сил пытаюсь, но не могу. Я вижу только светлое озеро перед собой. Кто я?

Открываю глаза. Надо мной горит яркая синяя звезда. Огромная, в полнеба. Я лежу на спине. Очень болит голова.

– Кто ты? – Тихо спрашиваю.

– Тшшш, Макс... Тихо... Всё хорошо!

Надо мной склоняется Ксюха, заслоняя звезду. Моргаю. Сознание постепенно возвращается ко мне. Я лежу на асфальте, под уличным фонарём. Асфальт холодный. Подношу руки к глазам. Руки чёрные, в саже. Левая болит. На ней большая ссадина.

– Где я? Что случилось? – Слышу собственный голос.

– Всё хорошо, Макс!.. – Говорит Ксюха.

Вижу Виктора рядом. Он озабоченно смотрит на меня.

— Ты отключился там внутри. – Говорит Ксюха. – Начал нести сумятицу... Сначала начал шататься, потом упал. Потерял сознание. Мы тебя вынесли наружу. Мы сейчас рядом. Надо добраться до машины. Ты как? Можешь идти?

Пытаюсь прийти в себя. Поднимаюсь. Опираюсь на стену. Голова кружится и немного тошнит. Живой, вроде. Ну и чушь. Как же так. Что со мной? Потерял сознание. Будто проснулся после долгого сна, только совсем не отдохнул. Но это не важно. Не это важно. Что-то другое. Я что-то знаю. Я стал другим. Это место сделало меня другим. Кто я? Есть какая-то загадка, какой-то важный вопрос.

Медленно ковыляем к машине. Ксюха и Виктор поддерживают меня с обеих сторон. Вот глупость. Со стороны, наверное, похож на пьяного. Ну и пусть. Не это важно, не это. А что важно? Я что-то узнал. Важное. Надо вспомнить, надо обязательно вспомнить.

Опираюсь на чёрный капот «Торино». Лакированный кузов успокаивает, ласкает сердце бликами.

Озеро. Светлое озеро летней ночью.

Это было... это ведь было...

Воспоминание.

Которых у меня нет. Я не помню. Я ничего не помню, вот в чём дело. Кто я, где я учился, откуда я, ничего этого нет.

— Почему я не помню? – Вслух спрашиваю у Виктора с Ксюхой. Они непонимающе глядят на меня.

— Я же ничего не помню, – Говорю им, – Ничего не помню! Что было год назад, что раньше. Мои воспоминания... их нет. Просто обрываются. Вроде совсем недавно...

— Макс, тшшш, – Испуганно шепчет Ксюха, – Успокойся, пожалуйста.

— Слушай, может, его в больницу? – Растерянно говорит Виктор. – Он, наверное, головой ударился.

— Макс... – Начинает Ксюха.

— Нет. – Твёрдо говорю, – Всё хорошо. Просто я не помню. И до сегодня не помнил. Только не думал об этом.

Они переглядываются.

— Садитесь в машину, – говорю, – Поздно уже.

Едем по ночному городу. Блики фонарей скользят по капоту, отсвечивают электрическими вспышками. Молчание.

• • •

Работа. Крыша моего цеха. Река пуста, и гретый вечерний воздух мреет над гладью воды.

Что со мной происходит?

Я ведь и раньше замечал... замечал, что в моей памяти просто отсутствует время «до». Будто я стартовал с начертанной линии посередине года, а до того момента ничего не происходило. Ничего не существовало.

Стоп, стоп... Будем логичными. Ты же логичный человек? Надо посмотреть со стороны.

Уже не знаю. За последнее время слишком много странного всего произошло. Может быть, это связано?

Пока мистику в сторону, давайте всё же попробуем быть логичными. Разберём варианты.

Вариант первый. Вчера ночью, там в «ПятниZZe» я ударился головой. Или отравился газом. В общем, некоторым образом пострадал, в результате чего пострадал мой мозг, что вызвало амнезию. Такое бывает. Наверное. Теперь мне кажется, что я никогда ничего не помнил, хотя до вчерашнего вечера был в полном порядке и прекрасно себя чувствовал. Ведь чувствовал же? Да, более или менее хорошо. Это аргумент «за». Хорошая теория. К сожалению, она точно неверна. Я припоминаю, что задолго до вчерашнего вечера натыкался на проблемы с памятью. Не раз и не два. Только они меня не беспокоили почему-то. А воспоминания о проблемах с памятью, как бы это ни звучало, – это всё же воспоминания. Я мог что-то забыть, но ложные воспоминания у меня появиться не могли! Или могли?.. Ладно, оставим.

Вариант второй. Мистический. Я – это не я. Я чувствую себя странно в последнее время. Будто выпал из своего привычного круга. У меня появились новые друзья, новые увлечения. Со мной происходит нечто странное. Что значат все эти знаки, которые я вижу? Что пытается сказать мне Леди Ф? Кто она такая?

Слишком много вопросов... Это даже не теория, это сказка!

Но вопросы-то есть! Вариант третий. Мой город. Всё кругом странное. Очень странное. Мог ли я оказаться в необычном месте и даже не понять этого? Здесь происходят странные вещи, которым нет объяснения. Меня окружают странные события, выходящие за рамки привычного. И что всё это значит?

Ужас, какой ужас... Это уже сумасшествие... Может быть, я просто схожу с ума. Может быть, мне просто не стоит искать дальше. И всё будет хорошо. Леди Ф, Леди Ф, ну где же ты, когда ты так нужна?

Закрываю лицо ладонями. Ветер гладит руки, шевелит волосы. Чувствую свежесть реки.

• • •

— Я не хочу ни с кем из них встречаться! — Говорит мне Ксюха.

В её голосе проскакивают капризные нотки. Мы ссоримся прямо на улице. Наши романтические будни.

— Но они мои друзья! — Говорю, — Я думал, и твои тоже!

— Да нафиг они мне сдались! Что это за люди? Все с придурью.. У каждого своё что-то.

Ты их коллекционируешь, что ли?

— Не надо так говорить!

На дорожках парка полно людей. То и дело попадаются мамы с колясками и приходится лавировать, чтоб не врезаться.

— А как говорить? Вечно ты с ними. И чёрт знает чем занимаетесь. По ночам стенки и прочее. Это ведь незаконно, между прочим! А если тебя повяжут? Или навернёшься откуда с высоты?

— Не повяжут, — говорю. — И не навернусь.

— Откуда ты знаешь? А если? — Она останавливается и с вызовом смотрит на меня. — Пора забросить всё это! Пора подумать о чём-то другом, Макс! О чём-то серьёзном и настоящем!

— О чём же, например?

— Большой выбор! Смотри куда хочешь. Кем ты работаешь? Сторожем?

— Охранником, – Шутливо поправляю, но как-то мне и самому несмешно.

– И что же? Ты всю жизнь планируешь так провести? Шляться у забора и кормить собаку? Вот так будущее! Шикарная карьера, ничего не скажешь.

– Раньше тебя это не особо волновало, – едко замечаю ей. Она неожиданно смогла меня обидеть. Никогда бы не подумал. Я сам всё прекрасно знаю про свою работу и будущее.

– Раньше и ты меня особо не волновал! – Парирует она, – Нет, серьёзно. Даже Виктор работает в офисе. Пусть он тебя возьмёт. Попросит там...

– Ксюш, – говорю, – Слушай, мне не очень нравится этот разговор. У тебя настроение плохое?

– А у тебя хорошее? Что тебе вообще нравится?

Она недовольно смотрит на меня. Солнце просвечивает сквозь её светлые волосы. Это красиво и я любуюсь ей невольно, забыв о неприятном разговоре. Стайка молодых девчонок обходят нас стороной, бросая любопытные взгляды. Вижу, они о чём-то шепчутся. Наверное, представляют, как вырастут и будут так же устраивать разбор полётов своим парням.

– Эх, Макс, – говорит Ксюха с досадой, – Ну пойми ты меня. Я ведь не прошу чего-то особенного! Я просто хочу, чтобы у нас всё было хорошо. Просто нормально всё было! Как у всех. Ну хотя бы не хуже. Я надеюсь на какое-то будущее, надеюсь, что ты относишься к нашим отношениям серьёзно, надеюсь, что всё будет хорошо, надеюсь, надеюсь, надеюсь...

– Всё будет хорошо, – Говорю ей.

Не слишком-то уверенно говорю, будем честными. Она горько усмехается.

– И что. В чём это заключается... Опять и дальше будешь тусоваться по ночам с этими твоими друзьями? С Линдой этой придурочной? Зачем тебе это надо? Что это тебе даст? Что они хотят, чего они ищут? Ты сам-то знаешь? Есть же, вот есть же какие-то серьёзные вещи. Я вот на работу хочу устроиться. Недалеко от тебя. А из маминого дома мне туда неудобно добираться. С пересадкой. Что вот мне делать?

Молчу. Зря она так. Голова идёт кругом от всех этих вопросов. Сторож. Шляться у забора и кормить собаку.

– Ксюш, – говорю, – Не надо так. Ты, пожалуй, чересчур усердствуешь. Всё будет хорошо. Всё будет нормально, ты погоди только. И не дави так, ладно? Она долго молчит, глядя в сторону..

– Ладно, – Отрывисто отвечает, – Извини.

Мы идём дальше. Навстречу бежит целая ватага школьников. Еле с ног не сбивают! Нельзя же так носиться, право слово.

• • •

Может, просто оставить. Ну ты же не маленький мальчик? Взрослый парень уже. Но я просто надеюсь, что мне станет легче. Как и всегда. Мне нужно просто немного знакомого уюта. Немножко покоя в сердце. В этом ведь нет ничего страшного. Стою перед коричневой скучной дверью. Справа кнопка звонка. Маленькая выпуклая белая кнопочка, на которую мне предстоит нажать. Нажимаю.

Мама открывает через минуту. Её усталое лицо сразу преображается, когда она видит меня.

– Сына, заходи!

Она всплёскивает руками и целует меня, а потом вглядывается в мои глаза.

– Сына, ты в порядке? На тебе лица нет.

Машу рукой. Не знаю, что отвечать на такое. Наверное, у меня всё на лице написано. Мама выглядит встревоженной, но отправляется на кухню что-то готовить. И кипятить чай, наверное.

Медленно снимаю обувь. Мне не по себе. Я не представляю, как сейчас расскажу ей обо всём этом. Она будет волноваться за меня. Разве могу я так поступить с ней? С другой стороны, она ведь сама всегда говорила. Мне нужно просто поговорить.

– Мам, я поговорить приехал...

Пауза и тишина. Шум на кухне смолкает. Я уверен, она слышала меня, и эта тишина мучит меня. Что-то не так. Но через несколько секунд позвякивания и постукивания возобновляются.

– Да, дорогой, конечно! Что ты хотел?

Прохожу в кухню, сажусь на табурет.

– Мам, у меня тут небольшая проблема.

– Что такое? – Спрашивает она.

Внимательно слежу за её лицом. Она напряжена. Она взволнована и старается не подать вида. Будто всё хорошо. Но она знает. Она ведь знает? Или мне кажется? Как долго я знаю её? Кажется, всю жизнь. А вся жизнь – это сколько?

– Мам, я не могу вспомнить кое-что...

– Что именно?

А может, она и не напряжена. Может, мне всё причудилось. Можно просто спросить и всё.

– Всё. Я ничего не помню... Мне кажется, я всё забыл. Что было до этого года. Я... Я вообще не уверен, что оно было. И чувствую себя очень странно. Меня окружают странные вещи. И происходит что-то непонятное.

Она бросает нож и садится напротив, внимательно и с тревогой глядя на меня.

– Макс, сына, дорогой... Может быть, у тебя опять?.. Нет, конечно, нет, что же я говорю... То есть, не опять... Слушай, ты себя хорошо чувствуешь?

– Чувствую себя... нормально, в принципе. Только я же сказал, я ничего не помню. И не понимаю, почему. Почему ты сказала «опять»? Что значит «опять»?

– То есть, не опять. Я вот что думаю, Максим. Ты, пожалуйста, не нервничай... Я всегда тебя выслушаю.

– Да я не нервничаю, что значит «опять»?

– Ну... ну как же. Погоди. Давай чаю попьём и обо всём поговорим, ладно?

– Да не хочу я чай! Я хочу просто немного правды! Это так сложно! – Кричу я в голос, и тут же замолкаю, увидев её испуганное лицо.

Ну вот. Ну вот, напугал маму. Идиот. Дурак. Двадцать пять лет, а ведёшь себя, как испуганный мальчишка. Заставляю себя замолчать. Не нервничай, Макс. Не нервничай. Всё же хорошо. Мама с испугом смотрит на меня.

– Извини, мам. Что-то я сорвался.

Вроде полегче, но полностью успокоиться не могу. Ничего не выходит. На сердце лежит холодная змея бешенства. Я слышал это «опять». Почему она не говорит? Что со мной? Почему она не говорит?

— Мам, извини, пожалуйста, что я сорвался. Просто я себя как-то странно чувствую в последнее время. Будто с памятью что-то не так. И вообще. А сейчас вот ты сказала, дай вспомнить, «может быть, у тебя это опять?». Ты мне мам, скажи, только честно. Что «опять»?

— Сына... Ты не волнуйся, — мама с горечью глядит на меня, — Ты только не волнуйся. Всё будет хорошо.

От этого её взгляда, от этой грусти в глазах, мне только хочется злиться сильнее. Почему нельзя просто сказать. Почему?

— Я не буду волноваться, если ты мне всё расскажешь. Почему мне просто не рассказать, что я прошу? Это так сложно? Я же не псих, правда, мам?

— Нет, сына, нет, конечно. Ты не волнуйся... Пожалуйста, Максим...

— Я не волнуюсь, — я срываюсь на крик, и ненавижу себя, но я срываюсь на крик и ничего не могу сделать, — мама, я не волнуюсь! Просто! Скажи мне! Что такое «опять»?! Мне нужен ответ! Сейчас!

— Сына... — У мамы выступают слёзы, — Сына, ну ты же тогда помнишь, на крышу залез. Я так боюсь за тебя...

— Мама. Я сейчас залезу на крышу, если ты мне не расскажешь. И спрыгну оттуда. Чтобы мозги по асфальту.

— Да я же... Максим, ну я же люблю тебя. Я беспокоюсь за тебя. Ты меня пугаешь. Нельзя так нервничать, сына. Давай мы сделаем так. Сейчас мы чаю попьём, а после — поедем к Дмитрию Александровичу, в... больницу. Ты ему расскажи обо всём, что тебя беспокоит, ладно? Наверняка он сможет помочь...

Молча смотрю на неё. Она плачет и с тревогой вглядывается в меня. Может, и верно? Все эти вопросы без ответов, странности... Я ведь не обязан искать эти ответы. Там мне наверняка помогут забыть.

Нет.

Я ведь не только для себя это делаю. Правда?

Закрываю за собой дверь. Я успеваю спуститься на пару лестничных пролётов, когда она выбегает вслед за мной.

– Макс, сына, постой, пожалуйста! Сына, только ничего не делай! Ничего не делай плохого, ладно? Тебе сейчас помощь нужна, ты пойми!

Ухожу молча.

•••

Премьера. Я играю в любительском спектакле Линды. Скоро мой выход. Мне совсем не интересно. Меня занимают совсем другие мысли. Всё катится кувырком. А Линда, преображённая, румяная, в волнении порхает за кулисами, щебечет о спектакле.

Что же не так?

Ведь в моей жизни – всё замечательно. Если объективно. Ведь правда. Мне не нужны никакие ответы. Для выживания – не нужны. У меня есть работа, друзья и какая-никакая спокойная жизнь. Я могу просто жить дальше, и не думать ни о чём. Ведь проблема, если посмотреть внимательно, не в том, что мне плохо. Мне не плохо.

– Эй... Как тебя... Меркуцио, пошли!

Это мне? Мне. Меня на сцену зовёт с собой Ромео. Забавно, я тоже не помню его имя. Настоящее имя. Смотрю в сторону сцены. Там светло. Да, надо идти. Пара реплик и всё.

Слышу, как открывается дверь.

– Это ещё кто? – Слышу недовольный голос Ромео. – Максим, постой...

Не верю своим ушам. За кулисами появляется моя мама. С ней незнакомый мне крепкий парень.

– Максим, подожди. Нам надо поговорить... Тебе нужна помощь. Парень неторопливо приближается ко мне.

Поворачиваюсь в сторону света. Иду на сцену. В глаза ударяет яркий свет.

Проблема ведь не в том, что мне плохо, да. Мне не плохо. Мне нормально. У меня всё хорошо, если присмотреться. Я здоров. Это же главное. И остальное путём вроде как. А в чём же тогда проблема?

Ведь что-то не так. Не всё в порядке. Рядом со мной происходят странные вещи. Или со мной происходят странные вещи. Появляются странные вопросы. И, возможно, только возможно, я не просто сошёл с ума. Возможно, существуют странные ответы. Рядом со мной начинают говорить. Реплика Ромео. Скоро и мне. Свет очень яркий. В зале совершенная чернота. Будто кроме сцены ничего не существует. Это что-то мне напоминает, не могу вспомнить – что.

Странные вопросы. Странные ответы. Что ж, ведь в этом тоже нет ничего особенно пугающего. Многие люди сталкиваются со странностями в своей жизни. И живут себе. Почему же меня это так беспокоит? Почему? Я ведь знаю, в чём дело, правда? Дело в том, что у меня есть выбор.

Я могу просто забыть обо всём и жить дальше. Жить дальше своей нормальной, неплохой жизнью, безо всяких странных странных вопросов и странных ответов, без необычных возможностей, без Леди Ф, без нарушений в порядке вещей и нарушений в окружающем мире. Не выходить за пределы светлого круга, не искать глазами того, что не существует, не пытаться пойти в сторону от назначенного пути.

И ведь так оно лучше. Я сам знаю, что так – действительно лучше. Я бы даже хотел так. Я ведь просто устал. Достаточно ничего не делать. Спокойно сыграть свою роль, улыбнуться маме и пойти за ней. Мне помогут. Мне помогут всё забыть. И всё будет хорошо.

– Эй... – Шипит мне Ромео. – Эй, ты, Меркуцио!.. «Ромео, нет, от танцев не уйдёшь...» Поворачиваюсь к залу. Там темно. Мы все стоим в круге яркого света. Сейчас не существует ничего, кроме него. Что было до, что после – неважно. За пределами круга – ничего нет. И мы все знаем свои роли. Знай себе – говори, что положено по роли. Леди Ф, Леди Ф, где же ты?

Всё будет хорошо.

– Знаете что, – говорю я вслух, – Всё не так.

Тишина. Молчание.

– Все же всё знают, правда? Все знают, чем всё кончится.

Краем глаза вижу распахнутый и перекошенный в изумлении рот Ромео. Зал исчез. Его больше нет, настолько тихо там, в непрозрачной черноте.

– Мы обменяемся парой реплик, а после пойдём на бал. И Ромео предстоит встретить Джульетту, а после умереть вместе со своей возлюбленной. Вы же знаете это. И все знают. А мне суждено драться с врагами Ромео, и умереть ещё раньше. Все же всё знают.

Ромео говорит мне что-то взволнованным шёпотом, но я его не слышу. Сумбур за кулисами.

– А я не хочу, – говорю громко. – Я не хочу. Да, я знаю свою роль. Выход, реплика, действие. Всё написано за меня. Только двигайся по роли. Как по рельсам. Это же так просто. Но только я не хочу. Я сам не знаю, что это. Важное и серьёзное желание или просто каприз. Но я знаю, что не хочу так. Не хочу повторять заранее написанные реплики и исполнять написанную роль до самой смерти. Я хочу просто быть тем, кто я есть. Кто я есть на самом деле. И я хочу быть свободным. Поэтому... поэтому, знаешь, Ромео, вот что я скажу... Будь осторожнее. Сделай не так, не так, как тебе начертано. Не слушай никого. Ты же знаешь, что должно случиться, так попробуй её спасти! Попробуй изменить что-то! Ты можешь. Ты же главный герой! Ты, Бенволио – помоги ему! И не надо больше крови. Вы же умные ребята. Договоритесь, найдите способ... Начинаю идти в сторону зала. Туда, к границе яркого круга. Я слышу голоса за кулисами. Сейчас. Уже скоро.

– Мне ведь предстоит пасть в дуэли где-то в начале третьего акта. Такая вот судьба. А знаете что? Я не хочу. Да, я знаю, что роль написана, но представьте себе – мне вовсе не хочется умирать. Так что... я ухожу. Извините!

И ко мне уже бегут из-за кулис. Я не вижу, но слышу топот, и крики. Но я не собираюсь здесь оставаться. Я сделал свой выбор.

– Прощайте! Мне пора! Меня ждёт моя жизнь!

Я прыгаю за границу белого круга и оказываюсь в темноте. Вниз со сцены. Прочь, к выходу из зала. Здесь не так темно, если тут оказаться. Успеваю оглянуться. Сцена осталась позади. На ней в лучах софитов застыли человеческие фигуры. Ромео и Бенволио, опустив руки, растерянно смотрят друг на друга. Парень, что пришёл с моей мамой, вглядывается в темноту зала. На сцене он явно лишний.

– Свет, включите свет! – Кричит он.

Бегу мимо зрителей. Они с удивлением глядят на меня. Некоторые вяло пытаются хлопать, провожая меня недоумевающими глазами. Большинство даже не понимает, что происходит. Никто не пытается меня остановить.

Я распахиваю дверь и выбегаю на улицу.

• • •

Пустая стена. Поднимаю руку с баллончиком. Провожу линию.

Я попробую узнать ответы.

Силуэт получается странным. Я и сам не знаю, что рисую. Просто следую за линиями. Они направляют меня, а не наоборот.

Вопрос – это когда ты не знаешь правду. Ответ – это правда, которую ты раньше не знал. Мне нужно двигаться дальше. И я всё узнаю, рано или поздно.

Рисунок обретает контуры. Не идеально, но я точно знаю, что поступаю верно. Её... Её нет сейчас рядом, но я очень хорошо помню тот её вопрос.

Зачем люди продолжают творить, если совершенство недостижимо?

Потому что они надеются приблизиться хоть на шаг ближе. Хоть на один маленький шажок. А после ещё на один. А когда ты шагаешь – это уже путь.

Ещё линия и ещё.

– Интересно, – говорит кто-то за моей спиной.

Голос глухой и незнакомый. Оборачиваюсь так резко, что едва не теряю равновесие. За моей спиной сидит человек. Я не вижу его лица. Он в капюшоне, и под ним только тёмная тень.

– Ты кто? – Спрашиваю, оглядываясь.

Человек долго молчит. Потом встаёт.

– Меня зовут Бен, – говорит он.

– Да?.. А меня Макс... – Отвечаю, растерявшись.

– Я знаю. Приятно познакомиться, – хмыкает Бен, – У тебя по-моему, вот там не закончено.

Он указывает на последнюю линию. Действительно. Последний штрих. Завершаю рисунок.

– Пойдём? – Говорит Бен. – Ты ведь не будешь здесь оставаться? С баллончиком в руках.

– Пойдём. – Соглашаюсь.

Мы уходим. За нашими спинами остаётся рисунок на городском холсте. Пустая стена перестала быть пустой.

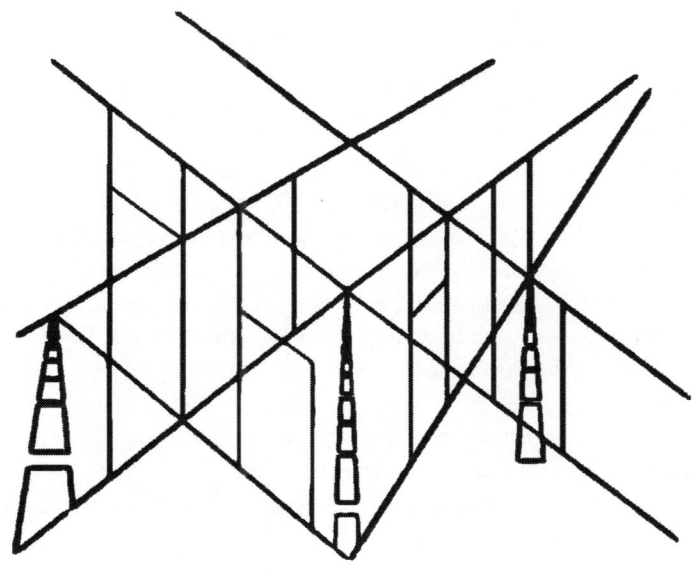

Стена 6

До Самого Дна

— И почему ты скрываешься? Они тебя ловят?

Этот вопрос задал я.

Бен усмехается, ведёт пальцами по стене, не боясь испачкаться.

— Ловят.

— Потому что ты рисуешь?

— Неа. Потому что они знают, что это рисую я. Сколько в городе художников? Десятки. Все они рисуют. Многие — куда больше, чем я. Не лучше... но больше. Их не ловят. Почему? Потому что надо или поймать на месте, или однозначно доказать. А про мои работы все знают, что это мои работы. Так что я — не свечусь. А ты?

— А я... У меня временные трудности в жизни. Пока непонятно, надолго ли, и к чему это приведёт.

— Временные — это хорошо, — Бен поджимает губы и смотрит в сторону.

Мы сидим на недостроенном мосту. У рабочих выходной, никого нет. Внизу люди спешат по своим делам. Мы невидимы для них. Мы с той стороны города, которой нет.

— Почему ты так говоришь? Надоело бегать?

— Бегать?.. Нет, не в этом дело. Вопрос в том, перестал бы я скрываться, если бы меня не искали.

— И перестал бы?

— Думаю, нет. Я привык быть один. И мне это нравится.

— И что дальше? Будешь так всю жизнь?

— А ты? — Отвечает Бен вопросом на вопрос.

— Я... Наверное, нет. Я люблю свободу. Я очень люблю быть свободным. Рутина работы мучает. Но это молодость. Впереди зрелость.

– И что? – Бен насмешливо смотрит на меня, – Что же? Что там?

– Не знаю. Что-то другое.

– Да что другое?

– Ну, не знаю. Семья, наверное. Дети. Ответственность.

– Ох, твои ли это слова, Макс? Давай-ка подробнее. Просто расскажи мне всё об этом. Давай. Не тушуйся.

Собираюсь с мыслями. Внизу мелькают машины. Иногда они идут таким потоком, что будто превращаются в поезд.

– Понимаешь, Бен, я сейчас стою перед определённым выбором. Вернее, можно сказать, я этот выбор уже сделал. Мне ещё предстоит во всём этом разобраться, но мне кажется, что за этим выбором стоит нечто большее... – Заминаюсь, подбирая слова.

– Продолжай, – говорит Бен, – Просто говори, что думается, там разберёмся.

– Так вот. Тебе не кажется, что мы... наше поколение, что ли, стало чересчур свободолюбивым? Нет, нет, свобода – это неправильное слово... А может, и правильное. Но никто не хочет идти к далёкой большой цели. Это скучно и долго. Не в смысле путешествовать, конечно. А в смысле – участвовать в важном общем деле и получать от этого удовольствие. Есть, конечно, большие корпорации, есть люди, которые в них работают, я сам таких знаю. Но они работают не за энтузиазм. Не в охотку. Они работают за деньги, за карьеру. И если подворачивается хорошее место в другой компании, без проблем переходят туда. И не считают это предательством. То есть, они не видят для себя участия в значимом созидании. В чём-то более значимом, нежели их собственные цели...

– А что же плохого в их собственных целях? – Перебивает Бен.

Видно, что хоть он и предлагал мне излагать свои мысли, но всё же не удержался, чтобы не возразить.

– Да и в их целях нет ничего плохого. Но и хорошего тоже немного. Ладно бы они копили на дом, к примеру. Мечтали завести большую семью, уйму детей, дом и так далее. Так ведь не для этого же деньги зарабатывают. Конечно, есть ребята... Но ведь идеал другой сейчас. Причём идеал часто для вполне успешных самостоятельных людей! Заработал денег. Заработал ещё больше. Купил машину, дорогие часы. И много женщин тоже купил. И – путешествовать по миру. Сёрфинг и подводное плавание и всё такое прочее. А в идеале – впереди свой бизнес. Но на этом всё. То есть, ещё более дорогая машина и часы за миллион. Какие дети? Какая семья? Пелёнки, быт, дача по выходным... разве это сравнится с белым песком, лазурной водой и загорелыми телами?

Бен уже давно порывается вставить слово. Ему невтерпёж. Наконец, я делаю паузу, и он тут же нетерпеливо встревает.

– Макс, Макс, Макс, очнись! Ты сейчас о чём говоришь вообще? Это не твои слова! Это не твои слова, я уверен! Это какое-то наследие прошлого, телефильмы из дремучего советского детства в заражённом подсознании. Да, ты всё правильно сказал. Да, мы такие! Мы хотим быть свободными! Я не хочу сидеть в офисе весь день всю неделю, и быть увешан кредитами. Мы не хотим! Это не стабильность. Это кабала! Ну, мы сейчас не о всех говорим, но ты сам понимаешь, о ком... Мы хотим зарабатывать деньги, а не работать. Зарабатывать много, быстро и не особенно напрягаясь. Естественно, никто не хочет влезать в криминал, но и думать о том, насколько это честно, никому не надо. Да, в столице зарплаты выше в три-четыре раза. Ну и что? Мы хотим денег, и мы можем их получить! И заметь, я не в негативном ключе об этом говорю! Я молод, весел, я знаю, как можно потратить деньги в своё удовольствие, так значит они нужны мне! Я вот дизайном занимаюсь. В свободное от антисоциальной жизни время. По знакомству, конечно. У меня есть имя. Я иногда за эскиз столько получаю, сколько рабочий у станка в провинции – за год. И что? Мне теперь мучиться угрызениями совести? Ну уж нет! Я молод, я свободен и мне хорошо. Это моё право! Я хочу рисовать. И рисую. Я хочу радоваться жизни. И радуюсь! А семья? Ты как это всё расписал? Дача по выходным... Пелёнки... Счастье – это что, борщ и пелёнки? А как же любовь? «Любовь», знаешь такое слово? Да, мне не нужны обязательства!

И если девушку это устраивает, почему нет? Зато я могу любить в своё удовольствие, любить полным сердцем, жить чувствами, а не рассчитывать кредиты и сравнивать цены... Если мне нравятся дорогие игрушки... почему нет? Если я хочу новую девушку каждые выходные... почему нет? Я хочу быть счастлив здесь, сегодня, сейчас и быстро! А не «может быть», утирая слёзы, через десять лет, после километров пелёнок на вершине днепробама. Счастье – есть удовольствие без раскаяния, помнишь? И знаешь, что мы сделали? Мы избавились от раскаяния! К чёрту раскаяние! Мы и без него прекрасно себя чувствуем! К чёрту раскаяние, и к чёрту ответственность! Да, это наше поколение, поколение быстрого счастья. И я рад, что я к нему отношусь. Разве не это и есть свобода?

– Ого. Свобода... Я тоже хочу быть свободным. Но такая свобода, как ты расписал... «Зарабатывать быстро, тратить, дорогие игрушки, делать, что хочу...» Разве это не то самое общество потребления, против которого люди твоего круга боролись последние двадцать лет?

Бен ошарашенно глядит на меня.

– Общество потребления?.. Ну уж нет!.. Дело ведь не в дорогих игрушках самих по себе. А в том, что я хочу быть счастлив и свободен. А человеку свойственно быть счастливым и свободным, когда он делает, что ему вздумается, и получает, всё, что ему хочется. Это звучит спорно... снаружи, я понимаю. Для человека со стороны. Но изнутри... изнутри, когда ты говоришь о себе – это наполнено смыслом. Потому что ни у кого ты потом не спросишь. Ни у кого ты потом не стребуешь ответ, почему твоя жизнь прошла мимо. Лучше быть молодым и здоровым... и счастливым и свободным. От всего. От ответственности, от раскаяния, от тяжёлых мыслей и непонятных целей в туманном будущем. К чёрту. Не грузись, Макс. Будь молод и счастлив.

Будь молод и счастлив. Будь молод и счастлив. Какие прекрасные слова.

– Я ведь не о том спрашивал, Бен.

– Ну тогда о чём же?

– А о том, что эта новая свобода... этот новый тренд, да, он сам по себе уже стал нормой. Сам по себе стал ответственностью. Если ты человек определённого круга, и ты в этот образ не вписываешься, значит, ты отстаёшь. Значит, ты не успешен.

– Не успешен?.. – Бен задумывается, – Ну, возможно.

– Ну и какая же это свобода, тогда? Получается, чтобы быть успешным, ты должен быть «свободен» в том ключе, как ты расписал. А какая же это свобода, если ты должен.

– Да, противоречие... – Усмехается Бен, – Но это ведь просто слова. Я же говорю, изнутри оно всё не так воспринимается.

– Вообще странно слышать такие слова именно от тебя...

– Возможно. Зато из моих уст это более противоречиво, а значит, и более интересно звучит! Скажи мне лучше, Макс, а что такое свобода для тебя?

– Для меня? Сейчас... узнать правду о себе. И жить так, как мне хочется. Быть полностью независимым... свободным от каких-либо установок, убеждений и ролей. Быть, ну, в общем, как бы это банально ни звучало, быть собой.

– Ну и чем же это отличается от того, что я тебе рассказал?

– Тем, что твоя «свобода» — это тоже роль.

– Эх, Макс! – Бен смеётся и хлопает меня по плечу, – Каждому своё, бро. Каждому своё.

•••

Парк. Тот самый. С огромными деревьями, сомкнувшимися над головой. Шум, древний шум старинных деревьев. Как прибой, звучащий столетиями. Серое, пасмурное небо. Здесь очень спокойно. Прекрасное место.

Но что-то... здесь не так. Какая-то опасность. Я ведь знаю, точно знаю, в чём тут дело. Только забыл.

Ищу её глазами, но её нигде нет.

Иду по аллее. Она должна быть где-то здесь.

Слышу шум. Или музыку? Может быть, мне показалось? Ведь деревья шумят, так прекрасно шумят деревья. Я готов слушать эту музыку вечно.

Там, впереди за поворотом, что-то есть. Я знаю это доподлинно, но никак не могу вспомнить, что именно.

Движение. Впереди движение. Там кто-то бежит... Останавливаюсь. Вглядываюсь вперёд. Ну где же ты, где же ты, когда так нужна?

Что-то яркое на земле. Наклоняюсь. Это цветы. Их цвет обжигает, ослепляет в этом сером, блеклом и спокойном месте.

И снова я вижу их. Они бегут, бегут ко мне, чёрные псы, быстро, молча, зная свою цель. Ноги словно прирастают к земле. Надо бежать, бежать прочь, обернуться и бежать прочь, но это невозможно, потому что я вспоминаю, что самое, самое страшное. Самое ужасное, что может быть – сейчас за моей спиной. Я чувствую это, чувствую точно, как ледяной луч, точно направленный в мою спину. За спиной и чуть и слева. Надо обернуться. Надо обернуться, чтобы понять. Надо обернуться. Там ответ.

Там ответ, Макс.

Оборачиваюсь.

Нет. Нет. НЕТ!

Просыпаюсь. Черно и страшно. Долго не могу понять, где я, потом вспоминаю. Я у Бена дома. Я не рискнул возвращаться к себе вчера, попросился к нему. Чёрные псы ещё маячат перед глазами. Я ведь бежал с ними. Или от них. И я видел, так? Я видел, что было за моей спиной. Ведь видел. И оттого проснулся. Надо, надо вспомнить. Что бы там ни было.

Я лежу ещё долго, лежу в абсолютной темноте, тру глаза руками, щипаю себя, чтобы не уснуть, лежу ещё долго, пока за окном не занимается ранний рассвет, но так и не могу вспомнить, что же я видел, там, в пасмурном парке, в мрачном прекрасном парке, где живут чёрные псы.

• • •

Новый день в моём городе. Утро. Не слишком уже раннее. Солнце уже раскрасило стены яркими красками городского лета и блещет яркими звёздами на оранжевых окнах домов. Воздух начинает нагреваться и машины заполняют город, скот, выпущенный из стойла.

Мы с Беном идём по людной улице. Сейчас нас не существует. Сотни людей спешат с утра по своим важным делам. Работа, учёба, учреждения, магазины. Мы сливаемся с этой толпой, и никто не обращает на нас внимания, будто нас и вовсе нет.

– У тебя завтра смена? – спрашивает Бен.

– Ага, – отвечаю.

У меня неожиданно хорошее настроение. Мне нравится это утро. Хочется забыть обо всём и спешить куда-то вместе с прохожими, и оттого я не сразу понимаю, что Бен не может знать, где и как я работаю. Я ведь не говорил ему. Неприятный холодок бежит по спине. Краски сразу блекнут, а блики солнца на оранжевых окнах начинают неприятно слепить.

– Бен... – Говорю.

– Да?

– Я ведь не говорил тебе, где работаю.

– Разве? – Спокойно переспрашивает Бен, не замедлив шага, – По-моему, упоминал что-то. По сменам что-то, нет?

– Да...

Я замолкаю, прокручивая в голове наши разговоры. О жизни, о свободе, об искусстве... А может быть. Мне так не хочется заморачиваться в это славное утро, так не хочется опять впадать в сумрак жизненных дилемм и неприятных вопросов, что я вполне осознанно отталкиваю от себя эти мысли. Наверное, в самом деле обмолвился в разговоре. Сказал что-нибудь про работу посменно. Пусть.

— Макс?.. – Говорит Бен.

— Да, Бен?

— Сегодня отличный день, чтобы ничего не делать, как ты считаешь? Смеюсь.

— Давай попробуем!..

• • •

Сидим на лавочке в парке, кормим голубей. Десятки птиц слетелись на крошки батона. Здесь мало людей, и мало суеты. В двух минутах отсюда меня чуть не убил пролетевший грузовик. Сейчас не хочется вспоминать об этом. Страшно. Наверное, это потому, что мне хочется жить?

Что будет дальше? Я до сих пор не возвращался домой, из опасения, что там меня могут ждать. Теперь, когда я убежал, про меня могут подумать всё, что угодно. Надеюсь, не будут ловить с милицией. Задержали с милицией и отправили в психиатрическую лечебницу. Занимательный биографический факт.

— Почему ты стал таким, как ты стал, Бен?

— Каким «таким»?

— Ты понимаешь. Ты знаешь Пса?

— Конечно. Мы хорошо знакомы.

— Ты ведь знаешь его отношение к людям. Что никто не нужен и так далее. Это и твоё тоже? Или это твоё влияние?

— Да не сказать. Отчасти я с ним согласен. Это примерно то же, о чём мы с тобой говорили. Ну зачем тебе другие люди? Если ты получаешь удовольствие от общения с друзьями, отлично. Но зачем тебе другие люди? В большинстве случаев, они только принесут тебе новые проблемы. Потребуют участия в своей жизни. Захотят от тебя помощи. Зачем это надо?

— Лучше одному?

— А вот да! Лучше одному. То, что мне надо, я смогу получить, когда мне это надо. И общение, и удовольствие, и секс, если угодно. Без сопутствующих проблем, которые, как правило, приходят вместе с другими людьми. К тому же, они, как правило, меня не понимают. Не понимают ни моего образа жизни, ни моего искусства, ни моего одиночества. И не понимают главного – они не могут мне ничего предложить! Они мне просто не нужны. А то, что надо – я и сам возьму.

– Звучит мрачно.

– Звучит, как звучит. Это я. Это моё право так думать, и моё право быть таким. Я никого не трогаю, и не хочу, чтобы трогали меня. Я не навязываю никому свой образ жизни, и не желаю, что мне навязывали чей-то другой. Это моё право – жить так, как мне нравится!

– А как же рисунки?

– А что... что рисунки?

– Всё-таки, их видят все. И всё-таки, ну... это же нелегально.

Бен кивает. Горькая улыбка кривит его губы. Он нарочито медленно наклоняется и поднимает горбушку, которую не могут расклевать птицы. Разламывает её на мелкие части и крошит. Голуби толпятся, налезая друг на друга и яростно курлыкая.

– Да, мои рисунки видят все, – говорит Бен, – Не то, что я хочу, чтобы все их видели... Но и не наоборот тоже...

Он молчит, разминая хлеб в пальцах. Ни через пять минут, ни через десять он не отвечает. Молчим вместе. В парке хорошо.

• • •

Крыша. Лето. День. В городе жара. От чёрного толя на пятиэтажке волнами поднимается тепло. Нагретый воздух мнётся и плавится. Мы с Беном пьём теплое пиво, и глядим на будничный город. Бен рассказывает мне про свою учёбу, постоянно отвлекаясь.

– Я сначала на партах рисовал. Вандализмом занимался. Свинство, конечно же. Изрисованные парты – это некрасиво. Когда всё вперемешку. Да и на стенах это некрасиво, когда всё вперемешку. Тоже вандализм. Ты знаешь, в Нью-Йорке была такая кампания. Когда власти начали всерьёз бороться с граффити. Очищать поезда, чистить стены. И вроде даже преступность упала. Эксперимент какой-то. Из серии, что если человек стоит рядом с изрисованной стеной, он скорее бросит мусор на асфальт. А если стена чистая, будет искать мусорку. И так далее, и с преступностью тоже что-то похожее. Потому я сам понимаю, что всё это очень спорно. Но деваться мне некуда. Я – это я. И я рисую. И с другой стороны, когда хорошая работа, то это не выглядит, как мусор на стене. Это холст и прекрасная картина. Которая заставляет людей останавливаться и смотреть с улыбкой. Реже – восхищаться. Ещё реже – задуматься. Хотя... конечно, я рисую не для этого.

– А для чего?

– Вот честно, не знаю до конца, – сразу же отвечает Бен, – Мне много раз задавали этот вопрос. Я вот этот фрагмент часто цитирую...

Бен задумывается.

– Итак... «Отменяется проживание искусства в кладовых, сараях человеческого гения – дворцах, галереях, салонах, библиотеках, театрах. Во имя великой поступи равенства каждого пред культурой Свободное Слово творческой личности пусть будет написано на перекрестках домовых стен, заборов, крыш, улиц наших городов, селений и на спинах автомобилей, экипажей, трамваев и на платьях всех граждан. Пусть самоцветными радугами перекинутся картины на улицах и площадях от дома к дому, радуя, облагораживая глаз прохожего. Художники и писатели обязаны немедля взять горшки с красками и кистями своего мастерства иллюминовать, разрисовать все бока, лбы и груди городов, вокзалов и вечно бегущих стай железнодорожных вагонов. Пусть отныне, проходя по улице, гражданин будет наслаждаться ежеминутно глубиной мысли великих современников, созерцать цветистую яркость красивой радости сегодня, слушать музыку – мелодии, грохот, шум – прекрасных композиторов всюду. Пусть улицы будут праздником искусства для всех!»

Бен замолкает и выжидательно смотрит на меня.

– Круто? – Спрашивает он.

– Очень, – смеюсь, – Это что?

– Это Маяковский. Манифест футуризма. Прямо про нас. Но на самом деле желание рисовать, чаще всего, это не осознанный выбор, а просто... просто искреннее желание. И я получаю от этого удовольствие. Когда я рисую... я словно побеждающий спортсмен, который чувствует свою силу.

– Это спорт?

– Нет. Это то же самое, что спорт для увлечённого человека. Способ жить. Но слушай... – Бен отхлёбывает из бутылки, – Мы чересчур углубляемся, не? Так вот, когда я учился, эти мои рисунки не были чем-то главным для меня. Это постепенно всё произошло. Сначала просто рисовал, потом смотрю – получается. Стал интересоваться техникой. Потом увлёкся граффити. Попробовал. Я даже не помню точно, когда это произошло.

Жду продолжения, но он молчит, считая, что всё сказано.

– Что произошло?

– Как что? Когда это стало для меня не просто увлечением. А самым главным. Когда я сам стал частью этого. Для меня нечто большее, чем просто хобби. Это жизнь. А для других – просто увлечение. Вроде коллекционирования марок. А некоторые – так и просто смеются. Вот ты, когда учился, тоже сначала свысока смотрел на эти рисунки... Секунда. Одна секунда, в течение которой я поворачиваюсь к нему в недоумении. Когда я учился? Откуда он может это знать? И ведь он испуган? Или просто неуверен? Или считает, что ляпнул лишнее.

– ...небось, – завершает Бен.

Он пьёт из бутылки, будто ничего и не случилось. Может, и в самом деле ничего не случилось. Может, мне просто показалось?

– Что это было? – Спрашиваю, и сам уже понимаю, как глупо это звучит...

– Что это было когда? – С недоумением интересуется Бен.

– Вот... сейчас. Ты знаешь, где я учился? Откуда?

Бен хмурится.

– Нет. Не знаю. Что за дела, Макс? Почему ты так.. подозрительно себя ведёшь? Про работу, про учёбу. Что за дела? Я думал, я параноик, – Он смеётся, – Может, расскажешь?

Молчу, глядя на город. Почему-то на крыше всегда чувствуешь себя особенно. Здесь всё иначе. Будто и нет того суетливого, мелькающего и непостоянного города внизу. Здесь часть того невидимого города, в котором живёт Пёс. Словно ты на высоком молчаливом утёсе, а внизу беснуется шторм. Здесь – спокойно, тихо, и медленно, плавно; будто лаская встречный ветер пернатой грудью, реет одинокая птица.

– Попробую рассказать. – Начинаю.

Долго молчу. Я ведь и сам до конца не понимаю, что со мной.

– В общем, так, Бен. У меня проблемы с памятью. И со мной происходит что-то странное. Я забыл, понимаешь?

– Что забыл?

– Да всё забыл. Забыл кто я, откуда, где учился, что со мной было раньше. Я помню моих друзей, помню маму. Помню, как меня зовут. Но до какого-то момента в моей жизни... просто пелена. Будто и не было ничего. Будто родился в этот момент сразу с памятью и знаниями, а до того ничего не было. Вообще ничего.

– Ого. А ты пробовал говорить с кем-нибудь? С родителями?

– С тобой вот говорю. Маме сказал. Она решила, что я свихнулся, судя по всему. Вместо того, чтобы поговорить со мной, позвонила врачу. И теперь я живу у тебя. Потому что боюсь идти домой. Заберут в дурку. Станешь тут параноиком.

– А может... Ты не подумай только ничего. Но, может, тебе и в самом деле требуется помощь?

– Я не обижаюсь. Нормальный вопрос. Я уже думал об этом, Бен. Тут дело такое, что... понимаешь, я до недавнего времени не беспокоился, что ничего не помню. Я знал, точно знал, но просто не беспокоился. Это казалось мне нормальным. Хотя это же явно не нормально.

– И когда ты стал беспокоиться?

– Когда... Я... мы с друзьями ходили в один заброшенный клуб.

Его зрачки расширяются. Я видел это. Видел точно.

– Ты знаешь что-то? Бен, скажи мне.

– Макс. Успокойся. Просто расскажи мне. Ты ведёшь себя странно, если честно.

– Возможно... Так вот. Я начинаю подозревать, что со мной

произошло нечто необычное. Как будто в моём прошлом было нечто странное. Со мной случилось нечто странное. Или с городом. Или с окружающим миром. Я пытаюсь понять, кто я, что было в моём прошлом, почему я это забыл. И вообще, существовало ли это прошлое...

— Круто, — говорит Бен.

Наверное, он считает меня сумасшедшим. Но останавливаться я уже не хочу.

— И ещё. У меня появились способности. Нечто вроде особых способностей. Я понимаю, что это звучит безумно... Но есть одна девушка. И она приходит ко мне. Очень редко. Но иногда приходит. Часто в опасных ситуациях. И даёт необычные советы. Часто очень странные советы... на первый взгляд. Но когда я им следую, то мне это всегда помогает. Причём помогает очень сильно, на грани сверхестественного.

— Вот это история, — говорит Бен.

Он не смотрит на меня.

— Я понимаю, — говорю с горечью, — Я понимаю... Это точно звучит, как бред сумасшедшего! Но это действительно так. Поэтому я хочу узнать, кто я. Поэтому я хочу понять, в чём тут дело. И поэтому я пока не спешу пойти к ним и сказать: «положите меня в психушку». Вот такая у меня история, Бен.

— Круто, Макс. В самом деле, круто, — Говорит Бен.

Потом он долго молчит.

— Знаешь, что, Макс, — говорит он, — Я тебе верю. Серьёзно. Ищи свои ответы. Я уверен, ты их найдёшь. Только береги себя. Никогда не знаешь, на какой ответ можешь наткнуться. Вдруг он будет опаснее для тебя, чем вопрос.

— Спасибо, — Киваю. — Спасибо, Бен.

— Вот что, Макс. Ещё одно дело. Ты не подумай, будто я от тебя сбегаю, но мне надо идти. Я дам тебе ещё один совет. Не знаю, поступаю я хорошо или нет. Или правильно. Не знаю, правда. Но вот что я бы сделал на твоём месте: попробуй вспомнить точку, до которой ты помнишь. Может, это поможет тебе?

Бен жмёт мою руку. После встаёт и уходит прочь.

Я остаюсь один на пустой крыше. Высоко над городом солнце поворачивает к закату.

• • •

Пляж. Катят волны. Уже вечер, но небо на море ослепительно светлое, как днём. Остывший песок. Я беру его в ладонь, и холодные струйки миллиардов крошечных камешков скользят между пальцев. А вы знали, что в известной Вселенной примерно столько же звёзд, сколько песчинок на всей Земле? Смешное совпадение.

За моей спиной громада бетонного променада.

Шум прибоя отмеряет минуты.

Мне хорошо.

Белая пена бурлит и танцует на гребнях волн. Волна сменяет другую, а за ней всегда следует ещё одна. Бесконечность. Бесконечность – это прекрасно. Море – символ безмолвия. Символ покоя. Бурное море? Шторм? Всё проходит. Всё исчезает. Всегда. Остаётся только покой и размеренный шум волн.

Мне приятно думать об этом. Ничто ничего не значит. В конечном итоге всё успокоится, всё перетрётся в зеркальную гладь бесконечного простора спокойной воды.

Скоро закат. Вот-вот солнце коснётся края горизонта.

За моей спиной далёкий женский смех. Или он совсем рядом? И опять.

Это же...

Улыбаюсь, хочу развернуться. Но ничего не выходит. Как это, не понимаю... Пытаюсь изо всех сил, но всё тело сковано, связано, зажато непонятными узами.

Она смеётся за моей спиной.

Смотрю на себя. Я весь засыпан песком. Засыпан так, что не могу пошевелиться. Пытаюсь изо всех сил, но ничего не выходит. Как так. Как же так.

Солнце касается моря.

В то же мгновение всё небо загорается красным. Закат пылает над бесконечным горизонтом. Облака текут, непрестанно меняясь, отсвечивая багровыми чертами. Солнце огромно. Оно поглощает море. Мир становится неправильным. Мир становится враждебным. Издали, от самого края, к берегу движется что-то большое.

– Что это? Что это, Макс? – Слышу я её голос.

Я хочу ответить, что всё хорошо, что всё образуется, но у меня нет голоса. Я вижу, что над морем вырастает огромная алая волна.

Она движется к нам. Быстро. Неотвратимо. Бежать, надо бежать. Надо сказать ей, предупредить, но я не могу сказать ни единого слова. Встать, двигаться. Ни единого движения. Я должен двигаться, но не могу. Я не могу пошевелить даже пальцем, и оттого в мышцах растёт горящая мука. Пошевелиться. Пошевелиться, вот что мне надо сейчас больше всего. Но я не могу. Не могу!

Волна всё ближе. Это огонь, багровый огонь солнца, но от неё веет ледяным холодом. Я начинаю покрываться льдом. Превращаюсь в камень. Я хочу кричать, но горло моё до краёв засыпано холодным песком.

Просыпаюсь.

В глазах слёзы. Холодно. Я лежу на крыше. Уже ночь. Надо идти, надо двигаться, а то замёрзну и заболею. Я повторяю это себе ещё много раз, но всё равно ещё долго, очень долго лежу на пустой крыше, дрожа от холода и глядя в огромное звёздное небо.

• • •

Снова утро. Всю ночь я бродил по городу. Разглядывал граффити. Иногда мне кажется, что я вижу что-то очень знакомое. Тогда я останавливаюсь и долго смотрю на рисунок. Но так и не могу вспомнить, где я его видел. Холодно. Надеюсь, я не заболел. Сегодня пасмурно. Бегущие облака отражаются в чёрных стеклах. Кажется, будто облака бегут с той стороны, будто каждое окно – это огромный телевизор, транслирующий помехи из чужого мира.

Неужели я схожу с ума. Сейчас я одинок. Молчалив и подавлен. Мне некуда идти. Друзья скорее всего, позвонят моей маме, а та – сдаст меня в сумасшедший дом. На моей квартире меня могут ждать. Может, я и в самом деле стал параноиком. Непонятно, к чему это всё может привести. Если я так буду продолжать, тогда я точно рехнусь. Если ещё не рехнулся.

Пришёл в знакомое место. Ноги сами принесли. Я ведь

здесь бывал раньше? Смотрю вверх.

Я у своей работы. Почему? Конечно же. Потому что сегодня моя смена. Я смогу работать? Я не знаю. Я почти не спал. Меня могут здесь ждать? Вряд ли. Не с самого утра.

Иду внутрь. Здороваюсь. Вежливо отвечаю на озабоченные вопросы о моём самочувствии. Расписываюсь. Смотрю, как с проходной уходят последние рабочие. Они еле переставляют ноги. Время летит рывками. То незаметно, то медленно, словно тягучая патока.

Я снова один.

Поднимаюсь на свой цех. Ступеньки отзываются железным позвякиваньем. Они сделали лестницу, молодцы. Хоть бы покрасили.

Я наверху. Теперь можно отдохнуть. Сегодня будет тёплый день. Ложусь прямо на крышу. Можно уснуть. Но есть ещё что-то важное. Надо вспомнить. Важное. Что говорил Бен. Что он говорил?

Я должен понять, до какого момента я помню свою жизнь. Что ж, это легко. Давайте прикинем.

Итак, вчера мы весь день шатались с Беном. Хороший был день. Много солнца, неба и летний город. Мои глаза закрыты, но я улыбаюсь.

А что было раньше?

Театр. Круг света. Ведь это было? Было. Я принял важное решение, и сбежал прямо со сцены. Вспоминаю светлые волосы Линды, её руку с сигаретой и ясные глаза. Паззл, который создан специально для тебя. Потерянный кусочек, который спрятали, и который тебе предстоит найти. Что ещё? Клуб ПятниZZa. Ночь, фонари, испуганные лица Ксюхи и Виктора. Муть и тяжесть в голове. Вспышка. Тогда я и понял, что у меня проблемы с памятью. И я... я не зашёл внутрь. Они вывели меня. Виктор и Ксюха — вывели меня. Почему? Что осталось там?

Ночь. Чёрные псы. Дорога из факелов, уходящая в лес. Безмолвные морды, окружающие меня кольцом. Смеющиеся и виноватые глаза Торта. Да, я хорошо это помню. Утро. Турнир, праздник реконструкторов. Мечи и гербы. Грей рисовал их на заказ, а после с нами пришла разбираться подружка Торта. Конечно. Мы приехали туда на машине Пса.

Беготня по ночному лесу. Странный огонёк на холме. Злые и пьяные лица, от которых нам пришлось спасаться бегством. Прогулки по городу. Грей, висящий вниз головой и улыбающийся. Разговор с Леди Ф... вот на этой самой крыше и три туза, глядящие вверх. Заплаканная Ксюха. Я вытаскивал её из какой-то нелепой истории на чужой квартире.

Пёс. Невидимая башня. Собака, напавшая на Линду. Цветочки и кошечки на кирпичной стене. Дрожь в коленях. Колени дрожат, потому что я чуть не упал с крыши моей работы. Там высоко. Там этажей восемь. Наверняка бы разбился. Ведь это было? Конечно, было, я помню это точно и ясно. Можно подняться по лестнице, взойти на крышу цеха, на тёплую, нагретую крышу и посмотреть вниз. Тогда я почему-то упал. А, они ремонтировали лестницу. Хорошо, что больше не надо идти по ней. А раньше, что было раньше?

Ещё раньше были ребята. Пёс, Линда, Грей и Торт. Луч света и огромная бабочка на стене. Силуэт женского лица. Очертания девушки. И бегущие псы. Нет, это раньше. Ребята. Художники. Таня. Машина. Деньги. Семёрки.

Яркий луч, ползущий по стене.

– Представь так, – мягко говорит мне Дмитрий Александрович, – Вот есть у тебя друг Миша. Представил?

– Нет, Дмитрий Александрович, – говорю, – Бен – это же я. Вы всё неправильно поняли.

– А как же крыша, Бен?

– А что с ней, Дмитрий Александрович?

– Обернись, Бен. Только осторожно! Внизу высоко!

Я смотрю вниз. Действительно, высоко. И мама кричит. Не грохнуться бы отсюда! А здесь тепло, на крыше. Припекает прямо. Мама, не кричи! Всё хорошо. Я просто шучу так, мам.

– Привет! – говорит она.

Она за моей спиной.

– Привет! – здороваюсь с радостью.

Я так хочу посмотреть на неё, так хочу посмотреть. Но я не могу обернуться. Милая моя, милая моя Леди Ф! Я не могу обернуться. И ещё этот шум. Что за ним? Что дальше? Я не могу понять.

Ничего. Серая пелена. Дальше ничего нет. Глубже никак. Только шум.

Это шумят деревья. Большие, огромные, высоченные деревья до самого неба. Их кроны смыкаются далеко вверху, образуя настоящий купол, сквозь который не всегда проникает солнце. Впереди аллея, уходящая за поворот. Я помню, здесь опасно. Здесь бывает страшно. Но можно не думать об этом и тогда всё будет хорошо.

В моей руке что-то есть. Это фотография. Я не вижу её, но знаю, что это фотография. Холод. Холод в мою спину. Слева и в спину, я чувствую пронзительный холод, будто ледяной луч сверлит меня. Обернуться. Я не могу обернуться. Я должен обернуться. Ветер шевелит фото в моей руке. Я хочу посмотреть, но... Впереди что-то движется. Это ведь чёрные псы. Нет. Внимательно вглядываюсь. Там, за деревьями, я вижу дорогу. По ней едут машины, одна за одной. Это же обычная дорога. По дороге можно приехать в этот парк. Я сам только что приехал по ней сюда. Страшно.

В моей руке фотография. Я хочу посмотреть на неё. Но я не могу. Не могу. Этот маленький, невесомый предмет вдруг становится тяжелее чугуна, тяжелее громадного камня, тяжелее, чем я сам. Фотография падает из моих рук, исчезая в земле, пробитой громадным весом.

Меня охватывает ужас. Бессилие и кошмар. И трясущиеся руки. Я должен обернуться, я хочу посмотреть на неё.

Но я не могу.

Открываю глаза. Я чувствую себя хорошо. Голова ясная. Я лежу на крыше цеха. Мне только что снился кошмар. Почему я проснулся?

Подползаю ко краю. У калитки завода с той стороны стоит парень, вглядываюсь за ограду. Потом берётся за верх забора. Я вижу, как Снежок поднимает голову. Даже с высоты восьмого этажа я сразу же узнаю его. Он уже приходил за мной, тогда, в театре. Пора уходить.

Не вставая, на корточках, подхожу к лестнице. Осторожно

спускаюсь, не поднимая головы. Яростный собачий лай. Потом визг. Снежок не сказать, чтоб особо боевая собака. Чужих чует хорошо. А дальше уже сторож должен разбираться. А сторож сейчас быстро крадётся в сторону забора с другой стороны от входа. Перелазит и быстро бежит прочь.

Прощай, моя любимая работа. Придётся вам подыскать другого сторожа. Надеюсь, ты будешь вспоминать меня с благодарностью. Спасибо и тебе. Благодаря тебе, в странном сне на самом верху восьмиэтажного цеха, я понял три вещи. Номер один: последнее, что я помню, это крыша дома, на которой я сидел, болтая ногами. Номер два: сумрачный парк под высокими деревьями, в котором живут чёрные псы, существует в реальности. Он где-то в моём городе. Я не помню где. Не помню даже приблизительно, но знаю точно: я уже бывал там. И наконец: фотография. Фотография в моей руке, лёгкая фотография тяжелее камня. Я помню её. Кажется, помню.

• • •

Звонок. Где-то рядом звонит телефон. Не понимаю. Мелодия совсем близко, но рядом никого нет. С удивлением догадываюсь, что это из моего кармана. Это мой сотовый. Неужели я окончательно съехал? Это не моя мелодия. Точно. Как так. Достаю мобильник, смотрю на экран.

«Любимая». Это ещё кто?

– Алло?

Тут доходит – в прошлый раз Ксюха лазила в моём телефоне, и переименовала свой контакт, заодно заменив мелодию.

– Привет, Макс, это ты? – Торопится она, – Ты где? Куда пропал? С тобой всё в порядке?

– В порядке, – отвечаю, – Более или менее.

Слышу, как она взволнованно дышит в трубку.

– Макс, давай встретимся!

– Зачем?

– Как это зачем?! Мы же встречаемся! Ты нужен мне. Я волнуюсь за тебя. Что с тобой? Что происходит?

– Всё хорошо. Я просто ищу ответы. Некоторые ответы на некоторые вопросы. Важные для меня.

– Макс, давай встретимся. Пожалуйста.

– Ты придёшь одна?

– Да, хорошо...

– Обещаешь?

– Обещаю.

Мы встречаемся через полчаса на нашей обычной лавочке в парке.

Она долго смотрит на меня, обнимает, целует.

– Максим, что с тобой? Ты меня пугаешь.

– Я ищу ответы, Ксюш. Важные для меня ответы.

– Какие ответы, зачем?

– Мне надо вспомнить. Вспомнить кое-что важное.

– Вспомнить?.. – Она испуганно смотрит на меня, – Вспомнить? Зачем? Что именно вспомнить?

– Моё прошлое. То, что было со мной раньше.

– Это... Макс, ну зачем ты так. Ты просто себя мучаешь. Ничего важного не было. Прекрати. Всё будет хорошо, помнишь? Ты мне веришь?

– Не знаю...

– Макс. Слушай меня. – Она сжимает руками мою голову и очень серьёзно и внимательно смотрит мне в глаза, – Макс. Послушай. У нас с тобой всё хорошо. Понимаешь? У тебя есть я. Мы пара. У нас есть будущее. Может быть, нас ждут длительные отношения. А может, и больше. Кто знает? Сейчас ты разрушаешь себя. Ты мучаешь и разрушаешь себя. Перестань. Просто брось всё это. Прошу тебя, брось. Что бы там ни было в твоём прошлом, реального или придуманного, теперь оно ничего не значит.

Ничего не отвечаю. Мне трудно смотреть ей в глаза. Её взгляд наполнен тревогой. Настоящей тревогой за меня. Как ей объяснить...

– Макс... – Говорит она с отчаянием.

– Значит, – угрюмо отвечаю. – Для меня – значит.

– Прекрати! – Выкрикивает она со слезами на глазах, – Прекрати это! Пожалуйста! До чего ты дойдёшь! Я не хочу. Не надо было нам туда идти. Не надо было... Забудь, просто забудь, прошу! Это всё в прошлом. Сейчас есть только ты и я! Прошлого нет, есть будущее. Это всё твои друзья-художники.

Всё они. Несчастные психи. Макс. Пошли со мной, а? Просто пошли со мной. Пусть всё будет как раньше. Нам же так хорошо было вместе, а?

– Ксюх, – говорю, – Не надо... Я должен вспомнить. Должен.

– Макс, – Говорит она и её ладони сжимаются на моей голове, – Макс. Слушай сюда. Сейчас ты пойдёшь со мной. И всё плохое останется в прошлом. Навсегда останется в прошлом. Все твои воспоминания, твои сумасшедшие друзья, твой безумный стрит-арт, вся твоя боль, всё плохое. Вообще всё. А впереди будет только хорошее. Там будем ты и я. И наше счастье. Мы будем жить вместе, а потом поженимся, и у нас будут дети, и всё будет хорошо. Хорошо?

Она ждёт. Наверное, она права. Это стоит того? Размышляю. Она видит сомнение в моих глазах, и в её глазах загорается безумная надежда.

На секунду, на одну маленькую секунду я мысленно соглашаюсь. Но потом всё возвращается. Поздно. Останавливаться поздно.

Она понимает всё ещё до того, как я отвечаю. Беззвучно плачет. Слёзы льются из её глаз.

Мягко высвобождаюсь из её ладоней.

– Извини, Ксюх. Я не могу. У меня другая судьба, понимаешь?

– Да какая, какая у тебя другая судьба? Что ты несёшь?! – Зло кричит она.

– Я не знаю. Это мне и надо выяснить.

– Тебе надо. Тебе надо! А обо мне ты подумал?!

Она начинает некрасиво плакать, размазывая тушь по глазам.

– Опять... Опять, ну что ж такое-то со мной. Что такое со мной... Я неправильная. Я просто неправильная...

Она закрывает лицо ладонями и плачет навзрыд. Стою рядом, не знаю, что сказать.

– Ксюх. У тебя всё будет хорошо. Я точно знаю. А мне надо идти. Извини, мне надо идти.

Она не отвечает, только плачет навзрыд, уткнувшись лицом в ладони. Хрупкие плечи вздрагивают.

Ухожу прочь. На душе тяжело. Но надо идти вперёд. Ксюха отвлекла меня, но та фотография... Я знаю, она в моей квартире. Спрятана в одной из книг. Когда-то, давным давно я сам положил её туда. Надо идти. Времени мало.

• • •

Полумрак коридора. Осторожно поворачиваю ключ. Замок всё равно щёлкает, как бы я ни старался быть беззвучным.

Пауза. Жду. Если там кто-то есть, он неминуемо себя выдаст.

Ничего. Осторожно открываю дверь. Внутри горит свет, и сердце сразу прыгает, «бежать! бежать!», – командует страх. Удерживаю себя. У меня есть цель. Смотрю на пол. Чужих ботинок нет. Просто забыли выключить свет.

Захожу и запираю за собой дверь. Внутри ещё несколько следов чужого присутствия. Пустой чайник с открытой крышкой. Открытая дверь в ванную. Меня действительно ждали тут, надеясь, что я приду домой. Может быть, даже мама. Ключ был только у неё. Вряд ли она дала бы его кому-то. На столе половина бутерброда. Похоже, она уехала в спешке. Наверное, ей кто-то позвонил.

Чувствую запах съестного и сразу же понимаю, насколько сильно я голоден. На ходу отправляю остаток бутерброда в рот. Отсутствие бутерброда безусловно выдаст, что я был здесь. Ну да и чёрт с ним. Делать бутерброды, чтобы замаскировать посещение собственной квартиры – это уже действительно безумие. А я чувствую себя хорошо. В здравом уме и твёрдой памяти. И у меня есть тут дело.

Иду в комнату, подхожу к книжному шкафу. Она должна быть где-то здесь. Методично веду пальцем по корешкам. Первая полка, вторая, третья.

Книги нигде нет. Не может быть. Проверяю ещё раз.

Я ещё раз проглядываю все полки, затем обхожу квартиру. Заглядываю в ящики стола и за диван. «Не может быть... Не может быть», – шепчу я себе под нос, и, верно, сам верю, потому что перерыв всё что только можно, заглянув даже в ванную и на кухню, я вдруг совершенно неожиданно вспоминаю,

вспоминаю точно и досконально, из неведомых глубин памяти, откуда-то оттуда, из-за страшной серой пелены, что искомая книга совершенно точно лежит на верхней полке шкафа. Лежит полураскрытая, оцарапанной обложкой кверху, лежит на других книгах так, что её не видно снизу, отчего я не обнаружил её, сколько бы ни смотрел снизу вверх, и положил её туда я сам. Положил давно, не дочитав какую-то из пьес на середине, не дочитав и забросив.

С трепетом я встаю на письменный стол и лезу на верхнюю полку. Запах пыли бьёт в голову.

Книга лежит там. Лежит там в точности так, как я или кто-то другой, кем я был раньше, оставил её там когда-то давно, может быть месяц, может быть, год, а может быть, три года назад. Смотрю на ней. Роюсь в памяти, надеясь отыскать неподалёку что-то ещё. Но больше ничего, ни одна птица мысли, ни одно воспоминание не может покинуть пределы серой пелены, скрывающей моё прошлое.

«Пора, Макс», – шепчу себе, – «Время!»

Мне нельзя долго тут находиться. В любой момент сюда может вернуться моя мама. Теперь, когда я так близко, я не смогу, точно не смогу принять неведение.

Достаю книгу, закрываю, сжимаю в руке.

Пора уходить. Прочь, прочь. Осторожно слезаю со стола. Открываю дверь. На мгновение возникает мысль затариться припасами, но тут же просто отмахиваюсь от неё. Некогда. Ухожу, не оглядываясь. Прочь, прочь. Теперь только вперёд.

• • •

Я у Белой башни. Никого из ребят нет, лишь я один. Тёплый летний день. Луч и бабочка плохо видны на солнце. Очертания женского лица на стене напротив. Я видел всё это много раз.

В моих руках книга. Ничего особенного. Просто старая книга. Я читал её раньше. Взвешиваю на ладонях, ощущая приятную тяжесть.

«Шекспир. Избранные трагедии»

Открываю. Книга открывается легко, будто листы склеены. Книга пролежала открытой очень долго, и теперь легко открывается именно в этом месте. Смотрю, что напечатано. Ничего особенного. Середина «Ричарда III»; фразы, не пробуждающие никаких ассоциаций, незнакомые имена. Я не помню, как я это читал. Что же делать? Листаю книгу.

Не вижу в ней ничего необычного. Пытаюсь вспомнить при каких обстоятельствах я читал её в прошлый раз. Почему забросил. Почему она так важна. Ничего.

Листаю страницу за страницей. Чёрные буквы на пожелтевших от времени листах. Слова, которых нет в моей памяти.

Вдруг — газетная вырезка.

Осторожно извлекаю. Странное дело. Вырезанный из газеты квадрат. Статья с отрезанным заголовком. Линия отреза проходит прямо посередине фраз. Иногда пополам разрезаны даже слова. Бумага явно новее листов книги. Она белая, не пожелтевшая от старости. Пытаюсь вчитаться в смысл.

«...ммунальное хозяйство, несмотря на повышение тарифов в минувше...» Непонятно. К чему это здесь. Просто небрежно вырезанная статья.

Но тут я вижу, что среди букв, среди пробелов между строками странные линии. Подношу к глазам. Как же это так...

Сердце уже бьётся, я уже вижу, я уже понимаю чутьём, хотя не успел осознать увиденного с той, с обратной стороны вырезанного фрагмента. Переворачиваю вырезку.

Окружающего мира больше нет. Его больше не существует. Я ещё долго, долго гляжу на фотографию в моей руке. Мои ладони дрожат.

Я держу в руке вырезанный из газеты портрет Леди Ф. Это фотография. Леди Ф улыбается, и глядит в сторону и вправо от фотографа. Это она, нет никаких сомнений, она, светлая, прекрасная, милая. На портрете нет ни подписи, ни пояснения, ничего. Судорожно верчу бумагу в руках, ищу дату или название газеты. Нет. Нет...

Спустя долгое, очень долгое время, отвожу руку в сторону. И тут же, без отдыха, без перерыва, вижу этот же силуэт на стене передо мной. Женский силуэт на стене у Белой башни копирует силуэт на фотографии.

Время идёт. Минуты летят прочь. Я долго, ещё долго сижу

бездвижно, не отрывая глаз от очертаний на стене, которые я видел до того десятки раз, не зная, не помня, что они принадлежат ей, сижу молча, хотя зная уже, что пора идти, потому что скоро появится кто-нибудь из наших, а я всё-таки, несмотря на все вопросы, несмотря на множество кипящих в моей голове мыслей, не хочу видеть никого, никого вовсе. Пора идти. Пора идти и узнать правду. Это мой путь. Время пришло. Иди же, Макс. Иди.

Стена 7

Тайна Моего Города

Сад, цветущий сад. Вишни и груши в цвету. Белые цветы на фоне чистого синего неба. Запах весны.

Мне не хочется шевелиться, настолько мне хорошо.

Я знаю, что рядом со мной – она. Но я не могу посмотреть. Она смеётся и говорит мне что-то и спрашивает моего ответа.

Молчание. Я не могу ничего ей ответить. Не могу выговорить ни слова. Не могу даже понять, о чём она меня спрашивает.

Кто я?

Я ничего не помню. Как я оказался здесь, кто я, что со мной, почему я не могу выговорить ни слова, не могу пошевелиться, не могу ответить на её смех, не могу даже посмотреть на неё.

Интонация её голоса меняется, становится тревожной. Она испугана. Может быть, я что-то сделал не так?

Что же со мной...

Я падаю. Падаю на спину, навзничь, никак не в силах этому помешать; наблюдая, словно со стороны, как белоснежные цветы цветущего сада скрываются за краем зрения и передо мной остаётся небо, одно только небо, одно только чистое синее небо от края до края.

• • •

Просыпаюсь. Темнота. Ночь. Я лежу на скамейке в парке, укрывшись газетой. Поднимаюсь, протираю глаза. Встаю, бреду вперёд. Никуда в частности, просто вперёд. Вокруг меня мой город. Улицы и тротуары, бульвары и мосты. Я рядом с тобой, мой город, всегда с тобой, что бы ни случилось.

Я остался один, мой город. Только ты у меня есть. Я не могу ни к кому пойти, и мне не у кого больше спросить, что со мной.

У меня есть только ты, и только тебе я могу довериться. Ответишь ли ты мне, поможешь? Расскажешь правду, не утаишь истину? Я верю тебе, мой город, верю тебе.

Я иду вперёд, улыбаясь в тёмное небо. Или память моя навеки исчезла в водовороте забвения или я сам.

Выхожу из парка. На городских улицах пусто. Нет ни одного человека. Я прохожу пару кварталов, прежде чем сознаю, что это вовсе ненормально.

В этом городе никого нет.

Я совершенно один. Бреду по пустым улицам, с удивлением взирая на пустынные тротуары.

Может быть, я умер? Давно умер и всё это было только прелюдией к чистоте и покою загробной жизни. Здесь очень спокойно. Город чист и не заброшен, но в нём нет ни единой живой души. Теперь, без людей, город похож на огромную скульптуру. Силуэты домов, линии улиц, изгибы и изломы стен. Вот интересный вопрос: если город — это скульптура, то кого она изображает? Если город — это памятник, то кому? Проходя каждый день по одним и тем же маршрутам, пересекая одни и те же улицы, человек вовсе перестаёт видеть окружающий его мир. Измени маршрут, поставь яркий шлагбаум на привычном пути, и человек остановится, и взглянет удивлёнными глазами на новый элемент в привычном окружении. Обведёт взглядом улицу, по которой проходил тысячи раз каждое утро, и лишь тогда только увидит её впервые. Только новое может быть заметным. Но разве огромный привычный мир менее достоин внимания, чем крохотная деталь, нарушившая устоявшийся порядок вещей? Мир — удивителен и прекрасен сам по себе. Ему не нужен шлагбаум, и не нужна встряска, чтобы стать волшебным. Шлагбаум нужен человеку. Любой из нас в любой момент своей жизни может остановиться посредине пути, оглядеться вокруг и увидеть мир заново. Поразиться тому, сколь много впечатлений окружает его каждое мгновение. Обратить своё внимание в окружающий мир. И город заслуживает этого внимания не меньше, нежели любая другая точка реальности.

Гудок. Автомобильный сигнал. Отскакиваю назад.

Машина с воем проносится в метре от меня. В уши ударяют миллионы звуков. С изумлением смотрю вокруг. Я в центре своего города, и вокруг десятки людей. Они спешат по своим делам, обходя меня стороной. Ничего особенного не случилось. Просто я увидел город, как видит его Пёс. Город, в котором никого нет.

* * *

Иду по улице. Не знаю, откуда и куда. Я совсем потерялся. Иногда я останавливаюсь и долго смотрю на небо. Иногда я достаю вырезанную фотографию Леди Ф, и смотрю в её глаза. Она улыбается. Если смотреть долго, она почти рядом со мной. Фото чёрно-белое, но я знаю точный оттенок её кожи и цвет её нежных губ, знаю, как улыбаются эти зелёные глаза. Я знаю точно, как она выглядит и как шевельнутся её волосы, если она сейчас повернётся ко мне, смеясь.

Все ответы во мне. Я словно персонаж, который позабыл свою роль, но неизбежно следует ей. Стоит лишь вспомнить, вспомнить всё, как оно есть на самом деле, и ты можешь выйти за пределы своей второстепенной роли с неизбежной трагической развязкой в конце, выйти за круг света и начать жить так, как тебе хочется, освободиться от начертанных пут предопределённости.

Что если я сам – всего лишь персонаж пьесы? Фильма, в котором я даже не являюсь главным героем. Я ведь вправе размышлять об этом, ведь так? Каждое мое действие уже написано, предрешено изначально и я не могу ничего изменить. Мне суждено не помнить моей жизни до начала пьесы и сгинуть, едва опустится занавес. Круг света, круг моей судьбы ограничен предопределённой ролью, в которой я сам не могу ничего изменить. Душевные порывы героя не могут изменить уготованной ему судьбы, поскольку они сами лишь часть той роли, которую ему суждено сыграть. Останавливаюсь возле витрины магазина. Упираюсь руками в чёрную поверхность, вглядываюсь в своё отражение.

Кто знает всю правду о зеркалах... Может быть, именно сквозь них за нашей судьбой наблюдают тысячи любопытных зрителей, те, кто находятся за кругом света. Те, для кого мы играем свою роль.

– Эй, – говорю я, приблизив лицо к зеркальной поверхности, – Вы меня слышите? Я хочу знать правду. Мне это надо. Вы можете сказать мне? Вы, мои безмолвные наблюдатели. Если вы есть. Я не хочу играть роль. Я хочу выйти за круг света. Оказаться рядом с вами, и жить своей полноценной, полноправной жизнью, так же, как вы. Вы меня слышите?

Тёмная витрина остаётся безмолвной.

• • •

Закат сгущается над городом. Алые краски застилают мир. Ноги гудят. Сегодня я прошагал километры дорог и облазил десятки крыш. Я не был дома. Я мало спал, и почти ничего не ел последние пару дней. Наверное, я свободен. Сейчас, в это мгновение. Зачем мне нужна эта свобода? Куда я могу её применить, если я не вижу пути, по которому могу пойти. Я прошёл все дороги, обыскал каждый уголок себя самого, но не отыскал никаких зацепок, всякий раз утыкаясь в густую серую пелену. Лежу на крыше, не шевелясь, любуясь, как солнце медленно прячется за горизонтом. Она говорила, что ей идёт закат. Это правда, я помню. Оранжевое городское солнце всегда превращает груду серых зданий в волшебный солнечный город. Это сказочное превращение. Я желал бы наблюдать его вечно, раствориться в нём, стать частью этого волшебства.

Я побывал везде и вернулся ни с чём. День за днём прокручивая свои воспоминания о прошедших днях и неделях в обратном отсчёте до немой серой пустоты, я не вижу ни одного забытого хвостика, ни единого края лабиринта, в который я позабыл заглянуть. Порой память подкидывает мне странные картины из непонятного далёкого и навсегда ушедшего прошлого, которые я не могу истолковать. Призрачные видения, среди которых я не могу разобрать, что и правда мои воспоминания, а что просто привиделось мне, на миг вспыхнуло в лучах внутри яркого калейдоскопа воображения.

Я вижу берег моря, на котором застыли волны и одно мгновение нисшедшего с небес заката, оранжевые лучи, блестящие в пене, малиновая дорожка на гибкой глади воды. Она рядом, я чувствую её руку на своём плече, и не хочу шевелиться, чтобы не сбросить её ненароком, а ещё я чувствую маленький камушек под правой ступнёй, но он не делает мне больно, а наоборот, мне приятно нажимать на него босой ногой и чувствовать, как он перекатывается, надавливая маленькими щекотными изгибами на пугливую кожу.

Я вспоминаю апельсиновый город перед нами. Внизу, под мостом, наши длинные, длинные тени, будто огромные великаны с длинными руками и ногами взошли оглядеть город с высоты. Вспышки далёких, таких далёких окон, что их и не разглядеть. Они так далеко, что кажутся отсюда только чёрными точками, а дома, на которых нарисованы эти точки, размером не больше спичечного коробка. «Вытяни руку», – говорю я, – «смотри, дом у тебя на ладони!» Закат за нашими спинами, мы не видим, но чувствуем, как солнце скользит вниз, и чёрные точки одна за другой превращаются в крохотные, яркие искры, когда оранжевая волна света накрывает их. Я помню темноту, бесконечный мир закрытых глаз, в котором не существует ничего лишнего, ни единой помехи, ни одной трещины, и только лишь живое совершенство её мягких губ, теплота её рук и тихое биение её искреннего сердца, её доверие, её нежность, её любовь.

Я помню цветущий сад, в котором миллионы маленьких белых цветов трепещут от малейшего дуновения несуществующего ветра. Волшебный запах весны и такое чувство внутри, будто ты гораздо больше, чем может вместить твоё тело, и всё впереди, и всё обязательно получится. Я сжимаю её ладонь, и понимаю, что выразить это нельзя, что нельзя ничего сказать, потому что любые слова будут бессильны что-либо передать, хоть на маленький шаг приблизиться к истинному ощущению, и могу лишь надеяться, желать, верить, что она чувствует то же самое.

Я помню светлое озеро перед рассветом. Одинокий пирс над тёмной водой, чёрные силуэты деревьев, рисующие ломаные линии вдали. Тишина, чудесная тишина. Светлый покой летней ночи, и маленькая ладошка в моей руке. Я не могу повернуться, чтобы посмотреть, но я знаю, что она рядом, и оттого сердце моё наполнено волшебством и упоением. В нём так много, так много всего, что я не понимаю, как в одно сердце можно вместить столько волнения, нежности, умиротворения и магии единовременно.

В каждом из этих воспоминаний – она. Когда они появились во мне? Когда вернулись. Возможно, они были всегда... И тут же, пронзительным, обжигающе ледяным лучом приходит воспоминание. Настоящее, свежее воспоминание, холодная расчётливая мысль. Они были не всегда. Мозг торопится, и ещё до того, как мысль доползёт по цепочке причин и следствий, я уже знаю и помню всё.

Встаю над городом, скрестив на груди руки. Солнце ушло за горизонт, но тьма ещё не сгустилась над городом, не накрыла его чёрным одеялом ночи. Стою, скрестив руки. Один. Я должен пойти один. Я не испугаюсь. Я знаю, где меня ждут мои ответы.

• • •

Ржавая железная дверь слабо освещена одиноким фонарём. Электрический свет рисует на асфальте тусклый круг. Моя тень размыта, её контур растерзан противоречивым ночным освещением. Иногда фонарь мерцает и оттого моя тень исчезает вовсе. Дверь в ПятниZZу опять закрыта, но уже отсюда я чувствую запах гари, доносящийся из клуба.

Я один.

Подхожу к двери. На ней нет ни проволоки, ни замка. Никто не приходил сюда с того момента, как мы втроём побывали здесь в последний раз. Кладу ладонь на ручку, и сажа сразу вползает на кожу, пачкает чёрным пальцы. Что ж, пусть будет так. Тяну дверь, и она поддаётся, с мрачным железным скрежетом распахивает передо мной чёрную щель.

Захожу внутрь, в темноту.

Никого. Тишина и темнота. Оглушающий запах гари. Голова кружится, но я держу себя в руках. Осторожно переставляю ноги, шаг за шагом ступая дальше в чёрную глубину.

В темноте пляшут яркие линии. Постепенно глаза начинают адаптироваться. В кармане у меня фонарик, который я сжимаю влажной рукой, но я не хочу его включать. Вскоре я уже в состоянии разглядеть углы и плоскости стен. Маленькие кванты света, проникая в мои зрачки, рисуют внутри призрачный мир исчезнувшего клуба. Натыкаюсь коленом на что-то мягкое. Замираю. Я не боюсь.

Приседаю на корточки, опускаю руку. Это кожаная обивка скамьи. Она разодрана, и покрыта сажей. Я помню такую обивку. Помню. Кружится голова.

Открываю глаза. Передо мной ночное небо. В горле мерзкая гадость. Крики, рядом страшно кричат. Плач. Плачут много людей. «Помогите!», – истошно орут рядом, – «Помогите же!». Случилось что-то плохое, что-то очень плохое. Я пытаюсь вспомнить, пытаюсь изо всех, и я хочу подняться, но ни память, ни моё тело не желают слушаться меня.

Я что-то шепчу, но ватные губы отказываются говорить. Очень хочется спать, но меня держит здесь важное, что-то очень важное и очень плохое.

Надо мной наклоняется человек. Я его знаю. Конечно, знаю. Это Бен. Он что-то говорит мне, и я даже слышу слова, слышу своё имя, своё настоящее имя, но не могу понять смысл фразы. Кружится голова. На одежде Бена оранжевые отблески. Он возбуждённо кричит мне, спрашивая о чём-то, но я не могу его понять. «Прости», – шепчу я ему, – «Прости. Прости. Прости» Ни одного звука. Ничего. Я не могу сказать ничего, не могу пошевелиться, и даже мои губы не желают повиноваться.

Прихожу в себя. Чернота. Яркие линии перед глазами. Похоже, я потерял сознание. Я один в темноте, в пустом заброшенном клубе «ПятниZZа». Надо идти дальше. Я начинаю вспоминать. Ужас подкатывает к горлу. Я не могу понять, как это, как могло произойти с нами. Реальность отказывается входить в мой разум. Я сам не пускаю её внутрь, как не пускал до сих пор. И всё же я хочу вспомнить. Я должен вспомнить.

Шаг и ещё шаг. Я знаю, впереди стена. В моей памяти всплывают слова и фразы, бессмысленные переплетения букв, которые написаны на стенах, но я не могу связать их воедино. Теперь я знаю точно, что у них есть, есть смысл, но пока я не даю ему проникнуть внутрь моего сознания. Потому что эти слова хранят тайну, хранят ответы на те вопросы, которые так мучили меня всё это время, и это ответы куда хуже, чем я хочу знать. Всё слишком плохо. Но я должен вспомнить.

Останавливаюсь перед стеной. Поднимаю руку. Дотрагиваюсь до жирной, обугленной поверхности. Я не вижу, но чувствую царапины на выгоревших стенах. Я не могу читать руками. Тяну пальцы вниз, с усилием, вдавливаю руку в гарь. Я чувствую боль. Я знаю, что чувствую боль. Весь мир поглощает боль. Меня самого поглощает боль. Шумит. Как же сильно шумит.

Деревья. Деревья шумят. Огромные, до самого неба деревья шумят, словно бесконечный прибой бесконечного океана. Я не хочу думать. Я хочу раствориться в этом шуме, чтобы меня больше не было. И всё прошло. Всё словно красное. Я вижу всё это словно сквозь красную пелену.

Древний парк. Огромные деревья до самого неба, такие огромные, что сплетаясь кронами, закрывают солнце. Навсегда закрывают солнце. Это очень тяжело. Я хотел бы сказать, как это тяжело, но мне некому и незачем говорить. Всё, чего я сейчас хочу, чего всегда буду хотеть, это раствориться в этом шуме навсегда, чтобы всё ушло, чтобы меня больше никогда не было, а был только этот шум, это бесконечное дыхание вечности, и безмолвие, и покой, и чернота, и небытие. Но тяжесть не уходит, боль не уходит, и никакого выхода нет, и нет свободы, а есть только бесконечный чёрный груз, который меня уже раздавил, и остаётся только ненавидеть себя, своё мерзкое тело, свои жалкие нервы, свой глупый мозг за ненужную возможность ощущать и испытывать, за то, что я существую, хотя всё должно было, всё обязано было случиться наоборот.

Надо обернуться и посмотреть. Обернуться и посмотреть в последний раз. Но я не могу. Ни одна из клеток моего ненужного тела не подчиняется мне. Я не могу обернуться, и никогда не смогу. Я не хочу это принимать. В моих глазах пусто. У меня нет слёз. Это нормально. Нет ничего в этом мире, что стоило бы единой мысли. Пусть ничего этого никогда не существовало. Должно случиться небытие. Восторжествовать спокойная вечность. Тьма, безмолвие, покой и ночь. Пусть всё исчезнет. Я хочу этого. Пусть весь мир раствориться в этом шуме. Пусть будет так.

Открываю глаза. Я вновь потерял сознание.

Стою на коленях у сгоревшей стены. Моя правая рука сжимает фонарик в кармане. Я ощущаю шуршащий целлофан под левой ладонью. Достаю фонарь. Направляю на стену. В висках стучит. Мне страшно и плохо. Мне предстоит прыгнуть вниз, и едва я думаю об этом, как кровь бросается в голову. И внизу не будет бассейна с водой. Парашют не откроется. Страшно. Страшно и плохо.

Включаю фонарь.

Это имена. Одно за другим. Они нацарапаны криво, вручную, одно поперёк другого, разным почерком и на разной высоте. Имена и даты. Я начинаю плакать.

«Дима Васильев. 12.03.84-17.07.09».

«Катя Ниязова. 04.07.79 – 17.07.09».

«Виктор Петелин. 05.01.91 – 17.07.09»... И ещё много, много имён, имена по всей стене. Разные люди, взрослые и почти дети, разные имена, разный возраст, и только одно общее – необратимая, безапелляционная дата. 17.07.09

Встаю с колен. Я не поднимаю фонарь. Я уже знаю, что там увижу. Я почти вспомнил. Я не хотел уже, но поздно. Теперь я помню. Помню, что увижу, когда подниму луч. Я не хочу. Но я должен. Должен вспомнить. Время пришло.

Я поднимаю руку с фонариком.

«Таня Димитрова. 07.07.1987 – 17.07.09»

Фонарик падает. Темнота окутывает меня, и мир исчезает в моих пальцах, которые сами, вне зависимости от моей воли накрывают мои ослепшие глаза.

• • •

Через время, я не знаю сколько, я захожу в парк. Нога болит. Кажется, из неё идёт кровь. Я потерял ботинок. Я бежал. Уже светло, очень раннее утро. Цветы, здесь так много цветов. Я почти ничего не вижу. В моих глазах слёзы. Я умею только плакать, а больше ничего не умею. Огромные деревья смыкают кроны над моей головой.

Я иду по аллее. Я так часто шёл по ней в моих снах. И только раз в реальности. Иду по аллее. Я знаю, за мной не прибегут чёрные псы. Они ничто. Только символ моих сумасшедших сновидений. Я хотел бы остаться в них, но я вспомнил, вспомнил реальность, в которой я жил.

Иду по аллее. Шум листвы, словно прибой. Вечные деревья надо мной. Это прекрасные, древние, могучие деревья. Но это не парк. Я знаю, что это не парк. Я запретил себе думать, что это не парк, но это не парк. Дохожу до этого места. Стой. Я пришёл. Теперь я должен обернуться. Там, за моей спиной и чуть слева. Ледяной луч упирается в меня. За моей спиной и чуть слева. Ну же. Ты знаешь, что пора. Время пришло, Макс.

Я оборачиваюсь. Шлифованный светлый мрамор. Ангел на чёрном постаменте. Ангел с её лицом. Её имя ниже. «Таня Димитрова». Даты. 07.07.1987 – 17.09.09. И фото. Её фотография. Фотография моей Леди Ф. Моей Тани. Это не парк. Я всегда знал, что это не парк. Это кладбище.

Сажусь на маленькую скамейку напротив.

– Привет, Макс, – говорит она.

Она сидит рядом. Она всё такая же. Яркие волосы. Белая накидка и золотой поясок. Сандалии на босу ногу и светлая улыбка.

– Привет... Танечка, – отвечаю.

Мне трудно говорить. Я всё время плачу.

– Почему, – говорю я, – Почему? Почему так получилось с нами?

Она молчит, печально улыбаясь.

– Я не знаю, Макс. Так бывает.

– Прости, что я так долго не приходил. Я совсем потерялся.

– Так было надо, солнце.

– Почему?

– Потому что тебе было совсем плохо.

– И оттого я всё забыл?

– И оттого ты всё забыл. Было ещё рано.

– Мы были вместе?

– Да. Мы были вместе. Ты рисовал. Вы с Беном были друзьями. У нас всё было хорошо.

– Ты погибла, – говорю я, – Танечка, ты погибла, светлая моя, милая. Пожар. И Бен вынес меня, а ты задохнулась. Почему, почему он вынес меня...

— Он не виноват. Бен не виноват. Я точно говорю. Совершенно точно.

— Я не могу, Тань, я просто не могу...

— Можешь, солнце моё. Теперь можешь, я знаю. Тогда не мог. Потому я и пришла к тебе. А теперь можешь.

— Что будет дальше, Тань?

— Дальше... — Она улыбается, — Дальше будет то, что захочешь ты. Ты решаешь, как жить дальше. Но ты будешь жить, я знаю. Тебе больше не нужна моя помощь. Ты ведь любишь меня?

— Люблю... Очень... Всем сердцем. — Слёзы душат меня.

— Я тоже тебя люблю, Макс. И я хочу, чтобы ты жил дальше. У тебя столько всего впереди! Пожалуйста, помни об этом всегда. Ладно?

— Да...

— Вот и славно!

Она кладёт руку на моё плечо. Золотистые искорки обжигают мою кожу. Я хотел бы, чтобы они прожгли её насквозь, навсегда остались, навсегда поселились внутри.

— Нам пора прощаться, Макс...

— Нет!

— Да, милый.

— Я не могу без тебя!

— Можешь. Теперь ты можешь всё. И я всегда буду с тобой, ты же знаешь.

Я плачу, просто плачу. Меня больше нет. Остались только слёзы и бесконечная жалость к ней, моей маленькой, единственной, светлой и ушедшей навсегда.

— Ну, Макс, ну что ты как маленький! Помнишь, как ты меня когда-то называл? «Моя Леди Фортуна», помнишь? И я всегда буду с тобой! Ты мне веришь?

Киваю. Я ничего не могу сказать.

— Макс, я всегда буду с тобой, обещаю! Но тебе надо идти. Пора. Надо идти. Рисовать, жить, творить, любить, работать. Пора. Время пришло. Иди. Я люблю тебя!

Она уходит. Остаюсь только я. И она в моём сердце.

• • •

Зачем я это делаю? Зачем?

Не знаю. Не хочу знать. Не хочу ничего.

Иду, быстро иду по тротуару микрорайона. Здесь неподалёку живёт моя мама. Доехал на автобусе. Машина так и стоит возле моего дома. Логично предположить, что меня не могут ловить по всему городу. А если всё же ловят, тогда планы придумывать бесполезно. Всё равно возьмут.

– Привет, Макс!

Ошеломлённо поднимаю глаза. Незнакомая женщина поздоровалась со мной. Она с ужасом глядит на меня.

– Что с твоей ногой?

Смотрю вниз. Одна нога босая. Я потерял ботинок. Давно. Носок порвался и слетел где-то. Вся нога в крови. Ну и что? Мне всё равно. Ей, похоже, нет.

Ничего не отвечаю, ускоряю шаг, быстрее иду вперёд.

Она что-то ещё обеспокоенно спрашивает мне в спину, зовёт, но я не слушаю. Выходит, у меня не так много времени. Ещё быстрее, почти бегу.

Вот и тот самый дом. Взбегаю по ступенькам на верхний этаж. Десять этажей, запыхаешься. Лестница на крышу. Открываю люк.

Выхожу.

Солнце ударяет в глаза, морщусь. Здесь удивительно солнечно.

Кажется, будто я был тут вчера. Вот тут сидел, на самом краю, болтая ногами и с дурацкой улыбкой глядя вниз. Солнце ослепляет меня, и я закрываю глаза. На мгновение мне кажется, будто сейчас открою глаза – и вернусь в тот самый день. Когда всё было ещё впереди. Осторожно сажусь на край. Вот тут я сидел тогда.

Солнце. За веками яркое солнце. Скоро случится закат. Совсем как в тот день. В памяти всё так свежо. Словно это было час назад. Я помню, как кричала мама. Я будто слышу, как она кричит до сих пор. И эхо. Неправильное эхо ломаных плоскостей городского квартала. Реверберация.

Так что я тут делаю?

Я ведь знаю, правда? Всегда знал. И тогда, и сейчас. Ответ совсем рядом. Где-то с другой стороны моих алых век, в точке, где сходятся солнечные лучи под моей кожей. Ну же. Ну!

Я чувствую странную дрожь во всём теле. И холод. Очень холодно. Ветер свистит. Мамин крик звучит очень странно. Реверберация, да. Будто ему вторит другой крик. Я же знаю ответ. Надо заставить себя. Просто вернуться в тот день.

Ты знаешь, Макс. Ты знаешь. И тогда, и сейчас, да. Ты хотел спрыгнуть. Тебе было очень плохо. Очень, очень плохо. Так плохо, что лучше и не надо ничего.

Почти так же плохо, как сейчас.

Значит, всё. На этом мой путь окончен. Других ответов не будет. Всё было зря. Настоящий ответ там — в страшном падении вниз. В этом всё дело. Всё к этому шло. Долгий путь на крышу, на которой всё закончится. В этом и состоял мой «путь». Я не знаю. Я правда, не знаю. Мама кричит. Странное эхо. Я слышу его в своих ушах. Прямо сейчас. Будто это было минуту назад.

— Леди Ф... Леди Ф, — шепчу. — Леди Ф, ты мне очень, очень нужна. Прошу тебя. Я так соскучился. Я совсем потерялся, и не знаю, где истина. Помоги мне. Пожалуйста.

Тишина.

Она исчезла. Её больше нет. Я не могу открыть глаза. Хочу, но не могу. Всё так странно. Голова кружится. Будто я на качелях. Вверх и вниз. Вверх и вниз. Почему всё было таким странным? Почему мир вокруг сошёл с ума?

Она не придёт. Она не придёт, Макс. Ты ведь знаешь. Не надо себя обманывать. Она больше не придёт. Она просто призрак... или... галлюцинация. Ты придумал её для себя. Создал в своём воображении. Чтобы она тебя спасла. Обычный биологический механизм. Инстинкт самосохранения почуял угрозу организму, включил нужный тумблер в мозгу, в твою кровь выплеснулась порция нейромедиаторов и... БАХ! — познакомьтесь с чудесной «Леди Ф»!

Вот и вся тайна. Галлюцинация. Ты придумал её себе, чтобы она тебя спасла. Потому что ты боялся умирать, несмотря на всю твою боль. Потому что ты просто трус, Макс. Посмотри правде в глаза, трус. Ведь если она только галлюцинация...

Что у меня осталось?

У меня нет работы. Да и не было никогда, если вдуматься. Сторож, тоже мне... У меня нет больше девушки. Она умерла. И я не смог спасти её. Ксюха? Я не люблю тебя, прости. И никогда не любил. А мама хочет сдать меня в психушку. И не зря.

Леди Ф. У меня была Леди Ф. Поэтому я не прыгнул тогда. И не упал. Или упал? Нет, не упал. Она меня удержала.

Но теперь её нет. Её больше нет, и никогда не было. Это просто призрак моей Тани, моей светлой умершей Тани, проекция моего больного сознания, мираж, придуманный для самоуспокоения.

Теперь меня больше ничто не держит. Я свободен. Я свободен, чтобы прыгнуть. Ведь это же счастье. Помнишь её? Помнишь её, Макс? Может быть, она где-то рядом, смотрит на тебя, ждёт твоего решения. Может быть, надо сделать всего один шаг, чтобы исчезнуть из этого грязного мира, воспарить над тяжёлой землей и воссоединиться с ней в этом солнечном небе над усталым городом.

Ну же! Вот моё солнце! Ты дождался, мой город! Время пришло, и я делаю шаг. Я стану частью тебя, превращусь в осколки солнечных лучей на твоих тротуарах, в мягкий туман на парком, в ласковый дождь поутру. Ну же!

Я и рад испариться. Я исчезну.

Ведь это и есть долгожданный покой.

Мама кричит. И странное эхо. Только это не эхо. Это я кричу вместе с ней. Почему я кричу?

Потому что я падаю. Падаю всё это время. Это просто, Макс. Только не смотри вниз. Но этого не может быть. Всё это время. Я ведь помню её слова. Помню очень хорошо. Не зачем, а почему. Так она и сказала.

— Мне вообще, Макс, не нравится вопрос «зачем». Глупый, ненужный вопрос. Все самые замечательные вещи делаются не «зачем», а «почему».

— Разве?.. Вот инженер строит плотину. Зачем он её строит? Чтобы был свет.

Леди Ф улыбается.

— Я не буду спорить, Макс. Потом ты будешь думать по-другому. Это тоже из серии «почему», между прочим.

— Между прочим, — механически повторил я вслед за ней. После этого рука моя соскользнула, но она схватила меня за руку и удержала. Я смотрел вниз. Все было очень реальным. Теплый бетон. Закат. Крики моей мамы внизу. Всё было очень реальным. Как сейчас. Потому что ты же знаешь. Ты же знаешь, Макс. Потому что это было несколько секунд назад. Потому что нет никакой Леди Ф. И никогда не было. Ты её придумал. И значит, она тебя не удержала.

И значит, ты упал, Макс.

Это твой секрет. Это не эхо. Это твой крик. Открывай глаза. Открывай.

Нет. Я не могу.

• • •

— Максим, нет... Нет!

Женщина валялась на асфальте, билась в истерике. Серая пыль некрасиво марала ей ноги, прилипала к одежде мятыми пятнами.

— Пойдёмте, — бормотал Сергей, — Пойдёмте, пожалуйста. Давайте встанем. Отойдём. Не смотрите туда сейчас, не надо. Кирюха! — Вдруг заорал Сергей в ярости, — Тащи укол, бл..!

Женщина даже не вздрогнула, всё извиваясь, пытаясь ползти ближе, туда, где на ребре бордюра лежала босая, неправильно согнутая нога с зубчатым белым обломком, порвавшим изнутри кожу.

— Бл... Кирюха. Тащи укол, сейчас! Или на две смены пойдёшь вместо выходных, я гарантирую...

— Максим! — Вдруг страшно завопила в голос женщина. — Максим! Нет, нет, дорогой мой...

Из окон начал выглядывать народ. Маленькая девочка с велосипедом на верёвочке стояла рядом со странным выражением на лице и никак не могла оторвать глаз. Девушка, выглянувшая из подъезда напротив, испуганно прикрыла рот ладонью. Проезжающая по двору машина сбавила ход.

— Отойдём, — ещё раз попытался оттащить её Серёга, — Пожалуйста, уважаемая... Кирюха! Сколько ж силы в ней... Да езжайте вы, – замахал он руками на проезжающую машину, – Заберите ребёнка кто-нибудь, я прошу же! Ну почему вот всегда в мою смену, а... Кирюха, ну! Ты скорую то вызвал?

– Вызвал, – сказал подошедший Кирюха.

– Да уж, – Серёга вытер пот со лба, – Ничего хорошего. Вот зачем он это сделал? Молодой парень совсем.

Во двор медленно заехал белый микроавтобус с красными крестами на дверях. Кирюха быстро замахал руками, будто водитель мог не заметить безумного переполоха и собравшуюся кругом толпу.

– Смысла в этом, конечно, никакого нет, – Сказал Кирюха.

– Да уж конечно, – согласился Сергей, – Хотя какой в его жизни был смысл?

Действительно, какой? Социальные связи? Нормальное ежедневное функционирование? Не очень убедительно.

Чем была моя жизнь?

Обычная, славная, хорошая жизнь славного парня. Каждый может только мечтать о такой. Разве нужно что-то ещё?

У меня была любимая. Были друзья. Работа. И в общем-то, всё было хорошо. Спокойно. А потом, в один миг, всё исчезло. И тогда исчез и я сам. А значит, был ли я сам? Существовал ли изначально? Может, и нет.

Был только славный парень, каких миллионы. Крохотная часть обезличенного социума, маленькая клетка огромного городского организма, уютно связанная нейронами социальных связей с другими такими же. Когда связи рвутся, клетка погибает. Это нормально. Это естественно. Тут нет моей вины. Ничьей нет. Это биология. Никуда не денешься.

Конечно, им, оставшимся, будет больно. Но что тут поделаешь. Закон природы для всех един. С гибелью очередной клетки порвутся ещё несколько связей. А затем — заживёт. И всё забудется. Если боль будет слишком сильна — погибнет ещё одна клетка. Ну что ж делать. Избавившись от бракованных клеток организм города продолжит существовать, как ни в чём бывало. Так уж это работает.

Перебирая страницу за страницей дневник своей памяти, я мог бы сказать, что не вижу в себе ничего исключительного, ничего особенного, ничего ценного.

Ничего такого, ради чего стоило бы жить.

А значит — это конец, друзья мои.

Нам пора прощаться? Пора. Я благодарен, что вы слушали меня всё это время. Спасибо за внимание. Извините, если подвёл.

Теперь я помню всё. Всё без исключения.

Я вижу, как одна за другой скучные страницы моей жизни переворачиваются перед моими глазами.

Моя квартира. Я знаю, когда я снял её и за сколько. Скучная рутина серой жизни.

Моя работа. Эй, привет, Снежок!

Мои друзья. Наверное, им будет плохо. Простите. Я не виноват. Правда.

И Бен рядом с ними... Как я мог забыть об этом? Бен и я... Мы действительно были друзьями. Мы были лучшими художниками в этом городе!

На очередной странице — рисунок. Тот силуэт у Белой башни нарисовал я. Я нарисовал свою девушку по фотографии. Нарисовал свою Таню. Это один из лучших рисунков во всём городе. Даже Бен восхищался им. Теперь я хорошо это помню.

Ещё одна страница и ещё один рисунок. И ещё. И ещё. Понимаю теперь: те рисунки, что казались мне смутно знакомыми, на которые я то и дело натыкался на городских стенах, нарисовал я сам. Их десятки, а то и сотни. Больших и маленьких. Удачных и не очень. В центре и на окраине. Это часть моей жизни, часть меня.

Я художник. Я могу создавать. Я могу создавать искусство из небытия. Могу творить.

Сколько я ещё мог бы сделать! Как бы я хотел рассказать о всём том, что пережил! О том, что я знаю, что помню, что видел своими глазами и чувствовал в собственном сердце.

Как жаль, что уже слишком поздно.

Или нет?

Ведь я художник. На самом деле художник. И неплохой. Я верю в это. Действительно верю. Я могу представить всё, что угодно.

Яркий свет. Ничего, кроме света. Только белое солнце от края до края.

Я открываю глаза.

Лежу на крыше. Вскакиваю, осматриваюсь по сторонам. Что произошло, чёрт возьми? Я только что видел... видел...

— Привет! — За моей спиной.

Вздрогнув, резко поворачиваюсь. Голова начинает кружиться. Я сплю? Или того хуже. Похоже, я всё-таки окончательно сошёл с ума. С ироничной улыбкой и любопытством в глазах на меня смотрит очень знакомый парень. Я узнаю его раньше, чем до меня доходит, кто он. Я очень часто видел его, почти каждый день. Я видел его в зеркале. Это я сам. Буквально — я. Опять галлюцинация? Бред умирающего сознания? Или кто-то... притворившийся мной.

— Что происходит?! — Спрашиваю, пятясь.

— Осторожнее! — С улыбкой замечает он.

— Что происходит?! Я умер?

— Не знаю, — он... я пожимаю плечами, — ты мне скажи!

Оглядываюсь по сторонам. Я на той же самой крыше. Щипаю себя. Похоже, не сплю. Хочу дотронуться до бетонной будки с лестницей... и рука проходит насквозь.

Смотрю, не веря своим глазам. Мозг отказывается принимать нарушение законов физики. Пробую ещё раз. Никакого сопротивления. Словно мираж. Только сейчас я замечаю, что мн очень легко. Внутри нет ни боли, ни страха. Только тишина.

— Круто, правда? — Спрашивает он меня.

Ошеломлённо смотрю на него.

— Значит, это правда? Вот так и выглядит смерть? Кто ты?

— А ты не видишь? — Улыбается он, — Давай-ка я не буду тебе отвечать. А то за нами наблюдают. Мы тут с тобой испортим всё дело, если начнём бросаться такими репликами.

— Чёрт возьми, а чем... Зачем ещё... — Выговариваю, — Если это всё... То о чём ещё говорить?! Это конец. Всё! Занавес. Деваться некуда...

— Неужели? Это ты мне говоришь? Помнится, когда-то

тебе легче давалось нарушение написанной роли!

Молча смотрю на него.

– Но разве это... – Спрашиваю, – Сейчас разве не должен явиться луч света и забрать меня, или я растворюсь в круговороте сверкающих искр? Или что-нибудь такое?

– Прости, Макс, – Серьёзно говорит он мне, – Нет. Скоро появятся демоны... и земля разверзнется под твоими ногами, и геенна огненная поглотит тебя!..

Пауза.

– Как?.. – спрашиваю, – Что?... Ты... ты ведь шутишь, верно?

– Ага, – смеётся он, – Шучу. Видишь, ты неплохо меня знаешь!

– Знаю? Знаю тебя? Я просто имею в виду... Всё это очень странно!

– А что же ты ожидал после такого-то?

– Разве никто не должен явиться или что-нибудь такое?

– Ну вот я явился, например! – Смеётся он.

– Так кто же ты?!

– Повторюсь: а ты не видишь?

Сажусь на край крыши. В последний момент вдруг пугаюсь, а я не провалюсь? Если я призрак. Нет, вроде бы, нет...

– И что теперь будет? – Спрашиваю.

– А что ты хочешь?

– Честно?

– Да, честно, давай излагай! Прямо по порядку. Будь со мной откровенен!

– Ну что ж... Давай по порядку. Прям вот всё-всё?

– Ага. Всё, что хочешь.

– Хочу... чтобы Таня снова была со мной. Хочу рисовать. И чтобы получалось. Хочу хорошую творческую работу. И чтобы денег всегда хватало. И чтобы все меня любили. И никогда ни о чём не переживать. Вот так, наверное. Остальное мелочи.

– Ты закончил?

– Да, думаю, да.

– Отлично, – кивает он, – Теперь смотри!

Он щёлкает пальцами, внимательно глядя на меня. Сердце

моё даёт сбой. Несколько секунд проходят в молчании.

Он хохочет.

– Извини... Опять не смог удержаться!

Внутри снова начинает ныть. Блаженная тишина уходит.

– Это несмешно! – Выкрикиваю, – Мне плохо! Ты что, не понимаешь?!

Он кивает. Разглядывает свои руки.

– Извини, – говорит он, – Правда, извини. Эти твои желания... Ты ведь понимаешь, что я не могу вернуть тебе Таню. Ты знаешь это. Но с остальными я может быть, смогу помочь. Рисовать, например. Ты ведь рисуешь!

– Ну... На стенах...

– А чем плохи стены? Камень не хуже ткани. Хочешь рисовать на холсте — давай. Хочешь рисовать лучше — рисуй. Что тебя держит?

– Не думаю, что у меня получится лучше. Я такой, какой есть.

Он усмехается.

– Эх, сколько умнейших, талантливых людей были обмануты этой фразой! «Я такой, какой я есть»... Это ведь о пути, а не о цели! Надо ведь просто идти вперёд. Всего лишь идти. За год не получается? Ну и что? Значит, получится через три. Мало? Значит, десять! Да что там десять... Что там десять...

– Ишь какой ты умный, – говорю с досадой.

– Я?! – Разводит он руками, – Посмотри получше! Макс... Ты... Макс, ты умный, хороший, талантливый парень. Ты прекрасно рисуешь. Ты умеешь создавать. А значит, у тебя есть цель. Ты можешь пытаться. Путь, следуя по которому художник становится художником – до конца не ведом никому. Рецептов нет. Каждый становится художником по-своему. Это не способ. Не алгоритм. Это магия. Это путь, и у каждого он свой. Никто не знает, куда он приведёт. Никто...

Смотрю вдаль. Контуры домов на горизонте образуют одну ломаную линию. Забавно, если посмотреть оттуда на мою крышу, меня даже не будет видно. Я сольюсь с этой линией, превращусь в невидимую точку на огромном пути через весь горизонт.

– И что же, – спрашиваю, – что теперь будет?

Он пожимает плечами.

– Ты мне скажи.

– Я? Так что... что же со мной случилось?

– Посмотри сам.

Он кивает на край крыши. Подхожу, осторожно смотрю вниз. Он становится рядом. Тихо. Очень тихо.

– Ответь мне, пожалуйста, на один вопрос... – Говорю.

– Ну?

– Она настоящая?

Он глядит на меня, улыбаясь.

– Конечно, – уверенно отвечает он, – Конечно...

Мы долго ещё смотрим вдаль, наблюдая за собирающимся случиться закатом, и молчим. После он нарушает тишину.

– Ну? Что теперь? – Осторожно спрашивает он, – Теперь ты знаешь?

– Да, – отвечаю, – Знаю.

НАЧАЛО

Моя Стена

Моя Стена

Моя Стена

Моя Стена

Моя Стена

Моя Стена

URBAN ROMANTICS

www.urban-romantics.com

IT'S TIME by Pavel Kostin

Set on the shores of the Baltic Sea, on rooftops lit
with mesmerizing orange sunset and in the darkest
corners of urban night. We find real characters
there with depth and ideas searching for direction in
their fragile lives and learning to express their ideas
through art.

ISBN: 9781907832185
Language: English
Author: Pavel Kostin
Translator: James Rann

The Picture Of Dorian Gray by Oscar Wilde

Oscar Wilde's only novel, a classic instance of the
aestheticism of the 19th century English literature.
Dorian is what I would like to be – in other ages,
perhaps, said Oscar Wilde describing this novel. Basil
Hallward is what I think I am. Lord Henry is what the
world thinks I am.

ISBN: 9781907832338
Language: English
Author: Oscar Wilde

A Hero of Our Time by Mikhail Lermontov

Lermontov's only full-scale novel, which
prophetically describes the duel in which he later
lost his own life. The hero of the novel, Pechorin is
an intense individual, a military officer who kidnaps
beautiful daughter of Circassian tribesman and
who, according to Lermantov's own introduction,
represents a composite portrait, made up of all the
vices which flourished, full grown, amongst the
generation of his time.

ISBN: 9781907832345
Language: English
Author: Mikhail Lermontov

SBN: 9781907832055
Format: Audio CD
ISBN: 9781907832307
Format: MP3 download
ISBN: 9781907832048
Format: e-Book
ISBN: 9781907832031
Format: Paper Back

Short Stories by Anton Chekhov
About Truth, Freedom, Love

The third audio book in the series of Chekhov's Short Stories featuring a trilogy of interlinked stories about Truth, Freedom and Love. First published in 1898 in Russian and released as separate stories. This title, based on translations by Constance Garnett with revision and adaptation by Max Bollinger follows Chekhov's original vision by bringing the three stories together once again.

This trilogy has the timeless simplicity of what Nabokov called Chekhov's "dove-grey world": the lives of ordinary people set in the extraordinary expanse of Russia's - *Rachel Redford, The Observer (UK)*

ISBN: 9780956116543
Format: Audio CD
ISBN: 9781907832277
Format: MP3 download
ISBN: 9781907832000
Format: e-Book
ISBN: 9781907832031
Format: Paper Back

Short Stories by Anton Chekhov
A Tragic Actor and Other Stories

In The Husband, a newly famous stage actress laments her now dependent husband's whines and demands. In Oh, the Public, Chekhov depicts a running battle between a conscientious train conductor and an obstreperous passenger. The unhappy results when a doting father invites the members of a theatre cast to his home for dinner are related in A Tragic Actor. These stories are small masterpieces. The scene is set quickly and within a few sentences the story line is underway. But all seem to contain an element of the unexpected.

ISBN: 9781907832079
Format: Audio CD
ISBN: 9781907832826
Format: MP3 download
ISBN: 9781907832062
Format: e-Book
ISBN: 9781907832208
Format: Paper Back

The Hunting Sketches Bk.
My Neighbour Radilov and Other Stories

The first major writing by Turgenev that gained him recognition. The stories in this collection were written based on Turgenev's own observations while hunting at his mother's estate. This work exposed many injustices of serfdom and led to Turgenev's house arrest and eventual abolishment of serfdom in Russia. A fine example of realist tradition in Russian literature. Read in English (unabridged).

From The Hunting Sketches

"Often the most insignificant things produce more effect on people than the most important"

Lightning Source UK Ltd.
Milton Keynes UK
UKOW050854161011

180399UK00001B/1/P